小児病棟・医療少年院物語

Haru EGawa

江川晴

P+D BOOKS
小学館

目次

小児病棟

二十号室

ガッチャーン、猛烈な音がした。

病室の子供達みんなが振りむいた。

シチュー、ポテトサラダにバタロール二個、おまけにジャムの入った容器までが宙に飛んで、床に叩きつけられた。

「哲也君、おひるごはんよ」

と、モモ子が四角いアルミ製の盆の上に綺麗に盛られた昼食を運んで、谷口哲也のベッドの脇に立った直後の出来事である。盆を一瞥した哲也が、驚くほど強い腕力で、それを払いのけたからだ。不意をつかれて、せっかくの昼食は、盆ごとひっくり返り、見るも無残に、モモ子の足許に散乱した。

「あ、また、やられた」

モモ子は思わず叫んでしまった。

「あなた、バカにされているのよ」

配膳係の年配の補助婦が、こともなげに言った時、同僚の看護婦磯村亮子も飛んできた。

「新入りの看護婦と見ると、哲也ちゃんは必ず、これをやるのよ。香山さんは、まだこの病棟にきて一月くらいでしょう」

補助婦が気の毒そうな顔で言った。

「馴れたナースの時でも、お肉がついていないと、ふてくされて、蹴飛ばすんだから」

モモ子より一年先輩の磯村亮子は、肥った体をゆすり、怒った口調で、哲也をにらみつけた。

床に叩きつけられたサラダやジャムは見事なアブストラクトの絵を描いて、モモ子の足許にあった。そのどうしようもない食物を、素手でかき集めながら、モモ子は、こんなはずではなかった、と情けない顔で、初めてここ小児病棟勤務を、婦長から命ぜられた時のことを思い出していた。

あの時は丁度、夜勤があけて寄宿舎に帰る身支度をしていた。内科の福井病棟主任が、そばに寄ってきて、すぐに婦長室に行くようにと、モモ子に伝えたのだった。

近頃勤務で叱られるほどの失敗をした覚えは無し、私生活でも特に注意をされる覚えも無いと、モモ子は思ったが、不安で何となく胸がどきついた。五階の婦長室に行き、恐る恐るドアーをノックしてみた。

「どうぞ」

意外に明るい返事が聞こえた時、モモ子は悪い予感が消えた思いであった。

「香山さん、あなたは、子供好きかしら」

意外なことを聞くと、モモ子は思った。

「はい、とても」

モモ子が答えると、

「本当ですか」

また、念を押すように言った。

「どんな子でも、ですか？」

「ええ、たいがいの子は……」

「そうですか。それで安心しました。小児病棟の主任から、貴女を是非貰いたいと言ってきているので」

「はい、でしたら、どうぞいかせてください。あの小児病棟勤務は私の夢でした。あそこはまるで、お伽の国のようですもの」

モモ子は、思わず大声で答えてしまった。

「……。お伽の国ですか。しかし、あちらの勤務は、そう楽ではありませんよ」

「はい、それでも結構です」

婦長は安心したように眼鏡を外して、笑い顔を見せた。

モモ子が当時勤務していた内科病棟はほとんどが老人で、長い期間、病み疲れて、家族にも見離され、死と隣り合せの人ばかりが寝ていた。若いモモ子には、老人や大人達の心中の苦しみは理解しているつもりでも、充分に分るはずもなく手をつかねて泣きたい思いの日も、しばしばあった。その点、子供達が相手なら自分も自信があると、胸を張ったのである。

「では、十月から小児病棟に勤務交替をしてください。外科勤務の小川怜子も希望しましたので、二人一緒にオリエンテーションを受けるように」

小川怜子も香山モモ子と同じ高等看護学院を卒業した同級生で、二人は卒業して二年目の二十一歳である。

昭和五十年十月一日付で、モモ子と怜子は小児病棟勤務となった。

「どうしたら、この子に食べて貰えるのでしょう」

べっとりと、汚れた両手を、だらりとさせ、情けない声で、モモ子は、年配の補助婦にたずねた。

「お尻をたたくのよ。それが一番きくわ。貴女の前に哲也の担当だった小川怜子さんは、いつもそうしたわ。だから彼女のいうことは良くきくもの」

補助婦は続けて、

「母親なら、やはりそうすると思うの。わたしも子持ちだから分るけど」

彼女は平然と、ふて寝を続ける哲也を見、磯村亮子と頷き合った。

亮子が、走って持ってきてくれた雑布やモップも、どうしようもなくよごれ、やがてそれらを始末しているうちに、モモ子も、むらむらっとして、もし、この子が自分の肉親であったら、尻をパンパン叩いてやるのに、と、看護婦としての職務も忘れ、怒りの眼で哲也を睨んではみたが、その瞬間、哲也の真赤に糜爛《びらん》し腫れあがっている臀部を思わずにはいられなかった。

彼は病児ではないか。しかも、癒るかどうかも分らない重い病気を背負っている。哲也には何の罪もないというのに。そう思うモモ子は、哲也を叩くことなど到底出来るはずもない。

谷口哲也、四歳六か月、病名　結腸狭窄《けっちょうきょうさく》。

彼は聾唖《ろうあ》であった。先天性ではない。生まれて間もなくから、授乳後の吐乳が多く、生後二か月で、原因不明の発熱が続いた。嘔吐も相変わらず続くので、医師はストマイ注射を始めたのだった。

哲也の父は、当時肺結核で自宅療養を続けており、後に入院となったが、医師は、哲也の発熱や嘔吐を小児結核と診断したからであろう。哲也のストマイ注射は、かなりの期間続けられた。

それは、小さな赤ん坊にとり、相当以上の量であったに違いない。けれど医師は、それと気付かず、いつ迄も続く嘔吐に首をひねるばかりであった。その間に哲也は、この世の音、殊に人間の言葉を耳に覚えないうちに、重い難聴になっていた。迂闊《うかつ》なことに医師も周囲の大人達も、そのことには全然気付かず、そのまま哲也を、音の無い世界に追いやってしまった。

哲也を強度難聴にした田舎の病院では、二歳になっても言葉を覚えないばかりか、相変わらず、嘔吐を続け、音に対しても何の反応も示さない哲也に手を焼いて、東京の大学病院で精密検査を受けるよう母親に勧め、その責任を逃れてしまった。それ以来、転々と病院を替えて、このA大学附属病院に入院したのが、二歳七か月の時だから、もう二年の長い入院生活を続けていた。哲也の病気は、小児結核ではなく、大腸に欠陥があり、嘔吐が続くのもそれが原因であることや、長期ストマイ投与による副作用のために聾唖になってしまったであろうことも、この病院に入院して検査の結果初めて分った始末だった。哲也は生まれ落ちて今に至るまで、病院以外の生活を知らずに育てられたのである。

「食事がすんだら、哲也の腸洗滌をやるぞ」

主治医が、哲也担当のモモ子に言った。

「昼食、食べて貰えないのですが」

「ああ、食わせずにおいてもいいよ。腹が減りゃあ、いつも食うんだから」

主治医も馴れた口調で、別に気にも留めずに言った。

腸洗滌は、哲也の辛い日課の一つだった。長くて太いブヂー（直径一センチ位の赤いゴム管）を、肛門から大腸の狭窄部位《きょうさくぶい》まで挿入して、その部分を拡げる目的と、一日分の便を洗滌しながら排泄させる目的の処置である。肛門の周囲は、毎日のこの処置で、炎症を起こし、熟れたトマトのように赤く腫れ上がっている。その上しまりのない肛門からは、ゆるい便が常に流れ出ていた。炎症は肛門を中心に、広範囲にわたっていたから、猿の尻を思わせ、みるからに痛々しいありさまであった。

モモ子が、ふてくされて寝ている彼の尻の下に、ビニール用布を敷くと、哲也はもう身をよじって、

「ウァーオ、ウァーオ」

と、人間離れのした声で喚いた。四歳六か月の幼児とはいえ、死にもの狂いで抵抗する力は、想像以上で、看護婦の二人や三人は突き飛ばされてしまう。仕方がないので、哲也の両手をベッドの柵にくくりつけて、人数の少ない看護婦の労力を補わなければならない。この方法を、モモ子に教えたのは磯村亮子だった。

「だから、二十号室の担当は、いやよ」

小川怜子は以前から、モモ子にそう告げていた。看護婦の誰もが哲也のいる二十号室をそれとなく敬遠した。

「それっ、いくぞ」

主治医は、それでなくとも腫れあがって、入口の狭くなっている哲也の肛門にぐいぐいと、太いゴム管を突っこんだ。

「ギャオー」

哲也は彼を押えつけているモモ子の手に噛みついた。

「ああ、くせえ」

同室の子供達は、みな部屋から飛び出して逃げて行く。本当は恐ろしいからであろう。

「臭えなあ、ほんとうに涙が出るよ。哲也も辛いだろうが、こちらも楽じゃないよなあ」

若い主治医は、便で汚れたゴム手袋で、

「あばれるんじゃないよ、てつや！」

と、思わず強い力で哲也の尻を叩くと哲也は、ますます暴れ狂うのだった。

「手も、足も、しばっちまえ」

主治医は、こめかみに、青すじを立てて、怒鳴る。

「哲也ちゃん、もう、おしまいよ。だから我慢してね」

モモ子は、もう少しで、おしまいだ、おしまいだと、本当はこれから薬液を流しこみ、洗滌の本番が始まるのに、大声で嘘を叫びながら、いつの間にか、彼のベッドの上に乗り、全身で哲也の体を押しつけていた。そうしながら、これで本当に良くなるのだろうか、いや、良くなる。きっと良くなる。哲也の現状を救うための強制処置でなければ、関係者の総てが、余りにも惨めではないか。頼むから我慢して頂戴。お願いだから泣き叫ばないで頂戴と、汗みどろだった。

ブギーの先端から、ダクダクと洗滌液で薄められた汚物が噴き出て、膿盆《のうぼん》一ぱいに溢れた。便の飛沫は容赦なく飛び、主治医や、モモ子の白衣は黄色く汚れ、便臭が、体中に沁みこんでゆく。するとまた、モモ子は、

「ああ、こんなつもりではなかった。こんな病棟のはずではなかった」

と、心の中で叫んでしまう。そして初めてこの病棟に挨拶にやって来た時の快い緊張感と、興奮を、また、思い出していた。

あの日、小川怜子と二人で病棟に挨拶に向う途中、怜子が言った。

「あの病棟は子供の天国みたいやね。子供らは、毎日消毒した白いパジャマを着て、それが、とても可愛らしいんやて。男の子も女の子も、お揃いのパジャマやで。そいで、おもちゃの山の中で遊んでいるという話やわ。両親は付きそってはらへんから、面倒でなくて、いいんよ。まるでお伽の国やね」

大阪生まれの怜子は、時折、関西弁を使う。

「病棟勤務というより、保育園勤務みたいね」

モモ子も、なんとなく、はしゃいで言った。怜子が言うとおり、挨拶をすました木原病棟主任に、ひとまわり案内された折り、真先に目に入ったのは、壁に貼られた楽しい絵だった。それは病児達の一日の生活のスケジュールを順序よく描いたものだ。所々に、病児達のスナップ写真も貼られている。病児達が、洗面をしているスナップの横には、

「おはようございます。朝です。洗面七時」

とあり、大きなテーブルを囲んで愛らしい女の子や、男の子が、パンを片手に牛乳を飲んでいる絵は、食事時間を表わしている。みんなでテレビを見ている写真の次に、看護婦が紙芝居をしている絵もあった。怜子は、

「この紙芝居も、ナースが創るのですか」

と、主任に質問をした。

「そうです」

「私は絵が得意ですから、まかしておいてください」

怜子は、自信たっぷりに言った。

「この病棟は、普通の小児病棟とは、多少違いますよ」

そういえば、木原主任がさりげなく言った言葉を、今、モモ子は思い出していた。主任はあの時、二人に釘をさしたのだと覚《さと》った。

「普通の小児病棟との違いは……」

と木原主任は前置きして、一口に言えば、小児の中でも、手術を要する病気の子供達は、それは、心臓であれ、脳であれ、消化器系はもちろんのこと、斜視《しゃし》、斜頸《しゃけい》、ヘルニア、火傷、交通事故での外傷全般に至るまで、つまり子供の体のいずれの部分であっても、手術を要する病児すべてが対象で、しかも六歳以下の小児を、両親から離して入院させ治療看護するという特殊性があることを、二人に説明したのだった。モモ子は主任の話を聞きながら、「かんごふさん」という題で何枚もの看護婦の顔とおぼしき絵が壁に並んで貼られてあるのに気付いた。丸い顔の下に、直線二本の手と足が生えている（全くそんな感じであった）。頭の上の白い三角の帽子は、まるで、あの世の亡者にも似て滑稽であったが、病児が一生懸命描いたものかと思うと、胸をうたれた。モモ子が以前から、この病棟に強い関心を持ったのは、他の病棟には見られない淡いピンク色の壁と、カーテンのかもしだす夢のような優しい雰囲気だったろう。病院中の病棟すべてに、このようなムードがほしいと願っていたから、モモ子はこの病棟こそ理想の勤務先だと喜んだのだった。だが、入院加療者を抱える家庭の経済的問題など、知るよしもない。従ってあの時、怜子も、モモ子も、今日からの勤務が、カーテンの色の如く、ばら色の毎日に感じ、かつてない興奮を覚えたのである。

モモ子が最初に担当に命ぜられたのは十号室の乳児室で、怜子は二十号室の幼児室担当であった。十号室と二十号室は廊下を隔てて向いあっている。両室とも病児の症状が比較的に安定している時だったから、この病棟に馴れない看護婦には、教育上適していると木原主任は考えたのだった。

木原主任は、先ずモモ子には、十号室の乳児室で、授乳や、おむつ交換等の保育の基本的技術を習得させ、怜子には、二十号室の幼児に対し、それぞれに必要な、傷の一般処置をふまえた小児心理の対処の方法などを教育し、一か月後に、モモ子と怜子の担当を、交替させる方針を決めた。

モモ子担当の乳児室には、生後二か月の兎唇《みつくち》の女児が二人、六か月の水頭症の男児、七か月の多趾症《たししよう》の男児、八か月の先天性白内障と心臓畸型《しんぞうきけい》の合併症を持つ男児等、それぞれの病気を背負った乳児達のベッドが並び、概して女児よりも男児に重症児が多く見られた。

怜子は幼児室を担当したが、ヘルニアの男児（四歳）や、斜頸の女児（五歳）、手や足の骨折の男児（六歳）が二人、そして結腸狭窄の谷口哲也が居たのである。

哲也以外の子供達は、退院間近の子供ばかりで、回診、包帯交換も、比較的に楽な処置だった。だが耳のきこえぬ哲也だけは、どうすることも出来ず、怜子は時に、頬や頭をこづいたり、尻を叩くことにしていた。哲也の対処方として、それが怜子にとり一番楽で、てっとり早い方法であった。

一か月後、木原主任は予定通り、二人の担当室を交換させた。

モモ子が、谷口哲也と出会ったのはその時で、つい一週間前のことである。腸洗滌を終えると、主治医は、おこったように、便にまみれたゴム手袋を、モモ子に突き出した。

臭え、臭え、と言いながら、このありさまを、哲也より年上の子供達は廊下の窓に首を並べて面白がって眺めていた。日頃彼らは、哲也をバカにしていたし、哲也の悲惨さを見守っている時の子供らは、自分の病気をすっかり忘れ、最高に幸せな顔つきであった。子供は純真だといわれるが、同時に恐ろしいほどのエゴの持主でもある。それは人間の全く素朴で正直な姿、そのままなのかも知れない。

病棟会議

「今日は面会日よ」

この言葉は病児達や看護婦達にとり、救いの言葉であった。

その日の子供達は、朝から大人達に素直だった。

「看護婦さんたちの言うことを聞かない子は誰です。お母さんに帰って貰いますよ」

大人達は優しい声を出して、いたずらっ子達を威《おど》した。長い間の療養生活で、かなり病院ずれのした子供でも、この威しには弱い。この威しのきかぬ子は哲也一人である。彼は耳が聞こえないのに、正常な子供より遙かに鋭敏で、面会日であることを、誰が教えなくとも、直観的に分るようであった。

その日は、朝から次第に機嫌が悪くなっていった。哲也が一番孤独を嚙みしめる日であるからだろう。週に二回の面会日には、彼を除く子供達には天国を、彼には地獄が与えられるのである。

病んでいるわが子に会う母親達は、時間になると、病棟になだれこんで来た。それぞれに精一ぱいの贈物を抱えこんでいた。食物は一切禁止されていたから、見舞いは高価な玩具に限られてしまう。デパートの玩具売場の、あらゆるものが、この病棟に溢れていた。それでもなお、限りなく玩具は増えていく。おもちゃの山が、お伽の国を連想させた。

だが、もし健康な子供であったら、とても買っては貰えそうもない高価な玩具も、面会日の翌日になると、子供達は、みなその辺に放り投げてしまう。子供達が本当に欲しいものは、そのような「物」ではないのだろう。

所詮、人間の肉体の苦しみというものは、たとえ、それが生まれたばかりの乳児であろうと、身代わりのきかぬ自分だけの苦痛であり、それは誰にも救いようのない地獄へ落ちることであると、知っているかのようであった。

放り出された素晴しい玩具には、親の身の悲しみがいっぱいに込められ、そこには、子の苦しみと、親の悲しみが対峙し、モモ子は次第に、この淡いピンク色の優しく理想的な雰囲気の病棟に、大変な錯覚を持ったことに気付き始めていた。

谷口哲也には、何故か、その束の間の玩具(=しあわせ)を持って飛びこんでくるはずの母親の姿は見られなかった。その時、哲也はいつも一人ぼっちで、横目をつかい、隣のベッドの傍に立つ、よその優しいお母さんを、見て見ぬふりをして、こらえていた。

「てつや、看護婦さんと、あっちへいこう。ご本を読んであげようね」

などと、モモ子が、うっかり言おうものなら、彼はベッドの上で、山猫のように狂暴になり、誰、彼の見境もなく、ぶったり、蹴飛ばしたり、果てはシーツを歯で嚙み切り、全身で怒りをぶつけるのだ。仕方なくベッドごと、ナースセンターに運びこみ、いろいろな玩具や本で彼を慰めようとしても、今度は、頭からすっぽり布団を被ってしまい、大人達の偽善的な慰めを、絶対に認めようとはしなかった。

十二月、師走の風に人達はせかされ、背中をまるめ、足早に歩く姿が目立つ頃となった。暖房が充分な病院の廊下でさえ、せかせかと、人達はすれ違った。

相変わらずモモ子は、皆の嫌がる哲也のいる二十号室担当であった。

その日は久し振りの病棟会議が開かれた。

「香山さんが、哲也を扱うようになってから、ますます彼が我が儘になってしまったこと、分っていますか。これはスタッフみんなの意見でもありますが」

木原主任は、前置きもなく、いきなり指摘した。

「甘やかし過ぎだと思います」

磯村亮子が発言すると、

「面会日の時が一番困ります。この間など、入口のドアーの所で、大の字に寝てしまって面会の家族達が、びっくりして入ってこられないのですもの」

同僚達が、次々と、哲也のことに就いてだけに集中して、不満を言う。

「アメリカや、ヨーロッパの母親は、幼児教育に徹底した体罰主義で臨んでいると、新聞にも書いてありました」

小川怜子までがどこかで聞き嚙ったらしい批判を、モモ子に投げるのである。

「殊に哲也の場合は、言葉が通じないのですから、悪いことをした時、その場で多少の体罰を加えなければ、何も分らないと思います」

「そうね、それは愛の鞭だと思うわ」

誰に何と批判されようと、モモ子は反論出来ず、沈黙を続けるよりなかった。

「看護婦十七名、補助婦二名というスタッフの人数で、病児合計四十二名、これが現状です。日勤、準夜、夜勤の三交替制の中で、てきぱきと目的を果たさなければなりません。香山さんには、また、別の意見もあるでしょうが、現実を、しっかり把握して貰わないと困りますからね」

悲しいけれど仕方がない、という意見は、主任をはじめ全員一致の結論であった。

「ただし、決して感情的な怒りであっては、なりません」

主任は、特に強調するように一同を見回した。

その意味では、何をやっても哲也の尻を叩けないモモ子の態度の甘さが、哲也の異常な性格を増長させるし、第一に治療を成功させるという病院の目的に重大な障害となることが問題とされた。

「他の病児達との均衡を考えなければなりませんし、彼を甘やかせることにより子供達の共同療養生活のルールを乱すことは、病院管理上、認めるわけにはいきません」

木原主任は、きっぱりと、モモ子に言った。

「彼に、少しずつ言葉を教える意味で、教育的な玩具を使うとか……。あるいは私達、手話を勉強して彼に教えこむとか……」

モモ子は、木原主任の前で、しどろもどろに答えた。

「あなた、何を勘違いしているの。ここは、病院ですよ。病気を早く癒すほかに、何が出来ると言うんですか」

さすがに、木原主任は顔を紅潮させた。

「でも、体の病気を癒しても、心の病気に罹《かか》らせたまま、退院させては、本当の治療とは言えないのではないでしょうか」

モモ子も精一ぱいの反論をする。

「ですから、それを主任さんは貴女に注意しているわけでしょう」

先輩の看護婦が、モモ子を見据えて、言葉を続け、

「聾《ろう》学校に入学させるには、まず便のたれ流しを治癒させなければ収容出来ないと、以前、断わられたことがありました」

すると、怜子が言った。

「そうや、香山さん、ヘレン・ケラーのお芝居でも見て勉強すればいいんやわ」

投げやりな声であったが、それは何故か結論めいて、スタッフ達の耳に響くのである。結局、哲也を救うには、大変な時間と労力が必要であること、長い時間をかけても病棟会議はいつもと同じ結論を出して終わるのだった。

哲也は、医療の落し穴に、すっぽり、はまり込んでしまった数少ない患者の一人である。当の哲也は、敏感に医師や看護婦の顔色をちょろちょろと窺い、厳しい態度の看護婦の前では、まるで別人のように良い子になる姿は哀れであった。

「ごらんなさい。哲也の態度。哲也だって指導さえ良ければ、ほら、こんなに温順《おとな》しいでしょう」

哲也が、ふるえて恐がるブヂーを、哲也の眼の前で、ぐるぐる回して見せながら、先輩はモモ子に教えた。するとそのあと、哲也は一層モモ子に対して思う存分の自我を発揮するのである。

看護も教育も一貫した人間関係が重要である。しかし誰に何と言われようと、モモ子は哲也の赤く爛れ果てた肛門の周囲を見、そして詰まった便と、異常醱酵したガスのためにふくれあがった腹部の中に、太いブヂーを突っこまれる苦しみを思えば、一人くらい彼の我が儘に、じっと耐えてやる人間が必要なのではないか、思い悩んだ挙句、頑固な哲也の態度には、こちらも徹底した頑固さで、耐えに耐えてみせようと、モモ子は己れの心に宣言したのであった。

腸洗滌のあと、もう動きもとれぬ尻の痛みに、

「あいい」（水をくれ）コップで水を飲む手付きをする。「あいい」は、彼のたった一つの発音である。大声で泣き喚いたあとだ。喉も渇いたであろうと、モモ子は水を入れたコップを取り

に急ぐ。

「はい、お水」

差し出すと、またしても、大変な腕力で、コップを払いのけた。コップは、みじんに砕けて、ガラスの破片は、床の上で気味悪く光る。

「あいい」

再び哲也は大きな泣き声で、同じ要求をする。今度こそ本当に飲む、モモ子は自信を持って、コップを差し出す。しゃくりあげて泣く哲也は、だが途端に拒否してコップを投げつけるのだ。

そんな毎日が繰り返されていた。

母と子

「哲也のお母さんが来ました」

或る日、補助婦が病室に飛んできた。面会日ではなかったが、哲也ばかりか、夫も重症で、その上七十歳になる夫の母親までの面倒を見、まるでこの世の不幸を一身に引き受けているような哲也の母には、誰もが同情を寄せていたから、固く禁じられている面会日以外の日であっても、哲也の面会に関しては、誰も反対はしなかった。

母親は、四十歳を過ぎて見えたが、本当は、三十五歳前後であろう。真冬なのに肌は陽焼けしていた。皮膚と同色のオーバーが、彼女を年より老けさせていた。主任は他の病児達に気付かれないように空き部屋に、哲也と母親を呼び入れた。

哲也は、母をどんなに待っていただろう。誰もが、そう察していた。

母親は哲也と二人きりになると、手提袋の中から、茶饅頭の包みをあけた。食べ物は禁じられているのは知っていた。窓の外の廊下に誰も居ないのを確かめてから、哲也に、そっと手渡した。まるで他人の子のように、上目を使って饅頭を受けとる哲也を見ると、彼女は情けない気持ちと、すまなさで、涙が急に噴きこぼれた。哲也を膝の上に抱き上げようとすると、彼は頑固な表情で母の手を払いのけるのである。母は言葉もない。何を言っても伝えることの出来ないもどかしさで、胸がしめつけられる思いであった。

哲也はお饅頭だけは食べてくれた。禁をおかしても、持ってきてよかったと、母親はそれが唯一の救いに思えた。哲也は誰も貰えないおやつを、嬉しそうな顔を無理に歪めた口に隠して食べていた。

哲也はどんなにか、お母さんに甘えているだろう。多分、他の子供の誰もが言うように早く帰ろうよ。早くおうちに帰ろうよ。「あいい」「あいい」と発音して泣いているに違いないと、モモ子は空き部屋の前を、何度も往復して、一人胸をおどらせたが、あんなに待っていたはずの母親の前でも、哲也は例のふてくされた態度で、「あいい」の一言も言わずに、うつむいているようだ。哲也母子の対面は、モモ子が想像するテレビドラマでの抱き合って泣くあの姿とは程遠いし、面会日で見かける母子の熱い情景とも大分違っていた。哲也は母親を忘れてしまったのだろうか。いや、そんなことはない。彼は怒っているのだろうか、いいえ、そんなはずもない。モモ子は一人で廊下を往ったり来たりしながら、ハンケチで眼をおさえ泣いている母親の姿を、窓越しに見て、すべて責任はモモ子自身にあるように思えて、心苦しかった。

短い面会時間を終えると、母親は主治医と会う手筈になっていた。哲也はベッドに戻されると、すぐ横になって寝てしまった。その日は何故か二回も寝小便をして、モモ子を困らせた。機嫌の悪い証拠である。尻にあてられたおむつを、ベッドの下にほうり投げ、寝小便をたれるのは、きまって機嫌の悪い日であった。一日に六回もやられた日があって、モモ子は一日中、彼のベッドのシーツ交換に手を盗られ、さすがに自分の態度が、哲也に対して正しい方法か、否か、と自信を失くしてしまう日もある。

「先生、うちの子、一体どげんなっとでしょ」

哲也の母は、主治医に聞いた。

「哲也ちゃんの病気は……。全く珍しい腸の持主で、ある一部が極端に狭くなっているために、便がつかえて出てこないのですよ。前回もこの狭窄部《きょうさくぶ》を切りとったわけですが、するとまた、続きの一部が狭窄をおこす。毎日ブヂーを入れて、ひろげているのですがねえ」

「三回もやった手術は、そいでは、みんな失敗だったとですか」

「うーん……。ですから、もう大腸が無くなってしまったも同然でね。これ以上切るということは、思い切った危険を考えなければ、なりませんね」

哲也の母は、暫く宙を見つめていた。後頭部の黒い毛髪の中に、数本の白髪が銀線のように光って見えた。

「先生、お願い、手術ば、やってください」

「でもねえ、大変な危険はあっても、癒る見込みは……。あまり期待出来ません」

「だったら、思いきって手術ば、やってください」

はっと、母親は息をのみ下した。

「わたし、もう疲れたとです。夫ばとるか、子供ばとるか言うたら……。夫の方しか、なかとですもんね」

さすがに彼女は医師の顔は見られなかった。涙をこらえながら、やっと口を動かしていた。

「バカ言ってはいけません。僕は、いや医者のメスは人の命を救うために使うものです」

「だって、先生、手術の失敗で死ぬ人だって……。そう考えれば」

言ってしまって、慌てて顔を伏せた彼女の化粧気のない額の生え際には、脂汗が、じっとり浮かんでいた。

耳の聞こえぬ哲也に、人の情を一度も伝えることの出来ない悲しみが、暮れかけた看護室を、静かに昏く包みこんでいた。

モモ子は思った。このもどかしさを、どうしたら良いのか、もし助からぬものなら、なまじ人間の情を知らせることの方が、残酷なのだろうか？　この時ほど、神に教えを乞いたいと願ったことはない。

こうして徹底した人間不信の哲也が出来上ったとしても、誰が哲也を責める資格があるだろう。誰が彼の尻を叩く資格があるというのだろう。モモ子は、やはりそう思わずには居られないのだ。

ふれあい

モモ子と哲也は何時の間にか、哲也の例の「あいい」という発音と手付きで、大体の会話が通じるようになっていた。すると哲也は、モモ子の傍によってきては他の子供達の悪口を告げるようになってしまった。哲也をそうしてしまったのはモモ子のセンチメンタリズムの結果であると、磯村亮子も、手厳しくモモ子を批判する。

「自分で種を蒔いたのだから、自分で刈りとるのね」

当然、同僚も同じ目でモモ子を見ていた。哲也の甘えには、さすがのモモ子も、本当の病児の看護とは、いや、看護の本質とは何であるのかと、改めて、苦しみを感じ始めた。

「あいい」（あいつが、また俺をバカにした。このおむつがいけないんだ。取ってくれ）

「あいい」（どうして俺だけが、こんなはずかしい格好をしなければならないのか）

哲也は、抑揚のない大声で叫ぶのだ。

「ああ臭え。哲也のうんこたれ。あかんぼう。おむつなんか、やられちゃって」

一人が笑うと、

「だまって、うんこしちゃうからでしょ。赤ちゃんみたい」

別の女の子までが、バカにして言うのだ。

「汚ないなあ。くさくて、おやつ食べられやしないよ」

交通事故で骨折した足が、ほとんど全治し、すぐ退院予定の義夫が、一番先頭に立って、哲也をからかう。

或る時、モモ子は、ふと、哲也に立小便を教えることに気付いた。立小便をする男性の後ろ姿は、誠に男らしくて、性的優位を誇示しているかのように見え、また、総ての男性がその時ばかりは、平等感を持って排泄しているはずである、と思った。

町の小父さんも、大学教授も、総理大臣もあの時の姿は、皆同じであろうと、日頃も思ったことがある。

「さあ、みなさん」

モモ子は、なんとなく大きな態度で言った。

「今日からね、哲ちゃんは、おむつをとります。いい子になりましたからね」

モモ子は、自分のことのように宣言した。

そして、おむつカバーをはずし、おむつを丁字型に当ててやった。

「なあんだ。おむつカバー、とっただけで、やっぱり、おむつやるじゃないか」

盲腸炎の、周一は、モモ子を軽蔑した声で言う。

「これ、おむつではありませんよ。お角力と同じ、ふんどし、よ」

病室に備えつけのテレビが、丁度、角力の実況放送を流していたので、苦しまぎれに、モモ子は、ごまかした。

「僕にも、やってよ」

義夫が、一番最初にパンツを脱ぐと、「ぼくも」とか、「なおちゃんも」と、四歳になったばかりの女の子までが真似をはじめ、モモ子を慌てさせたが、ともかく、次々と、子供達は、ふんどしスタイルを希望したのである。すると哲也は急に胸を張って、その時初めて笑ったのだった。哲也の笑い顔は可愛かった。だが一番嬉しそうに、口を開いて笑っているのは、モモ子であった。

「お角力やろうよ」

義夫が、ずばりと言って、モモ子をギョッとさせた。

「お角力は、まだ駄目です。病気がなおって、先生が、よろしいと言った時よ」

「チェッ」

誰かが口を鳴らしたが、哲也には分らない。モモ子は一番元気な義夫に頼んで、トイレに行き、哲也と二人並べて、ふんどし姿のまま、おしっこをするテクニックを教授して貰った。

義夫は元気よく、おしっこを飛ばすのだが、既に四歳になってしまった哲也が生まれて初めての意識的な排尿は、意外に難しく、妙に力むばかりで、尿はポトリとも出ず、簡単なはずの生理的な訓練にも、本当に長い時間の忍耐と、根気が必要であった。

同僚達に、なかば呆れられながら、哲也の立小便成功のために、モモ子は全力を尽してみた。へたへたになりながら、あれもこれも皆、自分のセンチメンタリズムのなせるわざかと、同僚達のモモ子をバカにした顔を想い浮べずには居られなかった。

その日、銀杏の裸が鋭く空に突き刺さって見えた。十二月の空は、どんよりと薄墨色に曇っていた。窓越しに空を見ると、モモ子は久し振りに、平和な優しい心になっていた。

「おやつの支度が、できましたぁ」

補助婦の声が、大きく廊下に響いている。それは、子供達の退屈な安静時間からの解放のチャイムであった。元気な子供達は、ベッドから飛び下りて、食卓に向かい駆けていく。ベッドに、くくられている手術後の病児は、ベッドの柵を、がちゃがちゃ鳴らし配膳を待つ、忙しいが嬉しい緊張の一瞬だ。

哲也は、すっかり寝込んでいた。

「哲也君、哲也君、おきなさい。この子は、どうして寝起きが悪いのでしょう」

補助婦が言いながら彼をゆり起すと、案の定、哲也はふくれ顔で、ふて寝をしていた。今日から、主治医が交替して、腸洗滌が上手に行えず、ながく手間取った疲労もあった。

「哲也君、おやつ。おやつよ、起きなさい」

補助婦に替って、モモ子が呼びかけると、哲也は腹の上の毛布を手で払いのけいきなり汚れたおむつを、モモ子目がけて投げつけた。彼の尻に当ててあった白木綿のおむつには、便と、血液が、いつもより多量に滲み、哲也に馴れない若い医師と、哲也との腸洗滌の悪戦苦闘を物語っていた。床に落ちたそれを拾おうとかがんだモモ子の背中に、何か温かいものを感じた。

その時だった。

「アラ、大変、アラ、アラ」

補助婦が大声を出した。

哲也が、ベッドに立ち上がるなり、モモ子に向って、立小便を放ったからである。寝起きであるから、小便は驚く程の勢いで走り出た。

「てつや！」

モモ子は急に腹が立った。あまりにも不運な彼を、かつて本気で叱ったことのない彼女だが、この時初めて、本当に叱ろうと思った。何故なら、これは粗相ではない。病気のせいでもないからだ。

鋭敏な彼は、彼の小便を、まっこうから浴びて、ぐっと睨んで立つモモ子の怒りを、はっと感じたのだろう。ベッドから降りると、跣足《はだし》のまま、トイレに向って走り出した。

「てつや」

後ろを追いかけるモモ子の濡れた白衣を見て、十号室から出てきた怜子は、

「モモ子は、ほんまに、あほやなあ」

呆れた顔で見送った。

「お尻を叩けばいいのよ。甘ったれさせすぎたのよ」

看護婦は、口々に言った。

哲也は、女便所に飛びこみ、中から鍵をかけてしまった。

「てつやちゃん」

どんなに扉を叩いても、頑なに返辞は戻ってこない。トイレの中で、もし何かが起きたら……。理性を失ったモモ子は、慌てるばかりであった。主任が聞きつけて、踏み台代わりの机を、誰かに命じて持ちこませた。モモ子は、それを頼りに女便所の扉の上に、よじ登っていた。

哲也は、うわ目を使って、便所の隅のタイルに、へばりついている。危険は何も無かった。トイレの中に飛び降りて、鍵をはずすと彼は案外素直に、表に出てくれた。

「おしっこは、あそこでしょう」

モモ子が指さすと、哲也は男便所の前に立ち、ここだ、ここだ、と、白い陶器を叩いた。

やっと、哲也の機嫌がなおり、食卓に戻ると、小さな仲間の誰もが心配そうな顔で、ケーキに手もつけずに待っていた。

病棟中の人達も、ほっとした表情で立っている。

心配そうな眼が、みんな自分に集まっている。こんなことは初めてだ。自分が小便をかけたあの看護婦さんの眼は泣いている。

哲也は改めて、小さな仲間達の眼を確かめてそう思い、用心深く大人達の姿を見回した。

その時、哲也は、いつもと違う何かを感じた。仲間達は自分をバカにしていない。バカにしないで心配してくれている。

哲也は、眼と肌で、確かに感じとっていた。

「皆さん、心配をかけて、ごめんなさいね」

モモ子は、病児達の同情の視線に耐えられず、羞恥心で、長身の体が、固く縮んでしまった。

「哲ちゃんは大丈夫よ。本当にごめんなさい」

モモ子は言って病児達に頭を下げた。謝罪しているモモ子の姿を見ると、哲也は急ぎ足で、彼女の傍によってきた。隣に立つと、同じ仕草で、子供達に頭を下げるのである。

びっくりしたような病児達の眼が、哲也を見つめた。

「あいい」

小さく、はずかしそうに言う哲也の眼から涙が一筋、頬に落ちたのを、モモ子は見た。

いつの間にか、モモ子の手に、哲也の指が、からまっていた。

新入院児

怜子は、モモ子と交替して、十号室の乳児室担当だった。哲也のいる二十号室担当を離れて、ほっとした思いであったのに、乳児室にも油断のならない重症児が多くて、勤務につくと、濁流渦巻く急流に飛びこみ、息つくひまもなく泳ぎ渡る思いの毎日だと、彼女は寄宿舎に戻ると溜息をついた。

「主任さん、わたしは千手観音様ではありません。もっとスタッフを増員してください。それが主任の手腕というものよ」

上司に直接このような発言が出来るのは、怜子の特技でもあった。

五人の乳児達に授乳を終えると、もうおむつ交換の時間がくる。怜子は、どちらかと言えば仕事の手順が遅い方であった。朝の遅刻が多いせいもある。乳児達は間に合わない授乳に腹を空かせて泣き通しの日もあった。

「モモちゃん、ちょっと来て」

怜子は何かにつけ、真向いの二十号室に飛んできて、モモ子の助けを求めた。

「水頭症の子、ミルク飲まないのや。なぜやろう。モモちゃんの受持ちの時は、どないしたの」

「白内障の赤ちゃん、せっかくのミルク飲んだと思ったら、噴水のように噴き出すのや」

手も足も出ないという顔は、消極的である。モモ子は自分の担当の病児達に前の十号室にいることを告げて、乳児室に手伝いに入ると、二組のおむつを半分に折って、それを支えに哺乳瓶を逆立て、寝かせたままミルクを順序よく飲ませた。看護婦達が、心苦しく思いながらも一人で五人の乳児の授乳をするにはこの方法しかなかった。早く飲み終えた乳児から、順に抱き上げて、背中をぽんと叩くと、やがて、ゲフゥと乳児は排気する。

「この排気が大切なのよ」

モモ子が言うと、

「それが、うまく出ないのや」

手も出さずに、怜子は他人事のように言う。

「タイミングがあると思うの。その子によって多少違うでしょう。はじめ神経質に思われるくらいよく観察して覚えこむのが、吐乳を防ぐ、こつ、かしら」

五人の乳児を、てきぱきと排気させ、水頭症の乳児の体位交換を手伝うモモ子に、怜子は言う。

「こつを覚えるなんて、非科学的思考と思うわ。第一にこの乳児室の設計が、右ききの人に都合よく設計されとるのが不合理やわ」

怜子は左ききである。

「モモちゃんは、目先の仕事のやり過ぎと違う。そやから主任は人員を増やそうとしないのよ」

怜子は、自分の出来る範囲の仕事をやるべきで、それで不都合な場合は、上司が根本的な改善を考えるべきだと思っていた。

その日、モモ子は準夜勤で、今日入院したという、しかも五回目の入院だという、三田薫の申し継ぎを、日勤責任者から受けていた。

三田　薫、女児、五歳二か月
病名　瘢痕性食道狭窄《はんこんせいしょくどうきょうさく》
先輩は型通り、カルテを拡げて入院時の記録を読み上げた。

「生後六か月の時、畳の上に落ちていたと想われる釘をのむ」

「想われる、とは一体どういう意味」

準夜勤の一人が質問をした。日勤から準夜勤、深夜勤への申し継ぎは、各患者の病状を正しく把握する重要な仕事である。殊に新入院児に就いては、あらゆる情報を、キャッチしなければならない。

「釘をのんだ事実は誰も知らなかった、という意味です。しかし現実に、釘は三田薫の食道から除去され、保管されてあるそうです」

彼女は続けて、

「初め、軽度の咳嗽《がいそう》から始まり、三十九度の発熱を見た。近医に受診、感冒と診断され抗生物質を投与されました。二、三日後、体温は平熱となるが、咳嗽は徐々に激しく変化し、念のため、他院に受診、小児喘息との診断に投薬を受けたが、再度四十度の発熱、嘔吐、咳嗽の繰り返しで、当院小児科に紹介され、昭和四十五年〇月〇日第一回入院、諸検査の結果、食道から気管内にむけ、釘様の物質がX線撮影により発見されました。ただちに耳鼻科に於いて手術、一応釘は除去されましたが、手術は困難をきわめ」

と、一気に報告を続けた。

「たった六か月の乳児が、釘をのんだのに、誰も気付かない、ちょっと信じられない話ね。どの程度の釘ですか」

誰かが、質問した。

「長さ約一・五センチ、釘としては一番細い方でしょう。釘は除去されたものの、その後同部位の食道狭窄《しょくどうきょうさく》を起こし、嘔吐が止まらず、第二回、第三回と入院、ブヂーにより狭窄部位の拡張を試みましたが、不成功に終わり、第四回目の入院は、外科で手術により胃部に胃瘻《いろう》を作り、経口的でなく、直接胃瘻から栄養を与えて、成長を待ち、今回根治手術の目的で、当病棟に入院しました」

患児四十名以上の病状報告は一時間以上を要する。終わると、スタッフ達は、一応子供達全員の顔を見に、ひと回りすることになっていた。この時間内に異常が無かったかどうかを、確認するためである。

「なんでえ、つまんねえの。また、同じかんごふさんじゃねぇかあ」

幼児室に顔を出したモモ子を見た途端の声である。小学校一年生、交通事故で両足骨折、二度の手術で、やっと歩行訓練を許可された幸男が、牢名主のようにベッドの上で、あぐらをかいている。

「どうして、つまらないの」

モモ子が答えると、

「なんでも、だよなあ」

また、別の男の子が、嘯《うそぶ》くように言った。モモ子は、完全にプライドを傷つけられた。

「じゃ、誰ならいいの。どの看護婦さんなら」

なかば反論するように言って室内を見回すと、雑然と、猛烈に雑然と、あらゆる玩具が床に散乱し、それを蹴飛ばさなければ歩けないありさまなのである。この状況を、いつか解決しなければ、とモモ子は考える。

「誰でも、いいよなあ」

一つ一つ玩具を拾い上げ、棚の上に整理しているモモ子に、幸男が挑発的な声で言った。

「だったら、わたしだって、いいでしょう」

「ふ、ふ、ふ」

別の一人が、ベッドに起き上がるなりしのび笑いをする。この子は左手の骨折だった。まるで六人の病児達全員が、ベッドの上で、モモ子を軽蔑しているふうだ。

「なるべく、若い方が、いいんだ」

大人のように幸男が、横目を使って言う。

「看護婦さんだって、若いわよ」

モモ子は、むきになっていた。

「じゃ、いくつよ」

二十一よと、本気で答えるところであった。待ってましたとばかり、赤い顔をするモモ子を見て、彼らは自分の痛い体も忘れ、手を叩き大笑いをするのだ。それは、大きな哄笑となって、部屋全体を揺らした。

退屈しきっている子供らの策略に、モモ子は見事にのせられてしまった。失敗《しま》った。悪い子供達だと、モモ子が口惜しがった時だ。

「そんなこと、言っちゃ、悪いわ」

一番隅のベッドの子が、力の無い声を出した。三田薫であった。この子が、今申し継ぎを受けた入院の子であったかと改めて気付いたほど、モモ子は彼らの悪戯に打撃を受けていた。

献身

三田薫が、釘をのみ下したのは、母親も知らぬ間の出来事であった。

手術によって除去された釘は古く、かなり錆びていた。父親が、教授から腐りかけた釘を見せられた時の驚きは大変なものだった。失神しそうになりながら、もし母親が、薫をいつも背負ってさえ居てくれたら、こんなバカなことにはならなかったろうにと、先ず、頭に浮かんだのも事実である。しかし、妻の焦燥ぶりに、ただならぬものを見、何も言えなかった。言えば妻は、自殺をするだろうと直感したのである。

薫の命は無事であったが、その後、手術部位の狭窄状態が徐々に進んだ。この後遺症が後に、この子の人生の大きな重荷になるとは、生後六か月の異物除去手術成功の時点では、誰も予想出来ぬことがらであったろう。

現在食事は、胃瘻にビニールチューブを挿入し、その先端から高蛋白流動食を流しこみ、命を保っている状態である。薫の顔色は、栄養不充分なため、蒼黄色く、むくんでいた。体格はやっと三歳児程度の発育で、表情は、この上もなく暗い女の子だった。こうして、三田薫は、食物すべて口から食べる喜びをもぎ取られてしまった子供となった。

人間の生きる楽しみのうち、最も日常的な味わう本能的楽しみを奪われ、幼少年時、最大の生き甲斐を失った薫は、憂鬱な眼で、羊のように温順だった。彼女は胃袋から、一本のビニール管を腹の外にぶら下げて遊んでいた。ビニール管は外れないように絆創膏で固定してあるが、余りはげしく遊びすぎると、だらりと、長く腹の下に落ちてきた。

看護婦は、ビニール管が抜け落ちないよう、主として、注意を彼女の腹部に集中させた。遊びの時は、まだ救いがあった。食事になると、病児達は喚声をあげる。入院患者にとり、食事はたった一つの喜びに違いなかった。立派な大人達でさえ、それが言える。子供達は包帯で白く巻かれた痛い足も手も忘れて、食事用のテーブルに駆けより、それぞれ気に入りの椅子の、ぶん取り合戦を始めた。その騒ぎ自体が彼らのレクリエーションである。

薫は、大人より冷静な眼と、客観的な態度で、その状況を見つめていた。他人の食べる様子を、じっと見つめながら、己れの本能を殺すのである。もしかすると、それは一生続くのかも知れない。モモ子は、自分なら死んだ方が、ましだなどと、浅ましくも思う時があり、薫を見ているのが辛くなる。

三田薫の胃袋は健康だし、育ち盛りの子供である。想像出来るだろうか。その時の己れを殺す幼い子の姿を。一とき、石地蔵のように動かなかった。生きている子供というより人形だった。すると、その時、例の哲也が、薫を慰めるように寄ってくるのだ。

「あいい」

ベッドを指して、早く寝た方がいいよ、そんなふうに囁くのだ。幼い動作ながら長い闘病生活に耐える者だけに通じる、ほほえましい情景であった。

哲也に促されると、薫は自分のベッドに横になる。白いパジャマの上着をめくり、腹から覗くチューブを、モモ子に示すのだった。薫は黙って、窓越しに外を見る。我慢強さが、体中から滲み出る。窓外を見つめ、いつも何も言わなかった。一体何を見ているのかは分らなかった。空なのか、欅の大木か、飛ぶ鳩の群れか、たった五歳の女の子の、永久に続くかも知れない苦悩に耐える姿である。

イルリガートルを彼女の枕許に運び、高蛋白流動食を、その中に流しこみ、チューブの先を薫の腹のチューブと接合して、モモ子は静かに流れを調節した。

「どうかしら、このくらいの早さで」

「うん、いい」

大人のように薫は答えた。やがて、ペッ、ペッ、と唾液を膿盆《のうぼん》に吐き出す。食欲と共に、唾液が口中にひろがり、それさえ飲み下すことはできない。薫の食道は喉の下七センチの部位で、ぺったりと癒着し、何物の通過も、不可能になっている。

「かんごふさん、かおる、ジュースも飲みたいの」

コップからストローで、思う存分に、ジュースを飲みたいであろう。

「いいわ、ジュースもね」

モモ子は応えて、イルリガートルに、ジュースを流しこむ。ガートルの中で、流動食とオレンジジュースが混合し、嫌な色の液体となった。液体は、毒薬のようにビニール管を通って、薫の胃の中に流れこんでいった。

「もっと、ゆっくりやって」

細い声で薫が言った。モモ子は慌てて調節をする。この調節を狂わせると、液体は、がぼっと、胃から逆流し食道に溢れて、薫を七転八倒苦しませてしまう。そんな時、哲也が目ざとく飛んできて、薫のベッドを離れず、心配そうに、「あいい」「あいい」と叫んだ。

薫について驚かされるのは食事時間だけではない。一日三回の食事は、薫にとって諦めの時間に相違なかった。問題は午前十時と、午後三時の、おやつの時間である。病児達の、この上ない嬉しい時間、それが薫にとり、実に残酷な時となる。

補助婦が例えば、カステラとか、ケーキ、クッキー、果物、アイスクリーム等を、ワゴンに載せて、各自のベッドに配給して歩くのだが、

「ぼく、一番先に頂戴」

「ちいちゃんの方が、一番よ」

病児達は、先を争ってベッドの柵から乗り出し、両手を突き出した。補助婦があまりの騒ぎに困り果てた顔をすると、薫は、走ってきて、黙ってベッドの上に居る病児達に、お菓子の載った皿を手渡して歩く。補助婦の仕事を手伝いながら皿の上のお菓子を見ると、薫は思わず目を見張る。口の中に唾液が噴き出る。あっという間に口一ぱいに唾液は拡がり、薫は病室の隅の洗面所に馳けていって、吐き出している。食べたい本能が、薫の唾液腺を刺激して活発な機能亢進を始めるからだ。こうして薫は、ワゴンと、洗面所の間を、何回も往復しつつ、病児達に菓子を配って歩いた。

ケーキを美味しそうに食べる仲間、その姿を見て、薫は自分のよろこびとするのだろうか。薫は大人のように信仰を持つはずも無いし、道徳教育を授かる年齢でもない。薫は既に、無償の行為のよろこびを、それにより、他人のよろこびをよろこぶ献身の精神を体得してしまったのだろうか。

人間は生まれながらに、このような美しさを持っている。モモ子は、薫から教えられる思いであった。人間て、こんなにも素晴しい。或いは、本当の不幸に突き落とされた時、人間は与える心、与えられる心の意味が、分るのであろうか。現代は、献身という言葉を軽蔑する時代だと、モモ子は思う。献身よりは自己主張が尊ばれ、それが歪められて、利己主義や、自己中心主義までが、正しい自己主張と間違えられている。救いを求める人々に対する無償の献身は、愛の深さや高さを、口先で議論するより、モモ子には、薫が、お菓子を運ぶ姿の中に黙示されているように見えてならなかった。

その内、ある時期から、谷口哲也が、膨れた尻をふって、薫の後ろを追い、同じように補助婦の仕事を手伝って、病児達にケーキを配って歩くようになった。薫が、洗面所で、唾液を吐いていると、哲也は後ろに立って、薫の背中を、一生懸命さすっている。

二人の姿を見ると、モモ子は、看護の原点を教えられる思いがした。素朴で純粋な愛こそ、看護の原点ではなかったろうか。モモ子は、その時、いい知れぬ感動を覚えた。

笑顔

三田薫の主治医坪田医師は、がっしりとした体格だった。手術衣のまま膿盆を捧げ持って、看護室に入って来た。膿盆の中に、長さ三センチ程度の肉塊が入っている。

「これが、薫ちゃんの癒着した食道の一部だよ。よく見ておいてください」

「まるで、蛸の足を切ったようですね」

木原主任は感慨をこめ、丁寧にピンセットで摘みあげて、スタッフ一同に見せた。

色は暗紫色で、固く、こりこりしている。

「これが、悪戯をしていたんだね。まずは、オペは成功だった。教授のおかげだ」

坪田医師は、瞼がへこみ、マスクをとると、頰が削げて見えた。手術が、如何に大掛かりであったかを、その顔は物語っている。

先ず、食道狭窄部位の切除、次に食道端端吻合術《しょくどうたんたんふんごうじゅつ》つまり食道狭窄部位を切除した端と端を、つなぎ合わせたわけである。最後に胃瘻部を縫合して手術は終了した。

この間、二度の呼吸停止があり、一時は心臓停止寸前まで、血圧が低下してしまった。

小児外科、耳鼻科、小児科の各教授、医師グループの懸命な努力と、最高の技術が、薫の生きようとする生命力を、見事にとらえることが出来たのだと、坪田医師は説明した。

手術後、数日間、恢復室での経過を終え、薫は無事に、小児病棟術後室に戻ってきた。薫は、酸素吸入を続けながら、蒼白な顔で耐えていたが、それも一週間すると、酸素は除かれ、嘘のように元気な顔付きに戻った。

成長期の小児の恢復力は、モモ子達の眼を見張らせる。例の哲也は、特徴のある尻を振りながら、毎日、薫の部屋の前に立ち、心配そうに覗いては、

「あいい」

通りかかる看護婦達に、病室の中を、さして問いかけている。

「大丈夫よ。薫ちゃんは、もうすぐ哲也君の二十号室に帰れるのよ。心配しないでね」

看護婦達は、彼の心を思いやり、大声で答えている。

「哲也に聞こえないのに、つい大きな声を出してしまうわ。哲也の初恋の人のことだもの」

と、笑い、その明るい看護婦達の表情で、哲也は、すべてを了解し、安心して二十号室に戻っていった。

薫が術後室を出て、二十号室に戻り、数日が経過した。

「さあ、今日は薫ちゃんの手術が、本当に、成功したかどうかのテストをしよう」

坪田医師が、モモ子に言った。

「祈りたい気持ちですねえ」

主任も緊張して、ジュースを、コップに注ぎ、ストローを用意して、薫の床頭台《しょうとうだい》に載せた。

ベッドの周囲を、坪田医師を中心に、看護婦達が取り囲んだ。明日は教授回診である。

「薫ちゃん、さあ、ゆっくりと、ストローで吸ってごらん。出来るかな」

坪田医師が優しく言うと、薫は急に顔を伏せ、首を横にふり、嫌だと言った。

かわるがわる元気づけても、何故か駄目である。

「困ったなあ。飲み方を忘れたのかしら？」

坪田医師が、頭を抱えるように言った時、いつの間にか、大人達の間から顔をつき出し覗き見をしていた哲也が、突然、手を伸ばして、ジュースのコップを取り上げ、チュウと音を立てて、半分程飲んでしまった。

一瞬の出来事だった。

「あらら、だめよ、これ薫ちゃんのですよ」

驚いて、モモ子が言いかけた時、哲也は、

「あいい」

飲み残しのコップを薫に手渡した。

受け取ると、薫も同じ手付きでコップを握り、唇を少しとがらせて、チュウと、少し飲み、そうだ、確かに飲み下したのである。

さすがに誰も何も言うひまはなかった。

ごく自然に、また一息、チュウと特徴のある細い飲み方で、飲み下したのであった。そして見事に、ジュースは通過した。まるで嘘のようであった。

「もういい。もういいよ。みんな飲むな」

坪田医師は、心配と、感激で、薫からコップを取り上げてしまった程である。

「ばんざい。ばんざいだ」

坪田医師は眼鏡を外して、へこんだ眼を、ハンカチで拭いた。看護婦みんなで拍手を送っていた。

「哲也、えらかったわ」

モモ子が哲也の頭を、頰をなぜ回している。哲也の笑い顔が、得意気だった。

木原主任は、一瞬驚いたが、改めて、モモ子を見直していた。

ひねくれた哲也を、これまでにしたのは、やはり香山モモ子の心情であろう。

スタッフの誰も彼もが、みな避けて通った道を、モモ子だけは、真正面から、ぶつかってくれた。そう気付いた瞬間に木原主任は、頭の中のしこりが溶けてゆく感じがした。

スタッフ達が、一週間で参ってしまう重症児の、次の担当者を決めかねていたからだ。この人だ。香山モモ子を、あの重症児の担当に決めよう。主任は、モモ子を、ふり返った。

「谷口哲也は、こんな顔で笑うのですか」

「はい」

モモ子が胸を張って答えた。

色白の顔が、興奮気味で、頬が紅潮していた。名前の通り、桃の実のように可愛らしく、頬の生ぶ毛が光って見えた。化粧をしない若い肌が清潔だった。

「当分、薫ちゃんの食事指導は、哲也君に頼みましょうか、先生。皆さんも賛成でしょう」

木原主任は、珍しく、明るくスタッフの顔を見回して、冗談を言った。

「あとは訓練次第だろう。慎重に時間をかけて、薫ちゃんを元気にしよう。主任さんも、あせらないで下さいよ。薫ちゃんも、がんばるんだよ。ごはんが沢山食べられるようになったらおうちにかえれるからね」

哲也には、聞こえない先生の声である。

畸型児

「二十号室担当は、磯村亮子と交替してください。三田薫の食事指導は、最初が難しいですから、貴女より先輩の人がいいでしょう」

木原主任が、モモ子を呼び止めたのはその翌日である。磯村亮子と呼び捨てに言ったのも、珍しいことであった。

「その替り、今日から、しばらく、この子に重点を置いて、ケアー（看護）をして戴きます。この子を完全にケアーすることが出来れば、総ての病児をケアー出来ると言っても、いいくらいです。小川怜子さんも術後室担当になったのですから、あなたも、がんばってください」

木原主任が、その児を、モモ子に示した時、モモ子は思わず、数歩あとずさっていた。示された赤ん坊を見た瞬間、軽い嘔吐感と眩暈《めまい》を覚えたが、木原主任を見上げた時、彼女の中高の鼻と、眉一つひそめぬ毅然とした態度に、我に返った思いであった。

主任に伴われ、病室の入口に立った時、部屋ナンバーの無い個室であったから、患者は特殊な重症児であることぐらいは覚悟の上だったし、先輩から多少の噂は耳にしていた。

しかし、これ程、重症の畸型児とは想像もしていなかったのである。ベッドに山賀純一郎と名札が下がっていた。

モモ子が最初に気付いたのは眼で、両眼共に無かった。右の眼球は、生まれた時すでに無く、左眼は、眼球の奥にできた悪性腫瘍《あくせいしゆよう》のために摘出されたあとだった。眼球ばかりではない。この児には、満足な手も足も無かった。両手、両足とも、あるべき関節が無く、関節部位は、ちぎれそうに、くびれていた。それは、ウインナーソーセージを想わせる。指も無い。

その部分は、丸い肉の塊となって、ピョロンと、くびれた先に、ぶら下がっていた。つまり、肩から先は、細長い肉塊が、三つくびれてぶら下がっているにすぎず、両足も全く同じである。三本つながったウインナーソーセージだった。頭部だけは、身分不相応に大きく、扇形にひろがった頭蓋骨で形成されていたから顔は非常に細く見えた。小さく尖った顎《あご》が、特に痛々しい。皮膚は薄黄色く濁っていた。

「サリドマイド児でしょうか」

「いいえ」

木原主任は静かな声で、何故このような赤ん坊が産まれたかに就いては、現代の医学でも何一つ分っていないのですよと呟き、父親も母親も健全な体の持主で、ただ高年初産のせいか非常な難産の末に、このような児を出産したそうです、と言った。

「しいて原因らしいものをと聞かれれば、この児の母親は、妊娠中を姑と過ごし、毎日がトラブルの明け暮れで臨月を迎えたということぐらいで、けれど、このことと畸型児出産との因果関係は無いというべきでしょう。何故なら、世の中には、同じような家庭環境でも、健全な赤ん坊が大勢産まれているのですから。実は、父親にだけ真実を話し、母親には、児を見せずに、既に死んでしまったと思わせてあります」

ここで木原主任は、溜息をついた。

生きるために、必要な基本的条件を欠いているこの児は、この先、長く生き延びることは全く考えられない上に、この児の母親に見せることで、罪もない彼女に、無用の恐怖や罪悪感を負わせることのないように、との病院側の配慮があり、その替り、この児の極めて短いであろう生涯に、病院側は、医療施設として、良心の限りを尽し、最善の保育と治療を施す義務を負っていたのだった。

「看護婦達は、この児を、タロウと呼んでいます。この別名は、あなたの先輩みんなで付けた名前なのです」

木原主任は、そう言い終わると、指導者として、先ず、くり抜かれて空っぽの眼窩《がんか》の洗滌方法から、モモ子への、オリエンテーションを始めるのだった。

山賀純一郎　一年四か月　男児

医学の進歩は、まだ、この児を見捨ててはいなかったが、体の発育状態は、産まれて間もない乳児のようだった。顔の表情だけが、老人くさくて奇妙である。

外はもう冬から早春の光がこぼれ始めていて、何となく春めいていたが、小児病棟には季節は感じられない。ここは常に春でもなく夏でもなく、もちろん冬でもなかった。いうなれば無色透明な、ガラスの季節であった。

特にタロウの部屋は、四方ガラス張りの部分が多いので常に明るく、夏は冷房、冬は暖房で、部屋の温度と湿度の調節は、モモ子達看護婦の重要な仕事の一つである。

タロウを取り巻く季節は、ガラス箱の季節だ。それでも、朝と昼と夜の移り変わりだけは、部屋の窓に、くっきりと刻みこまれて訪れた。それが勤務する者にとり、唯一の救いでもある。このことがもし無いとしたら、と、想像すると、モモ子は気が狂いそうな日もあった。

タロウも、このことを、見えない眼で感じているようである。

朝、先ず暗い洞穴のような二つの眼窩を、ボール水で洗滌する。最初、モモ子は指先が不自然にふるえた。ふるえながら、洗眼瓶で洗滌を始めると、タロウは鼻の筋に二本の皺をよせて嫌な顔をする。眼脂が、洗っても、拭っても、とり切れず、後から後から噴き出てきた。特に悪臭は無い。だが、この処置の時、モモ子は何度か嘔吐感に見舞われた。先輩達は、みな涼し気な顔をしているが、それぞれ経験済みなのだ。弱音を吐くな、と、その度に、自分で自分を叱咤激励した。

「モモ子、しっかり。早く鼻からミルクを注入しなければ、タロウは空腹ではないか」

鼻腔から、チューブを挿入し、時間がくると、点滴でミルクを注入しなければならない。ミルクが一滴、二滴と、胃袋に滴下されると、タロウは、舌を上唇につけて、ペチョ、ペチョと音を立てた。丁度、乳を吸う赤ん坊の口つきである。ペチョペチョ、ペチョペチョ。胃に食物が入ると反射的に舌の運動を始めた。なんという不思議な所作であろう。モモ子は眼を丸くして驚き、そしてタロウをいとおしく思った。この舌の運動は、タロウに限ったことではなく、例えば兎唇《みつくち》の手術後の乳児にも同じ現象が見られ、ミルクを鼻腔注入すると、どの子も全く同じ舌の運動を始めた。タロウの反射神経や内臓機能は、まだ健全なのであろうとモモ子は思った。眼の洗滌を終え、ミルクの点滴を終えると、口腔内の洗滌に移る。このあいだ生えたばかりだという二枚の乳歯は、みそっ歯になっていた。

不潔な口腔内をのぞくと、舌の上は、白い舌苔が既に黄色く積って厚い層になっている。口を使わないことが、口腔内をますます不潔にしていた。使わずにいれば汚れないと考えがちだが、人間の体はどの一部も、使わずに遊ばして良いところなど無いのが、タロウを見ると、よく分る。使わなければその日から退化する危険性をはらんでいるのが、人間の体というものなのだろうか。

タロウの体の中で、一番健全で素晴しい部分、それはペニスである。この部分だけは実に血色が良く、赤らんでいて、タロウとは関係なく生きる、生きもののようであった。
タロウのペニスは、他のどの赤ん坊にも負けない位、整った形で、美しく溌剌としていた。看護婦達が、タロウと名付けた気持ちが、モモ子には、実感として理解出来た。ミルクの点滴を終えると、ペニスはぴんと緊張して、噴水のように尿を噴き出すのだ。臀部を不潔にするのは看護婦の恥である。今迄のどの担当者も一生懸命、看護したことを物語るようにタロウの臀部は清潔だった。今の所、タロウの排泄は健康で、モモ子を不思議がらせた。全身の処置を終えた頃、主治医の西牧医師が回診に来る。

「どうだい、今日のタロウは」

顔を覗きこみ、腐敗しかけた果実のような頭のてっぺんと、おでこを指でぐいと圧《お》して見る。タロウは例によって、鼻に二本の皺をよせ、嫌な顔をするのだ。時に、薄い鼻出血を見る場合もあった。

「やはり、ここに出来ているなあ」

西牧医師は、タロウを見つめて言う。圧されて痛そうな、頭と額を、モモ子はなぜてやった。

「可哀そうです。もっと優しく、おして戴けませんか」

モモ子は抗議するように西牧医師に言った。

「痛くはないよ、痛いくらいなら結構な話だ」

西牧医師は、モモ子を軽蔑したように言う。医学上、痛いはずはなくとも、それはタロウにしか分らないと、モモ子は思った。いや、タロウは、本当は飛び上がるほど痛いに違いない、タロウばかりか、モモ子の頭まで、圧された部位が、ひどく痛む思いなのだ。頭のその辺に、人間の侮辱感覚ないし屈辱感覚があるのかも知れないと思えた。

モモ子は、いつの間にか、タロウの担当看護婦ではなく、母親になっていた。

西牧医師は、タロウの胸に聴診器をあて、心臓の音を聴き、おむつを取り去ると、膨れた腹を無雑作に手で圧してみてモモ子に言った。

「世界でも、これだけの畸型児が、一年以上も生きている例は、一例もないんだよ君。でも眼の腫瘍《しゆよう》が脳に転移していると思われるから、もういつどうなるか、時間の問題だなあ。眼球のように、脳を取ってしまうわけにもいかんから、このことで駄目になるのは仕方がないとしても、二次感染には特に注意するように。二次的なものでやられては、今迄の努力が水の泡だものね。その点は、君達の分野だよ」

そして、今日から早速頭にコバルトを照射すると言い置いて帰っていった。

つまり、タロウは、「現代の医学的レベルで、このような重い畸型児を、幾日生存させ得るか?」の証明のために生きているかのようにモモ子には思えてならなかった。医師も看護婦も、つまりはその一つの記録にむかって、懸命なのであろうか?

タロウを抱いて、コバルト室に足を運ぶモモ子の頭の中で、0から9迄の記録数字が、時を刻むように音を立てた。

「タロウ、がんばってね。死んでは駄目よ」

美しいはずの、こんな言葉でさえ、タロウにむけては、実にそらぞらしく思えて、モモ子は、口に出せなかった。

タロウを、乳児用の車に寝かせ、車ごと、コバルト室に入れ、左の側頭部からコバルト照射を始めるのだが、手や足は萎えしぼんで、ほとんど動かせないタロウなのに、どうかすると、あの大きな頭だけを、くるーんと反対側に回すのだ。

コバルト照射中、技師や看護婦は、別室のガラスの小窓から覗き見しながら観察をする（技師は機械の操作を続けながらである）。

モモ子は、タロウの頭の位置を、機械の下に固定する。技師はそれを確認すると小窓の向こうで、親指と人さし指で円を作りモモ子の方に、「逃げろ」のサインを送ることになっていた。サインを確認した瞬間、モモ子は白衣をひるがえして逃げるのだが、数秒すると、タロウはふと、モモ子の居ないことに気付き、頭を左右に振るのである。

「いけねえ、いけねえ」

小窓を覗き観察中の技師は、慌てて、スイッチを切った。

「捜しているよ、看護婦さんを。あんたが傍に居ないのが、わかるのかしら？」

技師は不思議そうに呟きながら、遠慮勝ちに、モモ子に、タロウの傍で頭を押えていることを要求するのである。

「なるべく、手を突っ張ってさ。頭を軽く押えて、君の体を機械から、なるべく離すようにするんだ」

どう手を突っ張っても、モモ子の手の長さは知れている。だがタロウは、モモ子が頭を押えていると、安心して、びくともせず、じっとしていた。

「看護婦さん、明日から、眠る薬を注射してから、コバルト室に来てよ」

技師はモモ子に言う。主治医に伝えると、

「何のための技術やだって、そう言いなさい。毎日、眠剤《みんざい》を注射していたらたまらないよ。タロウの命は短くなるに決まっている」

西牧医師は、そう答えるだけである。

モモ子は仕方なく、プロテクターを着て、コバルト室に入ることになった。含鉛ゴム製のプロテクターは、かなりの重量でモモ子の肩にくい込む。ふらつきながら歩くと、技師は他人ごとのように、

「しっかり、たのんまっさ」

と笑った。タロウの背負わされた宿命の重さを考えれば、これしきのことで、とモモ子は己れを励ますのだが、放射能の恐ろしさを一番勉強しているはずの技師の態度には、医療従事者としての良心を疑ってしまう。

タロウと一緒に、コバルトを浴びながら、またしても、モモ子の頭の中に、0から9迄の数字が氾濫し、医とは何か、看護とは何なのかと、理由のわからぬ混乱が渦巻き始めるのだった。

医師は、制癌剤や輸血や栄養剤の投与のオーダーを出すだけで、一日に一度、タロウの顔を覗き、心臓の音を聴くだけになった。既に手術も不可能な患者であるし、「もう、秒読みの段階だ」と、誰もが覚悟をしているようである。

コバルト照射で全身衰弱も加速度的になった。殊に皮膚の変化はひどい。排便後のタロウの臀部は、よほど丁重に扱わないと、表皮が剝がれ赤黒く爛《ただ》れてしまう。モモ子は、二次感染防止のため、タロウの臀部のケアーに集中しなければならなかった。

それでも、タロウの耳に口をよせ、

「タロウちゃーん」

と呼ぶと、にっと、口許だけで笑う時があった。

不思議な愛情が、ますます熱く、痛くモモ子の胸を締めつけた。それは将来モモ子が、母になる日のために、自然がくれる母性愛の原型として、胸の中に生まれつつあるかのようであった。

身代わり

外は五月になっていた。

ガラス窓に雨が降りつけると、雫《しずく》が緑色に映える。そんな日の午後のことである。三十歳を少し過ぎたかと思われる女性が、突然この病棟に飛びこんできた。タロウの母親だった。死んだとばかり信じていた我が子が、現在でも生きて入院中だと夫から聞き出してしまったのだ。

期待と希望と、そして不安と不満が、うずまいて台風となり、彼女の心を圧しつぶしていたのだろう、年齢のさだかでない表情で、棒のように突っ立っていた。

タロウの父親は銀行員である。月々の給料から、几帳面に、入院費を支払っていた。タロウを施療の患者にするには、あまりにも不憫に思う父親の贖罪《しよくざい》であろうか。それにしても入院費は、かなりの金額である。月によれば数十万円になるという。四十歳にもならぬサラリーマンの彼にとって、なまやさしい生活ではなかった。

「浮気としか、思えなかったのですわ」

タロウの母親は言った。

「子供を欲しがらないのです。どうしても。それで私は……。私立探偵にまで頼んでしまって……。バカだったんです。わたし」

彼女は涙声で言った。グリーンのツーピースの色が、彼女の蒼白い頬に反射して、美人特有の形の良い鼻が印象的である。そう言えば、一週間程前に、タロウの父と同じ職場だといって、見舞いを申し込んだ紳士が居たと、磯村亮子が、申し継ぎの席で言ったことがある。面会日でもなし、木原主任は要領よく断ったが、お父さんが、どうお話をしたのかしらと主任は首をかしげていたという。

「ひどいではありませんか。嘘を言うなんて……。発育が非常に悪いそうですが、なにも隠すことはないでしょう。あの子を産んだのは誰でもない、この、わたくしですよ」

彼女は、木原主任に、つめよった。

「高年初産で、ずい分と苦しい思いをして、やっと産んだのは、この、わたくしですよ」

あまりに突然のことだった。

予期しない事態に主任も呆然とし、担当のモモ子を呼んだ。

「抱かせてください。お願いします」

母親は、主任にしがみついた。

モモ子は主任の指示通り、急ぎ、主治医に連絡をとっていた。

「抱かせてください。会わせて……」

廊下の奥の方で、赤ん坊の泣き声がすると、タロウの母は、半狂乱の態だったが、木原主任は、さすがに落ち着きを戻していた。
一、小児病棟は勝手に家族が入れないこと。
二、御主人は、お子様が元気になるまで、つまり、お子様のことを考えて、規則を固く守ることを約束したこと。
三、面会日は、木曜日と日曜日だけであること。
四、乳児や重症者の家族は、窓越しの面会であること。などを、何か、むなしい顔で、実は必死の時間稼ぎの気持ちを隠して説明しながら、西牧医師の現われる間をつなぎ、待っていた。
言葉を続ける主任の顔色は、タロウの母親に負けぬ位、蒼白であった。

母親の耳には、主任の声など、ほとんど聞こえなかった。そんな彼女に、もし本当の息子を抱かせたら一体どうなることだろう。母の思いを想って、絶対面会は避けなければならぬ。木原主任は、必死であった。

やっと馳けつけた西牧医師の案で、窓越しに違う病児を彼女に教えることになった。

タロウの身代わり役の病児は、重い心臓畸型児だった。やはり、とても救うことの出来ない運命の児を選んだのである。

西牧医師は、その児《こ》の心臓を絵にかいてタロウの母親に説明を始めた。

「実は、ファロー四徴症《しちょうしょう》という心臓病で、根治手術は、年齢が三歳以上であることが必要とされていますが、頻繁に、つまりたびたび無酸素症発作がありますので、まず、短絡手術を近日中にと……」

「抱かせてください」

母親は、悲痛な声で叫んだ。

数日後に手術を控え（この児にとってそれは真実のことである）二次感染予防の意味で、絶対外来者を近づける訳にはいきません。と、西牧医師も強硬な態度で応えた。

「では、せめて、手術のあとは、私に看病させてください」

くい下がる母親の情の前で、西牧医師も答える言葉もなく、頭を下げ無言で立ち上った。

「術後の看護は、とても素人の方には無理で、どちらのお母様も致しません。私、担当看護婦として全力を尽します。お母さんのお体も大切です。その方が……」

モモ子の言葉のあとを継いで、

「お子様の大手術のあとを、ご覧になるのも辛いでしょう。内科と違い、外科的な病気は日数が大体きまって、なおります」

木原主任は、いつもの冷静さに戻っていた。きまってなおります、という言葉は、いささか無責任な発言であったが、この場合は無理もないと、敢えて西牧医師も聞きとがめなかった。

この母の本当の息子タロウを、そっと抱いてモモ子は、タロウの代役の病児の隣りのベッドに寝かせた。タロウも母親に会いたいだろう。主任は、母親の心をいたわり、モモ子は、タロウの心を思った。

タロウは、両眼を眼帯で覆っていた。

「あの子は、どうしたのですか?」

母親は、ガラス越しに自分の実の息子タロウを指でさして聞いた。

「眼が悪いのです」

西牧医師が、恐い顔で答えた。

「眼の悪い病気の子と、ならべて寝かせて、あるなんて……。看護婦さん、うちの子に、悪い眼をうつさないでください」

母親は、モモ子にむき直った。モモ子の他に、どこにも自分の怒りを、ぶつけようもない悲しい眼であった。

「大丈夫です。伝染するような病気ではありません」

モモ子は、やっと答えた。

「でも気をつけてくださいな。うちの子は、母親にさえ抱かせないほど、重症ではありませんか」

母親の声は、のどで、ひっつれて、掠れた。

葛藤

タロウの悪性腫瘍が脳に転移してから、頭の鉢は、ますます、ひろがっていった。

コバルト照射や制癌剤の副作用で、毛髪はぼろぼろと抜け落ち、抱き上げると枕カバーには、頭髪がタロウの頭の形なりに、べっとりと附着している。毛がほとんど抜け落ちた頃になると、時折、痙攣《けいれん》を起こし、コバルト照射後、数時間は呻いている時さえあった。

モモ子は、タロウに栄養を与えながら、また、時にタロウと一緒に恐ろしい放射能を浴びながら、タロウの苦しみを思って、眠れない夜もある。

「これで、いいのだろうか」

「私の看護は、正しいのだろうか」

そんな時、モモ子は、婦長が聞かせてくれた昔の体験談を思い出していた。

「戦争中のことでした。産科病棟に勤務していた時のこと、ひどい難産の挙句に両手が無く、両足共に半分の赤ん坊が産まれたのです。産婦には死産ということにして、看護室の片隅の籐籠の中に、その児を寝かせておきました。一滴の水も与えませんでした。誰も気付かないうちに、ひっそりと、その赤ん坊は死んでいましたが、一日も、もたなかったように覚えています。餓死させたわけです」

「一体、どちらが本当の医なのですか？」

モモ子は或る日思い余って、主任に尋ねた。

「主任さん、私の看護は正しいのでしょうか。タロウの膨張していく頭を見ると、私は息がつまりそうです」

「香山さん、私に聞かれても、分りません」

木原主任は、非常な冷静さで答えた。

「主任さんに分らないのでしたら、婦長室にいって教えて戴きます」

「香山さん」

主任は、静かな声で、厳しく呼び止めた。

「私達の仕事というものは、どうも、余り深く考えたり、夢中になると、長続きしません。つまり深くかかわりを持ち過ぎないことが、大切だと言っているのです」

木原主任は思った。どうして香山モモ子はこうも一つのことに夢中になってしまうのだろう。その点、小川怜子は、自分に突っかかるが、その時だけである。物事に頓着しない小川怜子の方が、むしろ適任かも知れない。いや、香山も限界の時期が来たのだろう。

「香山さん、貴女、タロウの担当は、今週で結構です。小川さんと交替してください」

モモ子が重症畸型児、山賀純一郎の担当である間、怜子は手術後重症室担当であった。術後室には、五人の赤ん坊が居て、ほとんどが、レスピレーター（人工呼吸器）を、つけられていた。口唇にチアノーゼが見られ、あえいでいる傍で、数人の医師が、患児を取り巻き処置を続けている。

「何を、どうやられようと、赤ん坊なんて、何も感じたり分ってやしないから、先生も気が楽でしょう」

怜子の言葉に、医師達は嫌な顔をしたが、答えはしなかった。医師達の軽蔑を湛えた表情を見ても、怜子は別段気にも留めない。怜子の技術の未熟さは、先輩達が補っていたし、医師達も怜子に、それ以上の期待は、持たない様子である。

タロウの担当を、怜子と交替させられたモモ子は、術後重症室担当となった。先輩達は、夜も昼もなく寝ずに喘ぐ重症児達の命を見守り、絶えず病児の全身状態のチェックや、取りつけられた器械の操作、汚物の処理など、いっときの気のゆるみも見せず、立ち働いていた。

心臓手術後、気管切開された赤ん坊は、指人形のように、乾いた口をぱくぱくあけ、涙だけが眼を濡らし、声も無く泣いている。脊椎破裂の二歳の女児は、うつ伏せのまま、苦しそうにミルクを吸った。この病児達を、無表情に処置するドクターの姿は、時におもちゃの人形を、いたずらする悪魔の姿にも見え、そう見えるモモ子は、医療技術者になり切れぬ幼なさと、高度な医療器械を操作する技術を早く体得しようとする必死さと、二つの心を同時に持ちながら、技術優先に振り回される毎日に、看護婦として最も大切な心を失ってはならないと懸命であった。

肉塊

「あ、駄目だ。あぶない。首を振ってるぞ」

小窓を覗きながら技師が振り返り、怜子に言った。

「もう、首を振る元気もないはずなのに」

怜子が、ぶつぶつ答えると、

「今日も、この調子では、出来ないね」

技師は、諦めた声で言った。

「出来ない、出来ないって、もう一週間過ぎてしまったわ。技師さんは、どうせノーマルなクランケやない思て、今までも、いい加減に、やっととったんと違うか。ほんまは、気持ち悪いんやろ」

「バカ」

技師は、突然、大きな声で怜子を怒鳴った。

「口に気をつけなさい。言っていいことと悪いことがある」

ふだんは無口で温順《おとな》しいタイプの男性かと思っていた怜子は、タロウの担当看護婦となった最初の日から、この技師が嫌な人間に思えて好かなかった。

コバルト照射中、タロウが機械の下で動かないように、押えることを怜子に命令したからである。

「なんぼ、プロテクターを着ても、看護婦は若い女性ですよ。なんで私が、そないなことせんならんですか」

「前の担当看護婦さんは、黙ってやってくれたよ。僕がサインを送ったら、さっと逃げれば、大丈夫だよ」

「逃げればいいとか、悪いとかの問題ではあらへん。それに前任者との比較はごめんやわ。もしも前の担当者が、プロテクターをつけたとしたら、それは看護婦としても、無知やわ」

怜子は、自分を女だと思ってバカにしとると思った。こういう時こそ、むしろ毅然とした態度で、看護婦の立場を守り、主張すべきことは、明確にすべきなのに、モモ子の、どあほ、と思った。

ここ一週間、タロウのコバルト照射はずっと不成功に終わっている。

「眠剤《みんざい》を注射してこなければ出来ないね。この頃、ばかに動くからね」

技師は、きっぱりと言うと、部屋を出ていってしまった。

タロウは、もうすぐ「死」であるはずなのに、あらゆる高度な治療を受けて、二次感染の症候は全く無い。奇跡的だと西牧医師は、内心驚いていた。それだけに眠剤を注射してのコバルト照射は避けたいと願った。

「もし眠剤を注射して、コバルト室で死亡した際は、私共としても困るのです」

木原主任は、黄色く、しぼんだタロウを見つめて言った。

「この体で首を振るなんて信じられないなあ。担当者と技師と、うまくいってないのじゃない」

西牧医師は、主任に聞いた。その言葉を耳にした怜子は、突然腹が立ってきた。

「先生」

西牧医師と主任の間に割って入ると、

「うまくいっているとか、いないとか、そんな問題ではありません。第一に看護婦が、タロウと一緒にコバルト室に入ること自体が、おかしいと思います。香山さんがいけないのや。プロテクターなど着て。看護婦はレントゲン技師の助手ではありません。先生だってそうや。自分の研究のためやったら一度くらいコバルト室に来て、様子を見たら如何ですか」

怜子は興奮すると、関西訛りの言葉が混じってしまうが、筋違いな発言はしていないと自負していた。

「香山君は、今、どちらの担当？」

怜子の鉾先《ほこさき》をそらすように、西牧医師は、主任に聞いている。

「術後室です。呼びましょうか」

木原主任は、いつの場合にも、規格通りの冷静さである。

「君達の問題で、我々の本当の目的を阻害されては困るね」

西牧医師も、さすがに疲れた表情だった。

モモ子が、タロウの部屋に呼ばれて入って行くと、西牧医師と主任、怜子が、タロウのベッドを囲んでいた。

「タロウが、君の担当を離れてから、コバルトを一度も受けられずに居ることは、君も知っていると思うのだが」

西牧医師は、直接モモ子に話を始めた。

「あと二回で終了という大切な時なのでね、困っている。所で今、小川君からそのことに就いて苦情を言われたのだが、君は、技師の言う通り、タロウと一緒に、コバルト室に入って押えていたのかね」

「………」

「そのような前例をつくられては困ると言うのが、看護婦さん達の言い分なんだ。僕に言わせれば、さし当って君達のなすべきことは、生命維持の医学的限界を正確に把握するために他の要因の混入を防ぐことにある。無用な同情によって、データーを狂わされたり、変な摩擦で感情的な処理をされては困るんだ。また、君達にコバルトが照射されるのを防ぐ必要は絶対だ。君達に指摘されなくとも、僕は医師だ。若い未婚の君達自身に、万一不妊や癌でも発生させては、それより最悪の場合、君達のベビーに畸型が生ずるような悲劇が起きては、この研究は台無しだし、自分の医師としての立場もなくなる」

西牧医師は、ここで一息ついて、タロウに目を移した。

「タロウは、脳の半分、眼の全部、鼻の一部を侵されて、もう人間じゃないよ。今は、ただ、あらゆる医療を加えて、辛うじて苦痛を麻痺させている一個の肉塊になってしまった。我々の研究は、この絶望的な悲劇から、以後、生まれてくる子供達の安全のために、ともかくデータを取っておくことなんだ」

モモ子は俯いたまま、西牧医師のクレームを比較的冷静に聞いていた。クレームのほとんどは、モモ子達に対する好意的な勧告であったし、医学的にも正しい注意だと思った。しかし、たった一つ、モモ子には聞き逃すことのできない言葉が、含まれていた。

それは、タロウが、もう一個の肉塊になってしまったという西牧医師の言葉である。

「ご注意は有難いと思います。けれど、先生の言葉の中に、大変な間違いが一つあります。それは、この児が一個の肉塊だという考え方です」

モモ子は、胸を張って、はっきり答えた。この場合、相手が小児科の権威であろうが、町の医師であろうが同じだと思った。モモ子の胸に、まるで口のきけないタロウの魂が宿っていて、モモ子の口を借りて叫び出そうとしているかのようである。

「タロウは一人の人間です」

すると、厳しい顔付きの西牧医師が、静かに笑いを漂わせて言った。

「君のナイーブな気持ちは分るよ。しかし、君も医療技術者の一人でしょう。感傷に溺れては、正確な認識が持てないことぐらい、分るだろう」

「いいえ、タロウは、人を愛し、人の愛に応える術《すべ》を知っていますから、立派な人間です」

「…………」

「本当です。私は、この両手で、タロウを愛することが出来るし、タロウはそれに応えて、コバルトに耐えてくれました」

「まさか……。君は、オーバーだね」

西牧医師は、科学者の顔に戻って、冷たくモモ子を見据えながら、

「君、具体的に、それを証明して貰いたいね」

それは、いつもの西牧医師ではなく、真理の追究のためには、どんな妥協も許さない科学者の素顔だった。

証明

その日、放射線治療部の待合室は人気が無かった。西牧医師は、タロウを載せた車を待っていた。彼は、別にモモ子の発言に対して感情的に対応したわけではない。一つの実験を思いついたのである。ここ迄、生き延びたタロウ、つまり現在のタロウに、果して人間の識別が可能

であろうか。モモ子の発言のように、自分を愛する人を感じ、反応を示す能力、或いは、機能が、どのような形で残されているのであろうか。たとえ、相手が若い看護婦といえども、聞き捨てにしてはならぬものを、彼は科学者として受けとめていた。コバルト照射は微量にしよう、と思っている。

タロウを載せた小児科用の車を怜子が押し、婦長、木原主任、モモ子が揃った時、技師はなんとなく重い雰囲気を感じ、改めて、タロウの頭に、赤いマジックで点と線を書き改めた。

はじめ、西牧医師が、プロテクターを首から掛けて照射に立ち会い、固定されたタロウを確認した。タロウは、もう静かだった。西牧医師が手で押える必要もなかった。技師のサインを待つまでもなく、西牧医師は、タロウを離れ、技師の隣りで小窓を覗いた。技師が、おもむろにスイッチを押そうとした時、タローの右袖が動き出した。それは首を、いや体全体を揺らす前ぶれの動作であった。

「だめだ、だめだ」

タロウに馴れた技師は、思わず叫んでいた。

「先生、あれをやり出すと、もう駄目です」

西牧医師は、何とも答えず、婦長を促したが、タロウに馴れぬ婦長は、ためらい勝ちな動作で、手も足も出ず、もちろん失敗であった。木原主任は、私はもう結婚する気はありませんから、不妊も恐れませんよと言って、タロウを、じっと押えているから、スイッチを入れてください、と技師に再度念を押した。

しかし、タロウは、どうしても反対側を向こうとしているらしく、

「今日も、結局、駄目ですな」

技師は、すっかり分りきった顔で、スイッチを押そうともしないのである。怜子は初めから介助する気もなく、技師もそれは徒労だと思っていた。問題は、モモ子にあった。

「あんたが入っても、あの子は、もう駄目だと思いますよ。駄目な日は、何度やっても、駄目なんですから」

頤《あご》で、モモ子を示して、技師は一同に説明したが、モモ子は、かまわずタロウの傍に歩いていった。久し振りのプロテクターは重く、いつになく、ずしんとしたものを感じていた。

「タロウちゃーん」

彼女は、パジャマの袖をまさぐり、ピンポン玉のような肉の手を捜した。熱が少しあるのか、と、肉の玉を握りしめながら、不安がよぎったが、それは、モモ子の手のひらの熱が、タロウと密着し、体温が一体となったからである。

「タロウちゃーん」

タロウは、鼻の例の皺を二本よせた。

「あなたは、モモ子が分ったの。そう思ってもいいのね。モモ子はどこにもいかないわ。ここに居てあげるね。つらかったら、うんとあばれていいのよ。好きにしたらいいのよ、タロウ」

モモ子が心に叫んだ時、コトコト、小窓が鳴った。見ると西牧医師と技師が、サインを送っていた。モモ子は以前、技師がそれとなく求めたように、手を突っ張った。タロウをあの時のように押えはしなかった。タロウの丸い手を熱く握っていただけだった。じっと、いつまでも、そうしているつもりだったのに、サインは、逃げろのそれではなく、終わりのサインだったのである。

一瞬で、すべてが終了した。

タロウは、熱いモモ子の手を感じとった。

タロウは、立派にモモ子の愛に応えてくれた。照射は、成功した。

タロウの車を押して、モモ子が廊下に出ると、何とも言えぬ感動が、スタッフ一同に、伝わっていた。

待合室のフロアーが、清潔に光っていた。

別離

夏が突然にやってきた朝、タロウは死んだ。

その日、まだ冷房も完全でない病院だったが、霊安室の空気は、ひえびえと沈んでいた。解剖を終えたタロウの遺体は小さいが、桐の棺に納められ、祭壇の上に祀られていた。その雰囲気は、立派な大人の死に負けないほどの厳粛さであった。

山賀純一郎霊位、と、白木の位牌があった。

その前に立つと、誰もが線香の煙の中で、胸をうたれ、焼香の人は列を作った。その人達は、タロウの生きざまに、何らかの関わりを持った人達だが、祭壇の傍に立つタロウの父親には、西牧医師や、小児病棟の看護婦の他は顔も知らない人ばかりだった。小児科医、小児外科医、解剖学教室医員、薬局員、X線検査技師群、まるで病院葬のようであった。

生涯、苦しみの中で、タロウが如何に生きたかの証しのように、モモ子には思えた。

あの朝、熟睡から醒めて、モモ子は久し振りの爽快感を覚えたのだった。夜勤あけの翌日で、前の晩は、ひどい雨だったから、深い眠りに浸れたのだ。きっと今日は、季節のない小児病棟にも夏の朝が爽やかに漂い、窓ガラスにも昨夜の名残りの雨が、雫《しずく》になっているだろう。七月二十日の朝は、いつもよりずっと早く目覚めて病棟に出勤した。

入口の重いドアーをあけて入っていくと、タロウの部屋の前に、一人の紳士がしょんぼりと立って、ガラスの中を見つめていた。モモ子は、朝の爽やかな心が急に場違いなものに感じ、夜勤明けのせいかと、妙な気持ちでナースセンターに入っていったのだ。

「タロウ、今朝、六時四十分、とうとうステルベン（死亡）した」

西牧医師が、モモ子に告げた。

「あなたが夜勤中、一生懸命生きていてくれたのにね」

タロウの死に、立ち会った木原主任がモモ子を労わるように言った。

昨日の昼間、タロウを見舞った時は、いつもより呼吸が静かで、脈搏もしっかりしていた。

「タロウちゃん」（モモ子は必ず、一度は名前を呼ぶことにしていた。意識の反応を確かめる意味もあった）と呼ぶと、久し振りに、にっと、笑ってくれたのだった。

「六百二十一日目。実に一万四千九百時間弱、一万五千時間には到らなかったが、しかし世界記録だと思う。タロウも、がんばってくれたが、君も、よくやったね」

鼻の上に、二本の皺をよせて、嫌な顔をしたり、薄く笑うタロウの顔ばかりが頭にあって、モモ子は誰の声も遠い海鳴りのようにしか聞こえなかった。看護婦は泣いてはならない。己れを強く叱り、つき上げるものに耐えた。

患者が死んだ朝の病棟は、不思議と静かで、元気な赤ん坊達さえ泣かずに、ひっそりとしていた。悪戯盛りの子供は特に敏感で、面会時間以外に大人が病室の前に立っていることが、何を意味するのか恐ろしげに心得て、ベッドにもぐりこんでいた。いたずらっ子程、淋しげで、いじらしいのが特徴である。

二十号室前の廊下に、哲也と、明日退院の薫が手をつなぎ、遠くから、じっとこちらを見ていた。

タロウは、こうして解剖室に移されていった。父親と、そして廊下に立つ哲也と薫に、見送られて行くように。

「多くの人を救う医学の進歩のために」

と父親は感情のない顔でモモ子達に言ったが、何となくほっとした表情も隠さなかった。

「純一郎の母親には、時期をみて話します。いろいろと、ご迷惑をかけました」

父親は、丁寧に頭を下げた。

長い時間の解剖と、意外なほど大勢の焼香者が居て、もう夏の夕暮れが、コバルト色にそのあたりを染めていた。漆黒の車は、病院が用意して裏門に停まっている。焼香者は誰も帰らず、タロウを見送ろうと、裏庭に佇んで待っていた。タロウの柩が車に乗ると、父親は改まった表情で、見送りの人達にむかい、頭を下げた。

「このような立派な葬儀をして戴こうとは、思っても居ませんでした。純一郎は……。一人前の人間として、こんなにも大勢の方々に、お見送り戴きまして……幸せな子です」

父親は、この時初めて涙を見せ、言葉に、つまった。

「純一郎が生まれて以来、私共一家は、不幸のどん底でした。私は生まれて初めて、父親らしい気持ちを、たった今、味わうことができました。……。私の気持ちを……上手に表わす言葉を、知りません。感激しています。有難うございました」

父親は、涙を拭いながら、ふかぶかと頭を下げた。

痛ましい親の姿だと、モモ子は思ったのに、自動車の中で柩を抱いた父親は、優しい穏やかさに包まれていた。

タロウの車は、静かに去って消えた。

夕風が、車のうしろを追った。

医療少年院物語

——法務教官という名の看護婦

転職

1

その朝は、いつもよりきびしい冷え込みだった。

H医療少年院の看護婦《ナース》、夏川凜子《りんこ》はそれでもいつもの習慣でまだ夜が明けきらない午前六時にはベッドを離れ、七時きっかりに身支度を終えると、用意しておいた昼食用のサンドウィッチと夕食用には焼肉と野菜炒めを添えた二食分の弁当のほかに勤務用の七つ道具を入れたリュックを肩にマンションの三階にある自宅を出た。

寒い朝は吐く息もことさらに白く、頬にふれるとなま暖かくさえ感じられる。

古綿のように、すすけた色の雲が天を覆い、二月の空はいかにも重苦しく不透明だ。

それは今朝の凜子の気分そのものだった。朝の爽快感を味わえない大方の理由は睡眠不足からきている。

凜子は、このところ一日おきに三回も当直勤務を続け、寝不足にたたられているにもかかわらず、同僚の一人が流感で休暇をとったため、今夜もまた、当直勤務に就かなければならなかったのである。

気がつくと、夏川凜子は奥武蔵野の雑木林の間道を縫うように走る私営バスの中にいた。ゆるやかに移り変る窓外の風景に目を凝らすと、さむざむとした冬空を突き刺すような裸木の枝に、それでも新芽が少しずつふくらんできているのが微《かす》かに分かる。

凜子は、春の近づきを予感する、そんな風景がたまらなく好きだった。すると、重苦しかった気分が、いつの間にか職場にむかう快《こころよ》い緊張感に変ってくる。

そういえば初めてH医療少年院に出勤したのも二年前のちょうど今ごろの季節だったと、緊張と好奇心に胸ふくらませていたあの日のことを思いおこすのだった。

もともと凜子は、国立A大学病院の手術室でナンバーワンと言われていた看護婦《ナース》だった。その彼女に外科の間中《まなか》医師が、

「是非とも頼まれてほしいことがある」

と、頭を下げてきたのが、H医療少年院への転職の話だった。

そのとき、凜子は「なんで自分が？」と戸惑い不満も感じたのだが、それをむげに断わりきれない理由《わけ》があった。

間中医師は一年前に肺ガンで亡くなった凜子の父の主治医として力の限りを尽くしてくれたし、以来一家をあげて世話になっている。いや、それよりも凜子自身が日ごろから間中医師の人柄に深く打たれていたのである。

凜子が小児外科病棟に勤務していたころのことだった。レントゲン室で二歳の幼児の胸部X

線を撮影するため、暴れるその児を押さえていると、そこへ間中医師が入ってきた。

「君、僕がその子を見るから廊下に出てなさい」

彼は言ったかと思うと、「女性に放射線を浴びせるなんて、もってのほかだ」とX線技師に注意を促して、凜子の代役を勤めてくれたのである。医師というものは、そのほとんどが看護婦《ナース》に関するそうした些細ではあるが重大なことに対して意外に無関心なものである。それだけに凜子の感動はひとしおであった。その後、外科病棟に移り、父の発病を知ったとき、主治医は間中医師しかいない、と無理を承知で願い出た。間中医師はその時も、「光栄です」と快く引き受けてくれたのだった。

間中医師の日ごろの温情を思うにつけ、彼のすすめの転職であれば決して悪い話ではないだろうと、心のどこかで安心もしていた。

そんな凜子の心中も知らず、間中医師は、

「少年の特殊施設でね。普通の学校に行けない子供の学校みたいな所といえばいいかなあ」

と、遠慮がちに言い、自分もH医療少年院に週に二日は出張しているのだが、そこの上司から外科系のベテラン看護婦さんを是非紹介してほしいと頼まれたのだと説明した。

彼は当惑している凜子の顔を見てとると、

「その学院に収容されているのは、中学、高校の少年だけに、教育的なセンスも必要なんだよ。

君は以前教師になろうか看護婦になろうかと迷ったことがある、と話をしてくれたことがあったろう。あれ、思い出してさ、適任者は君だ、と思ったんだ」

彼にしては珍しく強引に押してきた。

凜子は、間中医師にそんな話をしたことなど、とうに忘れてしまっていたのだが、彼の言う「教育的センス」という言葉にすっかり乗せられてしまった。

たしかに高校時代、凜子は教師になりたいと思った一時期があったが、今から考えればそれは多分、英語の教師にあこがれていたせいだと思っている。

「この話は泉田看護部長からも了解を貰っているんだよ」

と、間中医師はつけ加えるのを忘れなかった。

(へぇー、そこまで話が進んでいたのか)

凜子は驚き、それから先は彼の言葉を、すべて鵜呑みにすることになった。

教育の場で「看護」の技術を生かせるなら、願ってもない職場ではないか。この辺で心機一転、職場を変えるのも、自分をマンネリ化させない良い機会かもしれない。

患者は、十四歳から二十歳までの思春期の少年少女ばかり、と聞いた凜子は、そこで転職を決意した。なぜかといえば、その年ごろの少年が体の不調を訴えて病院へくると、病院側は内科に受診させたり小児科に回したり、はなはだ曖昧《あいまい》な対応をしているのが現状である。体の不調は時に心の傷から発症することもあり、患者の訴えの内容がデリケートな場合など、精神科に回す場合も珍しくないだけに、それが果して正しい処置と言えるかどうか、凜子はいつも疑問を感じていたからである。

高齢者に老人科や老人病棟があるように、思春期の人には思春期科や思春期病棟があって然るべきではないか——という凜子の、その思いが彼女の転職の決意に一層拍車をかけたのかもしれない。

2

夏川凜子がH医療少年院に初出勤したのは彼女が二十七歳の誕生日を目前にした一九九×年の早春のことだった。

あの日も、こうしてバスに揺られながら奥武蔵野の雑木林を眺め、目指す「H医療少年院」とは、いったいどんな職場だろうと、しきりに思いをめぐらせていた。

そんなときの凜子は好奇心の塊で、その上、考えることといったら現実的というより夢を追うようなことばかり。だから、それは想像するというより空想にふける、といった方が正しいかもしれなかった。

「H医療少年院前」でバスを降りると、すぐ目についたのは灰色の高いコンクリート塀だった。バス通りに面して、高さ四、五メートルもあると思われる石の門柱があり、それがH医療少年院の正門であった。

木立ちの奥の正面玄関は、高い塀や門柱に比べ、意外にこぢんまりとしている。

後ろに見える鉄筋コンクリート造り六階建ての病舎の窓のすべてにはめ込まれた曲線の鉄格子が、冬の陽を冷たくはね返していた。

入口のドアを押して中に入ると、建物の中は暗く冷えびえとしていて、凛子が想像していた学校の雰囲気とはまるで違い、彼女をひどく戸惑わせたものである。どうしたものか少年たちの声も全く聞こえず森閑としていて、学校とも病院の雰囲気とも違い、しいて言えば老人ホームの入口に似ていた。

こんな所に大学病院から医師が出張しているというのも意外で、凛子は、物珍しげにあたりを見回していると、気配を感じたらしい受付係の女性が出てきて、「どうぞ」と、スリッパを揃えてくれたのである。

応接室に通された夏川凛子と面接したのは、山田首席教官だった。

彼は、男性としては小づくりに見えたが、いかにも鍛えぬかれた感じの体つきで、五十歳を過ぎた人とは思えないキビキビとした動作をする。頬骨のあたりや鼻の頭と手の甲が赤黒く日やけしていて、頭は坊主刈り、これで街宣車に乗れば、間違いなく右翼団体のボスに見えるだろう。

「あいにく院長も次長も医務課長も昨日から出張中でして……」

と、彼は前置きしてから、

「どうぞ、おかけ下さい」

と、凜子にソファーをすすめた。

「ご存じと思いますが、ここは……」

と、彼はおもむろに話を切り出しながら、「教育生活のしおり」という薄く綴じられたプリントを凜子の前に置いた。

「教育目標
○基本的生活習慣の確立
○勤労の習慣の確立
○基礎学力の向上」
という活字が、凜子の目に飛びこんできた。

「ここは初等、中等、特別、医療の四種類の中の一つでして、少年法に基づき、家庭裁判所が収容保護処分を決定した十四歳から二十歳までの非行少年のうち、心身に異常がある者を収容する施設なんです」

（なんだ、ここは非行少年たちの病院ではないか……）と凜子は意外に思った。間中医師からは、ここを少年の特殊施設と聞かされていたから、凜子はそれを自分流に理解して、喘息や腎臓病などの慢性的な持病があるために一般の学校に通学できない虚弱児を収容するような施設だとばかり想像していたのである。

凜子は「子ども病院」から連想した「少年病院」ととらえていただけに、間中医師から騙《だま》されたような気がした。しかし、考えてみれば施設の名称は「H医療少年病院」ではなく「H医療少年院」であったのだ。

すべては自分の早合点によるものだと諦めるより仕方がなかった。凜子の早合点と、そそっかしさは生れつきのものらしく、これまでもそれでしばしば失敗している。

「現在、医療少年院は全国に四カ所ありまして……」

山田首席教官は凜子の心中も知らず、言葉を続ける。

「そのうちの二庁は精神遅滞者や情緒未熟性不適応の少年に対して専門的な治療教育を行なっていて、あとの二庁が心身の疾患、つまり身体障害や精神障害、その疑いのある者に専門的な治療をしております。この施設は後者に属します。それから……」

と、彼はH医療少年院の組織や職員構成について、ざっと説明をした。

「ここは院長と、これを補佐するのが次長で、その下が三部門に分かれております。一つは総務的な仕事をする庶務課、そして収容少年の医療を行なうのが医務課、もう一つが少年の教育・処遇を担当する教務課で、院生を二十四時間見守り彼らの保安・矯正教育を行なっています。この教育部門で働く人たちが法務教官です。医師や看護婦は法務技官なのですが、今回、あなたは法務教官として採用されておりますね。中途採用のせいかな？　そのへんの所は私にはよく分かりませんが……。

しかし、あなたは看護婦さんですから、院生の保安・教育には直接の関わりはありません。従って夜勤はなく、看護婦さんは当直制になっております」

山田教官の声は静かだったが歯切れがよく、その上、迫力があった。

「何かご質問がありましたら、どうぞ」

凜子が患者数と病気の種類を知りたいと答えると、

「あなたには、そこが一番肝腎でしたネ」

と、口元に笑みをうかべ、

「患者の定員は百名、現在は男子が七十三名、女子三十二名、計百五名です。病気の種類や、これに対応する医療陣については、あとで医務課のトップ、高波医務課長から、ご説明があるでしょう。医務課以外の職員構成は法務教官四十六名、うち女性教官が十名。それから先程も申しました庶務課の事務系職員と、栄養士、調理師、ボイラーマン等、合計で六十名おります」

山田教官は、そこまで言うと、さっと立ち上がった。

「では、所内を、ひとまわりご案内しましょう」

言いも終らないうちに、応接室のドアを押して廊下に出ると、彼は足早やに歩き始めていた。

山田首席教官が最初に案内したのは、一階の外来棟であった。

「ここが、あなたが所属する医務課で、各科の外来です」

そこは暗い廊下を中に挟んで、内科・外科・整形外科・眼科・耳鼻科・歯科の診察室が向かい合って並んでいて、人気もなく静まり返っていた。

薬局とレントゲン室が、その先に見えた。

「この医務課が夏川さんの直接の職場ですが、専門的なことは加瀬婦長に教えてもらってください」

山田教官は廊下に立ったまま、

「加瀬婦長さんはいませんか」

と呼んだ。すると、どこからか、

「はーい」

という声が聞こえ、加瀬暢江《のぶえ》が薬局から小走りに姿を現わしたのだった。

頭にキャップをつけず、パンタロンスタイルの白衣を着た加瀬暢江は、額が広く、髪に白いものがかなり目立つ五十歳前後の人で、どちらかというと冷たい感じがする女性であった。

「間中先生からのご紹介で……」

山田教官が初対面の凜子を紹介している間にも、加瀬婦長はまるで人間を値ぶみするような目付きで、凜子の頭の先から足もとまで視線を走らせ観察を怠らない。

後で分かったことだが、これは加瀬婦長の悪意のない癖で、長い間少年院に勤務している者が、ともすると身につけてしまう職業的な習性らしかった。

「各科の先生によって外来診療の時間もまちまちですけれど、看護婦の仕事は病院と変りないし、何もかも一度には覚えきれませんから、まァ、やっているうちに分かってくるでしょう」

加瀬婦長の言葉はなんとも頼りなかった。そして、最後に「仕事の内容についてのオリエンテーションは特にありません」と言ったので、凜子は急に先輩から突き放されたような気がして心細くなってきた。

これも後になって分かったことだが、凜子の前任者になる筈だった看護婦に二日間もかけてオリエンテーションをしたところ、三日目に辞められてしまったのが、影響したものらしい。

加瀬婦長は、凜子にもそれをやられてはたまらないと警戒したのだそうである。

廊下の一番奥に、産婦人科診察室とその一隅に内診台が並び、手術室がそれに続いている。

「あの……」

と、凛子は足を止め、山田教官に質問した。

「これは女生徒のために？」

「女生徒？　ハハハ」

と、山田教官は初めて白い歯を見せて笑った。

それは真面目な時の表情とはガラリと変って、いかにも人の良さそうな笑顔である。

「一般少年院は男子と女子を別々に収容しますが、ここは病気を治療するところですから」

「産婦人科まであるのですね」

「女子少年が入院する際は、必らず婦人科の診察を受けさせます」

山田教官は、何のわだかまりもなく答えた。

凛子は、まだ十四歳の少女までが、自分さえ経験したことがない婦人科の内診台に乗るのかと思うと、哀れにも冷酷な仕打ちにも思え、そこに〝非行〟に対する行政の非情を見る思いがした。

「医療少年院送致となって、うちへ来た少年は、始めに身体検査と医務課長の診察を受けます。主に内科と精神科ですが、女子については、それに婦人科の診察が加わるのです。本人が妊娠に気づいていなかったり、性病に罹っていたり、薬を隠していたり、いろいろありまして」

「………」

「原則として病気はすべて、うちで治療しますが、精密検査が必要な場合、例えばCTスキャンやMRIのような検査は近くの病院にお願いして検査を受けさせます」

彼は大股で歩きながら説明するので、凜子は聞き洩らすまいと、ついには小走りで山田教官の後を追う羽目になった。

「外科の間中先生は、整形を兼任しているので大変なんですよ。このところ、整形の患者が多くて……」

「骨折が多いのですか？」

「ええ。ほとんどが盗んだ車で事故を……。免許もないのに車に乗りたくて、道においてある車を無断借用する窃盗犯が多いのです」

外来棟と少年が収容されている病棟との間は、ザラザラしたコンクリートの渡り廊下になっていて、右側が中庭、左側には広いグラウンドの一部が見え、はるか向こうを、紺のトレーナー姿の少年が数人、北風に向かって走っている姿が見えた。

その中には、遠目にも風に負けて、エッチラオッチラと今にも前のめりに倒れこみそうな元気のない少年の姿もあり、凜子は一目見て「やはり病気の子だ」と直感したのを覚えている。

凛子はこの時の印象がいつまでも焼きついていて、ここがただの学校でもなければ病院でもないことを、いや応なく感じさせられたのだった。

渡り廊下の突き当たりにある鉄筋コンクリート六階建の建物が少年たちの病棟である。すべての窓に鉄格子があるのは逃亡防止のためであると、山田教官は説明しながら、病棟の鉄扉の鍵穴に、ごく自然な手付きで鍵をさし込み、ギイッと重い金属音を立てて厚い扉を開け、

「どうぞ」

と、凛子に会釈した。

少年達の病室は居室と呼ばれ、中央の階段の踊り場を境に東寮西寮に分かれ、それぞれの入口にも厳重に錠が掛けられていた。山田教官はそれらの扉の前に立つたびに鍵をさし込み、開けては閉め、用心深く施錠を確認する。

「ここの勤務で、最も重要なことは、この鍵です。各寮の出入りについては、その都度、かならず施錠を確認すること」

彼は説明を続けながら、繰り返しそれをやってみせた。それらの山田教官の行動から、凛子は改めて少年達が、拘禁状態の中で闘病生活を強いられていることを知ったのである。

寮の中は壁も床のビニタイルもクリーム色で、意外に明るい配色だが、少年の居室は病室というより、独房か雑居房と呼ぶにふさわしいものだった。

一階には新入生が入る考査室と謹慎室用の独居房が十室並んでおり、二階の居室のほとんどは定員四名の雑居房であった。

雑居房にはベッドが四床あり、マットは畳である。その上に棒縞模様の木綿の敷布団と掛布団が一枚ずつ三つ折りに重ねてあり、薄汚れた鼠色の毛布一枚と枕がその上に置かれていた。

これが少年たちの寝具一式である。

部屋の片隅にトイレがあり、間仕切のベニヤ板に、「トイレはきれいにつかいましょう」と、少年が書いたものらしいたどたどしい字の貼り紙が目についた。

トイレと並ぶ洗面台の棚に、歯ブラシ、石鹸、磨き粉《クレンザー》などが並んでいたが、これらはすべて国からの支給品だと、山田教官は一つ一つ手にとって説明する。

またベッドの脇に机と椅子があったが、これらの配置はすべての部屋に共通していた。

雑居房が並ぶ各棟には、食堂を兼ねたデイルームや多目的ホールがあり、本棚にはかなりの数の図書が備えられていた。

洗濯室の脇の壁には掃除用具のモップが十本かけてあったが、そこにも鍵穴付の扉が取り付けられている。いくら何でも、こんな所にまで錠をかけてしまうなんて、とあきれた凜子は、

「掃除用具を置く所にも鍵をかけるのですか」

と、山田教官に質問してみた。すると、

「けんかが始まると、時に、これが凶器になりかねませんからね」

と、思いがけない答えが返ってきた。

独居房にはベッドがなく、床の上に直接布団が敷かれていた。

男子寮と女子寮を区切る中間の位置に体育館があり、バレーボールに熱中している元気な女子院生の声が高い天井にこだましていた。一般の中学や高校の生徒とまったく変らぬ喚声をあげながら飛びはねる彼女らは、見たところとても病人とは思えなかったし、まして非行少女という言葉から連想される陰湿なイメージなどまるでなく、明朗で活発な町なかのどこにでもいる少女たちの姿であった。

女子寮が男子寮と違う点は多目的ホールのほかに十畳の和室があることだった。

和室は情操教育の一環として華道や茶道の教室としても使われ、一間《いっけん》の床の間には少女たちの手で活けられたという季節の花が飾ってあった。

女子寮の多目的ホールの掲示板には、

「今月の目標
○他人に干渉しない
○他人の悪口を言わない」
などと、ポスター用の模造紙に筆で書かれているのが目についたが、その表現がいかにもこの年ごろの少女の日常を彷彿させていて、凜子にはほほえましく感じられた。

「この外に保護房が三室あります。これは特に自傷や他害、自殺の恐れのある者や深刻な症状が出た時に収容する独居房です。日ごろ看護婦さんのお力がどうしても必要な所でもありますから、見ておいて下さい」

言いながら、山田教官は早足で一階へ降りると、いったん東寮の外へ出た。

保護房は、そこから五メートルほど先に孤立して建てられている平屋建の建物であった。

彼は腰のベルトにくくりつけてある鍵束を取り出し、中の一つを扉の鍵穴に差し込むと、慎重に鍵をあけた。

ガシャーンと重く響く鉄の扉の開閉音を耳にしたとき、凜子はまるで自分が別の世界に閉じ込められたような恐怖を感じた。

それは建物の中に入ったとたんに便臭が鼻をつき息苦しさに襲われたからだろうか。

保護房は山田教官の言葉どおり一定の間隔をおいて三室あったが、それは人間を閉じ込める「檻」のようだった。

一つの部屋の広さは三畳ほどで、入口の扉もそれまで見学してきた寮とは比べものにならないくらい、いかつく頑丈にできていた。

扉には、大人の目の高さに、内部を観察できる監視孔があり、下の方には、縦長《たてなが》の給食孔が取り付けられている。

「ここから食事を……」

と、山田首席教官は低い声で言った。

扉の左側の壁に透明なガラス窓があり、そこから部屋の中が見わたせるが、中からは外が見えないように、廊下側に衝立《ついたて》が置かれていた。

「どうぞ」

と、山田教官に合図された凛子は、音を立てないように衝立を少し移動させて、中をのぞいて見た。凛子は好奇の目で人を盗み見る自分が、うしろめたかった。

まず部屋の一番奥にある白い陶器の和式便器が凛子を驚ろかせた。

便器を囲む一メートル四方の床はクリーム色のビニタイルだが、ベッドはなかった。

部屋の右の隅には、床に水道の蛇口が取り付けてあり、水を受けるために床が三十センチ四方に浅く切り抜かれていた。

蛇口と床の間が狭く浅いのは顔が蛇口の下に入らないように工夫されたもので、これは溺死の防止策とのことであった。

蛇口の脇にプラスチックの小さなコップが一個。

天井の隅にあるたった一個の小さな窓には、厚いガラスがはめこまれ、そこから射し込む淡い光が、部屋の内部を冷たくうつし出していた。

反対側の天井には、収容患者の状態を二十四時間監視するテレビカメラが取り付けられている。

入口の扉にくっつくように茶と黒の棒縞模様の木綿布団が床の上にじかに敷かれ、坊主頭の少年が布団の上に上半身を起こし足を掛布団の下に入れ、おびえたようにあたりを見まわしていたが、その、いかにも落ち着かない様子は、ひと目で彼の精神状態が異常であることを現わしていた。

おそらく少年は、部屋の外に誰かが居ることに気付いているのだろう。

この物音一つしない部屋にいる少年の耳に、錠をあける音、扉の開閉音、二人の靴音などが聞こえないはずはない。

水道の蛇口がノッペラボウに見えたのは、蛇口の首に栓がないからだった。

「蛇口の下に手を出せば、センサーで水が出るのですか」

凜子の質問に、山田教官は首を大きく横に振った。

「水がほしいと言えば、天井にマイクがあって教官室に届くのです。それで教官がここに来て、部屋の外にある、この管の栓をこうして……」

保護房と保護房の間にある太い水道管の元栓を山田教官は操作して見せ、

「水道栓も時に凶器になりますから」

と言った。

人間が一生のうちで最も成長する時期、みなぎる活力を発現する思春期に、たとえ一定の期限があるにもせよ、このような場所に閉じ込められるとは、なんという残酷な運命下におかれた少年たちだろう。

凜子の視界の中で、おどおどと、おびえたように辺りを見回している少年を目《ま》のあたりにするにつけ、それを平然と見ている自分が大層嫌な人間に思えてくる。と同時に、人格を破壊されつつある少年が、人間としての尊厳を取り戻すまでの苛酷な一場面を見るような気がしてならなかった。

この子たちを一日も早く立ち直らせたい、しかし自分に一体何ができるのだろうか。とこの時、凜子は形容しがたい不安に襲われたのだった。

その隣りの保護房では十七、八歳の色白の少女が、あられもない姿で眠りこけていた。手足をぶざまに投げ出した寝姿は底知れない眠りの深さを現わしていたが、それは明らかに向《こう》精神薬の作用によるものだと凜子には、すぐに理解できた。

病院の患者も、ある意味では異常な状態におかれていると言えるだろうが、それでもまだ日常性が残されている。だが、ここは全く異質の空間だった。

（可哀そうな少年たち！）

思わず凜子は叫びたくなった。だから、保護房から外へ出るや否や、

「恵まれない環境にいる少年を心暖かく看護してあげたいですね」

不意にそんな言葉が口をついて出てしまったのだ。すると、山田教官は、

「相手は羊の皮をかぶったライオンと思った方がいい」

と、ひややかに答えたのである。

凜子は意外な思いに打たれると同時に、この胸板の厚い山田教官の心の底にある人間への不信と冷徹な観察力を見る思いがした。

「ここは一時間ごとに見回るのですか？」

「巡回は十五分ごとですが、ここだけは教官室のテレビモニターで常に観察しています」

そして山田首席教官は、

「二人とも希死念慮《きしねんりよ》（死にたいと望む心）がある患者なのです」

と、つけ加えた。

「看護婦の巡回は？」

「看護婦さんの巡回は一切ありません。保安の責任者ではありませんから。何かあった場合、教官が医務課に通報して看護婦さんに来てもらうのです」

山田首席教官の声を聞きながら、凛子はほんの少し安心したものだったが、

（とんでもない所にきてしまったのではないか……）

という疑念が、少年たちへの同情と相剋し、いつまでも胸につかえていた。そうとも知らない山田教官は、

「教官室によって挨拶を」

と、笑顔で振り返ったのである。

教官室の雰囲気は学校の職員室によく似ていたが、一般の学校の職員室より、ほこりっぽく感じたのは、今どき珍しいダルマストーブで暖をとっているせいだったかもしれない。

教官たちは紺色のトレパン姿で、誰も彼も声が大きかった。

「今度、医務課に勤務することになった看護婦さんの夏川凛子さんです」

山田首席教官が凛子を紹介する。

と、ちょうどその時入ってきた若い女性が、ひときわ大きな目を輝かせて、

「守田です、よろしく」

と、真っ先に挨拶をした。ストレートパーマの長い髪を後ろに垂らした国立女子大学出身の女性教官・守田早苗である。すると男たちも、

「ご苦労さんです」

「よろしく」

「お手やわらかに」

などと、それぞれ名前を言わず挨拶を送ってくる。

職員室の一隅にテレビが二台あり、その画面につい先刻《さつき》見てきたばかりの保護房の少年と少女の姿が映っている。

少女の姿は、見てきたままの寝姿だったが、少年の方は、柏餅のように頭から布団にくるまって寝ていた。

呆然《ぼうぜん》とテレビを見上げている凜子の後ろから、若い教官の一人が声をかけてきた。

「こうして彼らを見ていると、生きているんだか死んじゃったんだか分からんときがあるんですよ。そんなとき頼りになるのが看護婦さんでねぇ」

「病院の看護婦も、患者さんをモニターで観察しながら、不安になることがあります」

と、凜子は正直に答えると、

「そういうもんですかなァ」

別の教官が真剣な顔をこちらに向けた。

(それにしても)と、凜子は考えこんでしまった。こうして、ひととおり院内を案内してもらったものの、病院勤務で身につけた看護婦らしい仕事は、何ひとつ目につかなかったからである。

（いったい、ここには、それらしい仕事があるのだろうか？）

凜子のそんな思いをさらに深めたのは、それから間もなく出張から戻ってきた高波医務課長から鍵を手渡されたときであった。

「院内を山田首席が案内してくれたそうですから、一般業務については、特に私から言うことはありません」

おもむろに口を開いた高波医務課長は、内科医だが、医師というよりお役人タイプだった。

「彼は自分より十年先輩の五十二歳」だと、後に凜子は間中医師から教えられた。

「ここでは七名の医師が院生の治療に当たっています。内科医が私を含めて二名、精神神経科二名、外科・婦人科・歯科各一名、整形科医が欠員なので外科の間中先生が兼任中です。問題は看護婦さんで定員八名のところを五名でがんばって頂いている。あなたはA大病院でも腕利きと聞いて、院長も喜んでいます」

凜子は恥ずかしくて首をすくめた。

「ところで……」

高波医務課長は大きな眼でギョロリと凜子を見据え、机の上にあった辞令と三個の鍵を手にとった。

「これは各寮の出入口の鍵だが、ここの職員にとって鍵は、命から二番目に大切な物と思ってください」

「…………」

「ここでは、院生の逃走、自殺と火災を三大事故といい、最も不名誉な事件とされています。そのうち一番多く起こる事故は収容少年の逃走です。つまり、その鍵は常に彼らにねらわれている、ということです」

ここで高波医務課長は、一息つくと、再び言葉を続けた。

「まして鍵のかけ忘れは論外、鍵の紛失は大変な事故につながりかねない。時には命がけで守らなければ……という場合もあるが、さりとて鍵のために命をなくしても貴女の命は返してはあげられない。そこは各自の判断でやってください」

(判断でやれ、と言ったって……)

凜子は、かつて経験をしたこともない緊張感に戸惑うばかりだった。

要するに、オリエンテーションなどしても分かるものではない。日を追って勤務に馴れ体得して行くよりほかに方法はないというのが、ここの指導者たちの考え方らしく、それは医療施設らしからぬ、実に非論理的で古めかしい体質の職場だと、凜子には感じとれたのであった。

それにしても、「鍵」のことが心配で、気が重かった。七年間の病院勤務との違いは、まさにこの「鍵」だった。そればかりか間中医師の言葉を鵜呑みにして、いとも簡単に転職した自分のうかつさが悔やまれてならなかった。

3

「H医療少年院前、H医療少年院前。お降りの方は、お忘れもののないように……」

夏川凜子は、そこで我に返った。大急ぎで膝の上のリュックを肩に掛けなおし、バスを降りる。背筋を伸ばして歩く凜子の姿は、もう早朝の重苦しい疲労感など微塵も感じさせない健康な一看護婦《ナース》に戻っていた。

すぐ目の前に見える高いコンクリート塀に沿った長い道を、凜子は颯爽と歩く。いつの間にか雲の切れ目から薄陽《うすび》が洩れ、そそり立つ灰色の塀に弱々しい光を投げかけていた。

高さ四、五メートルもあるコンクリート塀は、以前は金網製のフェンスで、その上に鉄条網をはりめぐらせたものだった。が、何人かの院生が、体育の時間にグラウンドを走ると見せかけて、フェンスを乗り越え逃走したことから、コンクリート塀が新設され、続いて老朽化した施設の建物全体も新しく整備されたのである。

凜子がここに就職したのは、ちょうどその直後に当たる。当時は少年の収容人員が定員百名を越えていたが、今は男子七十八名、女子二十一名の合計九十九名で定員を割っていた。関係者の話によると、これは非行少年の数が減ったというより、子供の数が減ったためで、問題少年のパーセンテージは逆に高くなっていると言われている。

凜子が、いつものようにタイム・レコーダーの前に立ったのは七時四十分。更衣室で白衣のパンタロン・スーツに着換え、鍵束がついている紫色の組紐を、腰の皮ベルトに、しっかりとくくりつける。

鍵をパンタロンのポケットに入れ、それを上からそっと手で確かめてみる。看護婦詰所に入って行くと、昨夜当直だった七浦洋子《ななうらようこ》が、窓際の机に向い、コンビニで買ってきたトンカツ弁当をひろげて食べていた。

足を組んで両頬を思いっきりふくらませながら、傍若無人に朝食を摂《と》る若い彼女に、凜子はいつも圧倒される。

「おはよう」

だが、七浦洋子は凜子を振り向きもせず、紙コップの即席味噌汁を音を立てて啜《すす》っている。

そこへ官舎住まいの看護婦《ナース》たちが、前後して出勤してきた。

「いま何時だと思ってるの。そんな所で今ごろ朝食を食べるなんて……」

と、眉をひそめたのは、加瀬婦長である。

「そうよ。それに、あなたね、朝食は隣りの当直室で食べる決まりになっているでしょう。ルール違反をした少年を指導する立場にあるわたしたちがルールを守れなくて、どうするの」

加瀬婦長に同調したのは小沢福子で、彼女も官舎住まいの五歳になる男の子のママさん看護婦《ナース》だ。

「まったく朝からストレスの多い職場だこと。ここは、ナースの定員八名のところを、たったの五人で仕事をこなしてるのよ。朝食もゆっくり食べさせないなんて、人権問題じゃないかな」

七浦洋子は食べ残しの弁当を、くず物入れに放り込んだ。

「それより早く申し継ぎをしないと、朝のミーティングに遅れますよ」

と、一同を急《せ》かせたのは、いつも八時から始まる当直看護婦《ナース》からの申し継ぎをうける時刻ギリギリに出勤してくる相川路代《みちよ》だった。

相川路代は独身で四十五歳、ここでは加瀬婦長より古顔だけに彼女のひと言は険悪なこの場の救いになった。

申し継ぎのあと八時半から始まる朝の職員会議《ミーティング》は、院長をはじめ、事務系・教育部門・医務課等の職員全員が顔を合わせ、前夜の当直職員から昼間勤務者へ患者についての報告や注意事項の申し送りがされ、院長からは、その日の連絡事項が伝達される。いわば全職員の共通認識を深める貴重なコミュニケーションの場でもあった。

この日は、たいした問題もなく、

「このところ、きびしい寒さが続いているせいか感冒の患者が急増している。全員気をゆるめず今日も一日、思わぬ事故を起こさないよう充分注意をして頂きたい」

という院長からの簡単な挨拶で終わった。

こうして事務系の職員は事務室へ、教務官は少年たちの朝礼へ、そして看護婦《ナース》たちは少年たちの朝食後の投薬へと走り出す。

凜子は会議室を出ると、加瀬婦長に肩を叩かれた。

「相川さんは風邪が治って出勤しましたが、当直はムリだから、予定どおり今夜は貴女がやってね」

「ハイ」

と、答えるつもりの凜子は、

「婦長さん、外は風が出てきたようです」

と、自分でも思いがけない返辞をしてしまった。

遺書

1

耳をすますと、風が闇のむこうで唸り声をあげていた。

看護室の窓ガラスが気味悪く音を立てるたびに、夏川凜子は耳をそばだてる。

(やっぱり風だ)

凜子は呟きながら、胸をなでおろした。

しばらくすると、今度は遠く微《かす》かに聞こえていた救急車のサイレンが、次第にこちらに近づいてくる。凜子は当直日誌を書く手を止め、壁の時計を睨《にら》みながら身構えている自分に気づき、思わず苦笑した。午後十一時きっかりである。

(そうだった。ここは病院じゃなかったのだ)

凜子は、当直の夜がくるたびに、救急車のサイレンが気になって仕方がない。以前、勤務していた国立A大学病院から、ここH医療少年院に移ってきて、すでに二年になるというのに、病院勤務時代の習慣が、いまだに体から抜けきれないのである。反面、聴覚だけは異常に鋭くなってきた。ここでは仕事の性質上、音を聞き分けることが極めて重要だった。

保安要員が少ない夜の勤務では特に異変をいち早く察知する必要があるから、そのためには何はおいても音に敏感でなければならない。そして、いざ異変となれば、たった一人の当直看護婦《ナース》で患者に対応しなければならないのだ。

微かにそよぐ風の音も、風に散る木の葉が窓ガラスにふれる音さえも凛子は聞き逃しはしなかった。

今夜は北風が強いせいか、寒気が足もとからそくそくと這い上がってくる。

それなのに部屋の暖房といったら、たった一個の電気ストーブだけ。冬の間は使い捨ての懐炉を手放せなかったが、それもこのところ頻繁につづく当直勤務で使いきってしまった。

それにしても今日は、いつになく静かな夜である。重症患者も、術後の患者もいないせいか？　しかし、重症患者がいなくても、収容されている少年と夜勤の教官との相性が悪いと、何かと問題が起きる。

痙攣《けいれん》発作の持病をもつ十五歳の少女などは、佐伯紀代美という若い女性教官が夜勤に就くと、その声を聞いただけで発作を起こす。さいわい今夜は夜勤教官の顔ぶれにも特に心配はなさそうである。

凛子は再び当直日誌にペンを走らせる。

〈一九九×年二月二十六日（火）（晴）

少年A　男　十七歳
一七時一〇分、腰痛を訴える。KT（体温）三六度五分、一般状態良好。患部に巴布剤湿布施行。
少年B　男　十六歳
一八時、胸やけ、胃痛を訴える。指示表により、ロートエキス入り胃散一包投与。一時間後症状が消失した由。
少年C　女　十六歳
一九時四〇分、歯痛。ポンタール一錠を与えたところ、その薬は自分には合わないのでセデスをくれ、と要求。セデスG一g投与。
少年D　男　十七歳
二〇時、胃部不快感を訴え嘔吐一回、胃液のみ。当直医が到着していないので、A医師宅にTEL。ブスコパン一筒筋注の指示あり。患者の居室に行くと、D少年は私が持っている注射器を見ただけでニッと笑う。（これは覚醒剤中毒患者の典型的な態度である。）二一時ごろ症状落ち着く。〉
夏川凜子が、当直日誌をここまで書いたとき、電話が鳴った。

時計の針は午前零時十分を指している。

「三階独居房五号室の内海武夫《うつみたけお》が強い腹痛と吐き気を訴えていますので、至急お願いします」

三階男子棟の川口という当直教官の声だ。

「分かりました。すぐいきます」

凜子は立ち上がった。

内海武夫は十七歳。

病名は拘禁性《こうきんせい》ノイローゼからきている胃潰瘍《いかいよう》の疑いと、中学生時代からのシンナー吸引による肝機能障害《かんきのうしようがい》である。

彼が吐き気を訴えたのは初めてだ。

まさか虫垂炎《アツベ》ではないだろうな、と凜子が心配したのは、夕食後にも胃の痛みを訴え、ロートエキス入りの胃散を飲ませているからである。

あの時の胃痛が虫垂炎《アツベ》の前ぶれであったとすれば、抗生剤投与か、手術の手配か、いずれにせよ担当医へ一刻も早く連絡する必要がある。

凜子は右手にペンライトを握り、もう片方で体温計と血圧計を抱え、暗い階段をかけ登って行く。

内海武夫の非行名は劇毒物取締法違反・窃盗・婦女暴行だが、一見温和そうな彼の風貌からは、とてもそれらの非行をやってのけられる少年とは見えなかった。

身長は一七五センチで、顔色が青白く、全身がへちまのようにひょろ長い彼は、どこか憎めない幼児タイプの少年である。

小学校五年生ごろから、いじめられっ子として登校拒否を続けた過去もある。つい一週間前までは三階十号室の雑居房にいたのだが、入浴のたびに体のどこかに赤痣《あかあざ》や青痣が絶えないことに教官が気がついた。

内海武夫は少年の中でも際立って色白だったから、背中の赤痣が、牡丹の花のように教官の目にうつり、彼が仲間たちからリンチを受けているのではないか、との疑いから独居房に移されたばかりだった。

五号室の前で凜子を待っていた川口教官が、カチッと音を立てて独居房の鍵を開けた。

中に入ると、内海少年は布団の中で体を海老《えび》のように曲げ、うつ伏していた。

「内海君、どうしました。どこがそんなに痛むの」

凜子が彼の顔をのぞき込んでも、彼は顔を布団に押しつけたまま、こちらを見ようともしなかった。

「熱をはかりましょう」

凜子が内海少年の腋の下に、体温計を挟んだときである。

ドッスーン。

あたりが、揺れるような大きな地響きがした。

思わず、川口教官と凛子は顔を見合わせる。

続いて訳の分からない怒号と叫び声。

「また始めやがったな、十号室の奴らなんです」

川口教官が舌打ちをした。

「ちょっと見てきていいですかな」

「どうぞ、こちらは大丈夫です。体温を測っておりますから」

どの道、体温如何《いかん》によって考えなければならない。

教官は入口の鍵を、またカチッと音を立てて閉め、十号室に走って行った。

「吐き気はおさまったかしら？　では体温計を……」

と、凛子が言い終るか終らないうちだった。内海武夫が突然起き上がった。

次の瞬間、彼の長身の体が凛子におおいかぶさってきた。

「何すんの、やめて！」

内海武夫のあまりの豹変《ひょうへん》ぶりに、凛子は慌《あわ》てて、あらん限りの力をふり絞り、少年を突き飛ばそうとしたが、相手はますます強い力で凛子を抱きすくめ、唇をベチャッと凛子のうなじや、頬に押しつけ、まるで蛭《ひる》のように吸いついてくる。

「やめなさい。バカッ」

その叫びを押し潰すように、少年の熱い舌が凛子の頬をつたい、無我夢中で抵抗する凛子の唇に自分のそれを重ねた。

少年の熱く激しい鼻息が、砂漠に渦巻く竜巻きのように彼女の耳もとを襲う。凛子はまるで気味悪い軟体動物に吸いつかれたようで、全身が総毛立った。

彼女は両手で力まかせに少年のみぞおちを突き飛ばした。そして一瞬ひるんだ少年の腰のあたりをねらい全身の力をふり絞って体当りする。と、少年は他愛なく尻もちをついた。次の瞬間、凛子は床の上で捨て猫のようにこちらをうかがう少年を一喝した。

「バカなことをするんじゃない！　ここを、どこだと思ってんだ。あたしを、ただの看護婦だと思ったら大間違いよっ。薄ぎたない色ガキッ！」

凛子の頬に少年の唾液が流れ、少年が強く吸った凛子の白いうなじと唇の端にその跡が赤く滲んでいる。

その頃になって、ようやく教官の足早な靴音が近づき、扉の鍵を開ける音がした。

少年は慌てて自分のパジャマの裾で、凛子の頬を拭おうとした。

「汚《きた》ならしい！　そばによるなっ！」

凜子はざんばら髪をかき上げ、内海少年を睨みつけた。

少年は一瞬たじろいだが、入ってきた教官を見るなり（どうせ結果は分かっている。反省、謹慎、退院延期処分だろう）と言わんばかりにせせら笑った。

凜子は、その態度を見ると、拘禁生活に耐えかねた苦しまぎれの行動とはいえ、あまりのふてぶてしさに煮えくりかえるような怒りがこみ上げてきて、体の震えが止まらなかった。

入ってくるなり教官は、この場の異様な雰囲気に息を呑み、二人の様子を交互に見くらべ、

「おまえ、なに、やったんだっ！」

と、内海武夫を怒鳴りつけた。

「…………」

「夏川先生、怪我はありませんでしたか。席をはずした自分がうかつでした。申し訳ありません」

「いいえ、盲腸炎ではないかと心配しましたが、なんでもなくてよかったわ」

彼女は、そう答えるのが精一杯だった。

凜子は乱れた髪や白衣を整えながら、意識して明るく振るまおうとしたが、涙が込み上げてきそうで、言葉が続かない。

「夏川先生に何をした……。うつみ！　おまえ、どういうことになるか、分かっとるだろう

な」

川口教官は、ドスのきいた声で内海武夫を睨むと、ふてくされた態度の彼は、意外にも凜子に向かって頭を垂れたのである。そして、

「すんまへん」

と、小さく呟いた。

が、川口教官の立場は深刻だった。

独居房にしても、雑居房にしても、看護婦《ナース》が少年の室内に入るには、かならず教官が立ち合うのが原則である。この場合、たとえ数分間であったにせよ、彼がその原則を破ったことが原因の出来事には違いなかった。

少年が反則行為をなし得たのは、教官も反則行為を犯したからにほかならない。

「今夜のことは、事故というほどのことでもなかったのですから」

凜子は川口教官の身を案じて、簡単に言ったが、受けた衝撃はあまりにも大きかった。

看護室に戻った凜子は、洗面所の水道栓を全開にし、あたりに水を飛び散らせながら無我夢中で顔を洗い、うがいをし……、それを何回繰返したことだろう。

だが、内海武夫の体臭が体の奥深くまで沁みこんでしまったようで、その不快感を洗い落すことはできなかった。

凛子は両手でまたも冷たい水をビシャビシャと顔に叩きつけた。そうしながら、ふっと脳裏をかすめたのは〝相手は羊の皮をかぶったライオンと思え〟と言った山田首席教官の言葉だった。あれは、この社会で数十年勤めてきた人の体験を通じての警告だったのだ。それを凛子は物の見事に内海武夫から思い知らされたのだった。

2

「昨夜《ゆうべ》は大変だったそうね」

婦長の加瀬暢江は、朝の挨拶も忘れ、看護室に入ってくるなり、凛子に言った。

そこには出勤してきたばかりの看護婦《ナース》たちが顔をそろえていたので、たちまち、

「えっ、何があったんですか」

「夏川さん、黙ってるんだもの……何よ」

などと、一斉にさわぎ立てる。だが、凛子は、思い出してもぞっとする昨夜のことには、ふれられたくなかった。

「いま、院長室の前で呼び止められましてね、昨夜の事件について、貴女から詳しく事情を聞いておいてほしいって。川口教官からの報告では、いま一つ、はっきりしない点があるからだ

そうですよ」

「やだわ、何よ、何よ、夏川さん」

窓際の机で、相変らず朝食の弁当を食べていた七浦洋子は、大声でさわぎ立てる。

「あなたは黙ってなさい！」

と、加瀬婦長は七浦洋子をたしなめる。

「七浦さん、あなた当直でもないのに、今頃朝食を……。いま何時だと思ってるの」

「当直ナースだって食事は当直室ですることになっているのに」

小沢福子がいつものように婦長の味方をする。

「小沢さんみたいに五分もかからず出勤できる官舎住いの人は楽でいいですけどォ、あたしは、ここにくるまでに一時間半もかかるのよ。それなのに、何かと言えばみんなで束《たば》になって、あたしをいじめる。だからここは若いナースが居つかないんだよ」

「七浦さん、今はそんなことを問題にしている場合ではありません。それより夏川さん、皆さんの前では言いにくいことでもあるの？」

加瀬婦長は、時計を見ながら、凜子をせきたてた。

「いいえ、たいした事件ではありませんでしたから……」

「そう、問題は川口教官が、貴女のそばを離れたかどうか。もし離れたとしたら、それがどの位の時間なのか。貴女が内海武夫から受けた暴行の様子を、なるべく具体的におっしゃって頂くようにというのが、院長先生からの依頼なんですけど。この事例は同じ立場の私たちのためにも、ここで報告して頂きたいのよ」

「川口教官は、十号室の方で大きな音がしたので、それを確認するため、少しの間だけ五号室を出ました。でも五分ほどのうちに戻ってきたと思います」

「そうですか。川口教官が貴女の傍を離れたことと、その時間がどの程度であったかによって、川口教官の引責の程度が違ってくるから、そこの所が院長先生もよく知りたい訳でしょうね。それで、貴女の受けた被害については？」

凜子は、思わず目を伏せた。

いったいあの事件をどのように報告したらよいのか……、考えあぐねる凜子を、まわりの者は息をのんで見つめていた。それはこの事件が同じ立場にある者にとって、重大な関心事であるからに外ならない。

いっとき、看護室の中が無人のように静まりかえった。

「早く申し継ぎをしないと、職員会議《ミーティング》がはじまります」

いきなり、一同を急がせたのは相川路代である。

「ハイ、申し訳ありません」

凛子は、きっぱりと言った。

「内海武夫が、強い腹痛と吐き気を訴えていると、川口教官から連絡を受けたのは、午前零時十分でした。吐き気と聞いて、もしやアッペではないかと、体温を測っていると、十号室の方で大きな物音がして、川口先生が様子を見に行った直後、いきなり私に飛びかかってきて……」

凛子は「抱きついてきて」を「飛びかかってきて……」と言い替えた。

「それで」

と、婦長は語気を強めて追及する。

「別に殴られたりはしませんでした。それで戻ってきた川口教官が驚いて、彼をねじ伏せてくれました」

「どこも怪我はなかったのね」

「はい、私も悪かったのです。判断ミスでした」

「判断ミスというよりも、貴女にスキがあったのよ」

婦長は事もなげに言ってのける。

「………」

「七浦さん、貴女も気をつけなさいよ。用もないのに男子棟をふらふら歩いていると、少年を刺戟しかねないですからね」

「………」

「少年は、時によると、看護婦《ナース》を看護婦《ナース》としてではなく、異性として、つまり女として見たり感じたりしていることを忘れてはなりません」

瞬間、頬にベチャッと吸いついた内海武夫の唇の感触が、凜子の胸になまなましく甦《よみがえ》ってくる。

「婦長、ミーティングの時間に遅れますよ」

この場合相川路代の、いらいらしたひと言が凜子の救いになった。

会議室は管理棟と呼ばれる建物の二階にあり、それは一階事務局の真上にあたる。

加瀬婦長を先頭に四人の看護婦《ナース》が会議室の席についたのは、すでに定刻より五分ほど遅れていて、川口教官が職員たちに昨夜の事件のあらましについての説明を、ほぼ終了しようとしている時であった。

コの字型のテーブルの中央に中野院長、その左右に法務事務官の横山次長、内科医の高波医務課長が並び、あとは、勤務中の者を除いた教官、庶務課の人びとが両側のテーブルの席についている。

出勤してきたばかりの昼間勤務者の艶やかな顔色にくらべ、夜勤あけの教官は目が血走り、鼻の穴が真っ黒なので、一目で、それと分かる。健康を保つには夜の熟睡がいかに大切であるかを、変則勤務を終えた人の顔色が無言のうちに物語っていた。

窓から射し込む朝の光を背に受けている中野院長の五十六歳にしては太く濃い頭髪が銀色に光り、その銀色の光線が睡眠不足の凜子の目に突き刺さるように痛かった。

中野院長が、それとなく視線を加瀬婦長に送ったのは、看護婦《ナース》たちがこの席に遅刻することを、あらかじめ承知していることを目顔で示したものに違いなかった。

それでも加瀬婦長は、

「遅れまして失礼をいたしました」

と一礼する。

中野院長は看護婦《ナース》たちを眼鏡ごしに一瞥すると、おもむろに口を開いた。

「いま、川口先生から昨夜の内海武夫の件について一応の説明をしていただいた。ところで夏川さん、内海は貴女に飛びかかった、ということですが、川口先生が十号室に向かってから、どの位の間の出来事でしたか」

「はい、川口先生が部屋を出ていかれて、ほとんどその直後でした。私が内海武夫から体温計をはずそうとした時、いきなり……でしたので。しかしすぐに川口先生が戻ってこられて、助けていただきました」

するると、加瀬婦長は、それに言葉をつけ加える。

「今も本人から話を聞きましたが、本当にとっさのことだったようです」

「内海は鍵をねらった訳ではない？」

院長の眼鏡がキラリと光った。

あの時、一番気をつけなければならなかった鍵。凜子はパンタロンのポケットを上から、そっとおさえてみる。

鍵は確かにある。

就職第一日目、凜子が山田首席教官に伴われて、院内を一巡したあと、高波医務課長から手渡されたのが、この三個の鍵だった。その時の言葉は一瞬たりとも忘れたことはない。

「はい、鍵のことは何も……」

（あの時は、鍵どころではなかった……）

凜子はなぜか急に頰が熱くなってきた。

「婦長は、どう思いますか。ただ飛びかかっただけ……ということ。理由はなんだったと考えます？」

「そうですねえ」

加瀬婦長は首をひねっている。それで凜子は、急いで言葉をつけ足した。

「鍵を奪おうとは、いたしませんでした」

それは自分の頬に唇を押しつけてきた、という言葉の代りに口をついて出たのだった。

「そう……。目的は逃走じゃなかった、という訳ですな」

「では、理由はなんだ」

と、おもむろに口を開いたのは、高波医務課長だった。

「突発的な一種の性衝動とも考えられる。しかし鍵が奪われなくてなによりだった。それで夏川さんは殴られたのではないの？」

「いいえ」

中野院長は、精神科医らしい判断を下した。すると、それまで黙っていた山田首席教官が、

「十号室の物音はなんだったのです？　奴ら何か示し合わせてやったことじゃなかったでしょうね」

と、川口教官に疑問を投げかけた。

「清川欣治《きよかわきんじ》が、ベッドから転がり落ちた音でした。そのことから例によって口論が始まったらしいのです。内海と示し合せたとは、とても思えません」

「それに鍵をねらわないのは逃走の気配がない証拠だし、その心配はないのじゃありませんか」

横から助け舟を出したのは、ここに勤務する七人の医師のうち、たった一人だけ会議に出席した内科医の沢本医師だった。

医師たちは午前と午後に分れて大学病院から出張してきているから、朝の会議には出席しないのが通例だった。

たまたま、この日、一番若手の沢本医師が、午後の学会に出席のため午前八時に出勤していたのである。

結局朝のミーティングは、昨夜の事件が中心議題で終わったが、何よりも「鍵」が無事であったこと、職員に怪我がなかったことで、中野院長はじめ出席者達はみな胸をなで下ろした。

教官の中には、「よくあることで、たいしたことはない」と、囁《ささや》く者さえいた程である。

内海武夫は、仮病《けびょう》を装って看護婦をおびきよせ、暴行に及んだ懲戒処分として謹慎十日間を命じられ、その日のうちに謹慎室に移された。

これで、内海武夫の事件は解決したと誰もが思った。凜子は凜子で自分が受けた心の傷を胸の奥深くに閉じこめることで、少年を少しは助けたのではないかと、ようやく心の平衡を取り戻し、朝の投薬業務に向かったのである。

3

思いもかけない事故が起きたのは、それから三日後のことである。

これは凜子が事件後に七浦洋子から聞いた話だが、その日、精神科外来勤務だった洋子が、午後一時から始まる河崎医師の診察にそなえて受診予定者のカルテを揃えていると、電話が鳴った。

彼女は、どうせ問題少年の診察依頼だろうと受話器を取ると、案の定、聞き覚えのある教官の声だった。

「こちら教官室の川口です。一階謹慎室の内海少年の様子がおかしいので、ちょっと見にきてくれませんか」

「おかしいって、どんなことですか？」

「さっきから、死にたい死にたいと、しきりに言ったかと思うと、壁に頭をぶつけたり、自分の首をしめたり……どうもおかしい」

「あの子、拘禁性ノイローゼだし、この間の夏川さんのことも関係あるんじゃないですか。死にたい死にたいって騒ぐものに、死んだためしなんかないわよ」

「しかし……」

と川口教官は、なおも見にきてほしいと言ってきかない。七浦洋子が腕時計を見ると午前十時四十分、もうすぐ主治医の河崎先生が出勤してくる……。そう思った七浦洋子は、

「もうすぐ主治医がきますから、先生がきたら回診に行きます」

そう答えると、川口教官は、不満そうに電話を切ったというのである。

外科勤務の夏川凜子のもとに電話がかかってきたのは、今思えばそれから三十分後の十一時十分だった。凜子は七浦洋子と川口教官の間に、そんなやりとりがあったとも知らずに、受話器を取ると、

「首つりだ、首つりだ」

いきなり川口教官の声が耳に飛び込んできた。

凜子の胸がドキッと鳴った。

「えっ、どこです？」

「一階の謹慎室、独居房。早く」

慌《あわ》てふためく声が鼓膜にビリビリ響き、すぐに切れた。

診察室には爪をはがした患者が一人残っていたが、治療をしている暇はない。凜子は、うろたえる自分に「慌てるんじゃない！」と活を入れ、冷静を装うのだが、心はあせるばかり。

「先生、謹慎室でこれが……」

患者に聞こえないように声をひそめ、自分の首に手を当てて見せる。

「なんだって！」

間中医師は立ち上がった。

「ともかく早く、と言ってます」

言うが早いか、凜子はアンビューバッグを掴むと、

「ごめん。急患なんで、あとで連絡するから、また出直してね」

順番を待っていた少年と担当教官に声をかけると、間中医師の後を追って走り出した。

謹慎室の前には大きな体をした数名の教官が群《むら》がり、それだけで重大な事態の発生を物語っていた。

「先生が来た。どいた、どいた」

中の一人が叫ぶと、教官たちは、さっと体を引いて入口を開けた。

間中医師と凜子が中に入ると、パンツ一枚だけつけた内海少年が裸のままコンクリートの床の上に仰向けに寝かされていた。その顔は紫色に変り、顎《あご》の下から両耳の後ろにかけて、くびれた跡が暗紫色にくっきりと凹《くぼ》み、そこに粟粒大の点状出血が見られた。それらすべてが異様で、患者はすでに無気味な死相を呈していた。

それでも川口教官は少年の体の上に覆いかぶさるようにして人工蘇生術を続けていた。

少年の半開きの唇は黒ずみ粘り気の強い唾液が口の片端《かたはし》から流れ出て、あたりの床を濡らしている。

凜子は脈を探ろうとして手をとったが、すでに脈は触れず、手首の冷たさは死人の体温だった。

(可哀そうに……)

これが、この子の最期の姿か、そんな思いが、一瞬、脳裡をかすめたが、川口教官の懸命な姿を目《ま》のあたりにすると、いや、戦いはまだ終わったわけではない、と凜子は慌ててそれを打ち消した。

川口教官は、首の血管が今にも破裂しそうなほど真っ赤に怒張させていたが、そんなことにはお構いなく内海少年の胸の上に両手を重ねて心臓マッサージをしたり、ねばつく少年の口へ自分の口を当てては力いっぱい息を吹き込んだりしていた。

だが、凜子は内海少年の汚れた唇を見るだけで、生理的な嫌悪感に襲われ、首筋に蛭が吸いついたような感覚が甦ってきて、全身鳥肌立つ思いを、どうすることもできなかった。と同時に、いま目の前で行なわれている川口教官の必死の救命行為と、自分の中にある女性としての本能が激しくぶつかりあう。しかし、やがてためらいを克服し、自分のなすべき行為のアンビューマスクを内海少年の顔に強く押しあてることができたのは、川口教官の体力が限界にきているることを直感したことと、いまや、目前で死にかけているのは、あの、いやらしい内海武夫ではなく、一人の前途ある若い生命であり、いまや、その灯が消えかかりつつある切迫した事態に、看護婦《ナース》としての倫理が問われていることに突き動かされたからであった。

気がつくと、凜子は川口教官を突きとばすようにして、内海少年の傍らにドッカリと坐り、患者を抱え込むようにして、アンビューバッグを握りしめ、力の限り少年の胸に酸素を送っていた。

間中医師も、いっとき「これはダメだ」と諦めの表情を凜子に送ったが、それを言うこともできず、

「挿管するよりない。挿管用具は、ここにあるの」

と、凜子に声をかけた。

これまで挿管するほどの重症患者は外部の病院に送っていたから、ここでは救命用具を使ったことがない。

凜子は、

「たしかオペ室にあったはずです」

と、答えるよりなかった。

間中医師は、後ろに突っ立っている看護婦に、

「じゃ君、早く取ってきて」

まるで怒鳴りつけるように言った。看護婦は七浦洋子だった。彼女は岩のように全身を硬直させ、まっ青な顔で震えながら、

「あたし、分かりません」

と、蚊の鳴くような声で答える。

「じゃ、あなた、これをやって」

凜子は、アンビューバッグの操作を七浦洋子に命じると、夢中でそこを飛び出した。

目ざす手術室に着く間には、五つの棟の出入口を通過しなければならない。

そのたびに、鍵をあけ、施錠をし、それを確かめる……を繰り返さなければならない。焦れば焦るほど、自分の動作がまだるっこい。

(これを往復繰り返さなければならないなんて……)凜子は気が遠くなりそうだった。

生憎《あいにく》と、その日、加瀬婦長は研修出張で留守であった。何もかもついてない、と凜子は暗澹となる。

おそらく使用したことが一度もなかったであろう挿管セットは、手術室の器具戸棚の片隅におしやられていた。それを引っぱり出し、内科診察室の小沢看護婦に応援を頼み、酸素ボンベ

と心電計を抱えて現場に引き返す。

間中医師は、何年前に購入したのか分からない挿管用具を見て、呆れたように叫んだ。

「なんだ、このチューブは。ボロボロじゃないか」

とはいえ、ないよりは幸運だった。この際は嘆いている暇はない。なし得るすべての処置をやるほかないのである。

いつの間にか院長、次長、医務課長、庶務課長までが顔をならべ、固唾《かたず》をのんで突っ立っている。

「ともかく、やるだけ、やってみよう」

間中医師は、まるで助けを求めるように凛子を見た。

「ここで死んでもらっちゃ困るんだ」

うめくように低い声を洩らしたのは、院長だった。それは威圧的で部下への至上命令のようにも聞こえた。

この事態の中で唯一つ幸運だったのは、間中医師が緊急時の専門家でもある麻酔科出身の外科医だったことである。

さすがに彼の処置は手際が良く、古びた開口器、舌鉗子《ぜっかんし》、気管挿入管等を器用に使いこなして、内海少年の気管内挿管を成功させたのである。

やがて内海少年の気道内に酸素が送られ、渾身の力をふりしぼった間中医師の心臓マッサージが効を奏し、いったん停止していた心肺機能がふたたび甦ったことを心電図の波長が示しはじめる。

「かすかですが、脈がふれるようになりました」

と、凜子が言った。

「うん」

頷く間中医師の額から大粒の汗が、ボタボタと内海少年の裸の胸に滴《した》たり落ちた。

凜子も必死でアンビューバッグを押しては酸素を少年の気道に送り込む。

次にとる手段は、強心剤等の点滴である。

しかし、ここには緊急用の薬品は何もない。それどころか、間中医師に代わって心臓マッサージをしましょう、と申し出る医師さえいなかった。

この作業を二時間も続けたころになると、内海少年の顔面から紫色のチアノーゼがほとんど消え、思いなしか生気が戻ってきた。

(次は早く救急車を呼ぶべきではないか)

と、凜子は思うのだが、院長をはじめ、そこに居合わす人びとは、ただ呆然と事の成行きを見ているだけで、誰一人として次になすべき処置に考え及ばない有様である。気がつくと、そ

の中に内海少年の内科の主治医である沢本医師までがまるで棒のように突っ立っている。凛子はそれで、

「院長先生、間中先生は今日、午前中の診療日なので、午後はA大学病院へ戻ることになっています。主治医の沢本先生と交代した方がよろしいのでは……。それに、ここには緊急時の薬は何もありません。早く救急車を呼んでください」

と、つい大声で叫んでしまった。この切迫した状態を目の前にしながら、誰も正しい判断を下さなかったからである。

院長はひたすら職務上の失敗を恐れ、内海少年をこの場で死なせては困ると、そのことばかり考えているのだろうか。

自殺は矯正施設における三大事故の一つ。もしもの事があれば院長は管理責任を問われるだろうし、その上、内海少年を院内で、このような死なせ方をさせたとしたら、当事者として家族に顔向けができまい。

「この状態で救急車を使って移送するのは可能かね」

院長は慌てて間中医師に糺《ただ》した。

「できます。夏川くんに付き添いをお願いすれば安心です。夏川くんは救急処置のベテランですから」

「分かった、じゃ、そうしよう。救急車の手配を」

院長の指示で職員たちはようやく我に返った。

4

救急車に移された内海少年には川口教官と間中医師、それに夏川凜子が付き添うことになった。

事が事だけに院長は、国立A大学病院の外科部長に連絡して緊急事態発生に関する間中医師についての了解をとりつけたのだった。

救急車が公立Q病院に着いたのは午後二時三十分、そこには救急外来詰めの婦長と看護婦が待機していた。

婦長は患者を見るなり、眉間《みけん》に深いたてじわをよせ、

「すぐに先生を呼んで」

若い看護婦に命令する。

「ハイ」

彼女の返事が終わるか終わらないうちである。

「なんて、くさい患者なんでしょ」

婦長は恐ろしい顔で凛子を睨みつけた。

「よくも患者に、こんな臭くて汚ない寝巻きを着せてるわね。それでも、あんた、看護婦!」

「はァ」

「はァじゃないでしょ。いまどき、こんなにひどいパジャマ、はじめて見たわ。そのへんに、いくらだって売ってるでしょうに……」

「………」

「血管確保もしてないじゃない」

「はい。はァ」

「あんたね、看護婦のくせに、そんな初歩的なことも知らないの」

婦長は手もとの処置台からディスポの注射針を取り上げた。

「いまは、こういう留置針《りゆうちしん》もあるってこと。救急事態はいつ起きるか分からんのだから、ちゃんと買ってもらいなさいよ」

どんなに婦長から罵倒されようと、凛子は返す言葉もない。しかし、少年院における患者の処遇は、凛子の手の届くところにはないから、ひたすら耐えるよりほかはなかった。また、言われて腹が立たないのは、日頃から凛子にも同じ思いがあったからで、婦長の言葉は、むしろ小気味よく聞こえた。白衣が張ち切れそうな婦長の全身から、一途《いちず》に患者を気遣う熱意が溢れ出ていたからである。

凛子は、はた目にも情けない顔で、

「はい、わかりました。すみません」

を繰返すばかり、そして、

(どうぞ、内海少年をお助けください)

と、心の中で必死に祈った。

一方、間中医師はといえば、さすがの彼も婦長の見幕にへ、どもどしている有様だった。

そのうちに救急係の医師が息を切らせて診察室に飛び込んできた。

「では、こちらで処置しますから」

婦長は当然のように凛子にこの場から出て行くことを促した。

間中医師を残して廊下に出た凛子は、なぜか自分がひどくみじめに思えるのだった。すると、

そこに川口教官が落ちつかない様子で待っていた。

「どうですか。大丈夫そうですか」

「いまのところ、何とも言えません」

凛子は川口教官に答えはしたが、思いは別のところに及んでいた。

それは外ならぬ数日前の当直の夜の事件《こと》であった。凜子にはあの出来事と、今度の事故が無関係とは思えなかった。

重苦しい空気の中で川口教官が口を開いた。そうすることで、この場の不安が、いくらか軽くはなった。

「謹慎室に入ってから、死にたいと洩らすようになったのです。今日も朝食に手をつけなかったし、どうもおかしいと思って、精神科の看護婦さんに見にきてほしいと連絡したのですが……」

川口教官は、いかにも残念そうに語尾に力を入れる。

内海少年が縊死《いし》を図っている姿を最初に発見したのは、昼食当番の院生で、午前十一時十分、ちょうどその時間は、教官たちが全員で昼食の準備中なので、教官の点検が行なわれない時間帯になっていた。

内海少年は、それらの事情を知っていたから、その少しの隙をねらって窓枠にシーツをかけ縊死を図ったのだと、川口教官は説明する。

「彼らは、よくよくこちらの一日の行動を観察していますから、少しの油断も出来ません」

問題は、内海武夫がなぜ死にたくなったのか、その理由を知りたいと凜子が言ったとき、間中医師が救急処置室から出て来た。

「人工呼吸器を着けましたので、あとはこちらの病院にまかせます。僕は一応大学病院の方に戻りますから、よろしく頼みます」

「では、タクシーを……」

という川口教官の言葉を、間中医師はさえぎり、そそくさと出て行った。

入れ代りに顔を見せたのは、山田首席教官だった。

彼は病院側から、内海武夫の容態の説明を受けると、

「今のところは、なんとか命を取り止めたようだから、川口君だけ残ってもらって、夏川さんを連れて院に戻る。看護婦さんの手が足りなくて困るということだから」

と、川口教官に告げた。

「分かりました。何かあったら、すぐに連絡します。で、親もとには連絡つきましたか」

「連絡はついた。いずれくるでしょう」

感情ぬきの男たちの会話は、要点だけで至極短い。

夏川凜子が、山田教官の運転する院の車に乗り込んだ頃は、すでに辺りが暮れかかっていた。

「内海少年は、謹慎室で『死にたい』と言っていたそうですが、初めての謹慎処分にショックを受けたからでしょうか」

「そうとも思えませんがね。彼の生育歴を見ると、事あるごとに自己嫌悪が強く働くタイプの

少年のように思いますね。彼がいじめを食っていると推測して独居房に移したのがいけなかったと言っている教官もいて……。先日のことがあっただけに夏川さんも気が気じゃないでしょう。しかし貴女は被害者ですから、深刻に考える必要はない。気になるようでしたら、彼が書いた自分史を読んでみますか」

「ええ、是非」

と、凜子は答えた。

「ともかく、死神が早く彼から離れることを祈るしかありません」

ハンドルを握る山田教官の横顔は暗く、声も沈んでいた。

5

その記録は、謹慎室に収容された内海武夫が担当教官から矯正教育の一環として課せられた手記で、いってみれば彼自身の自分史に相当するものだった。

初めの一行に「自分の生い立ちについて　内海武夫」とあり、幼時から今までの間に記憶に残っている出来事と、その時の自分の心情を箇条書きしたものである。

山田教官の話によれば、彼は東京の下町にある私立高校の三年生になっているはずだが、実際は一年生の夏休み以後、ほとんど学校には出席していないとのことだった。

しかし、鉛筆で書かれた文字は几帳面で、年齢の割に達筆だと、凜子は思った。

〈・五才、幼稚園の学芸会で「白雪姫」の王子さま役になった。〝やったぜ！　おれが一番だ〟と思って、練習もちゃんとやったのに、本番ではアガってしまい、みんなに笑われた。こんな恥をかくぐらいなら、選ばれなければよかったと思った。
・六才、小学一年生のとき、学校の帰り道で、幼稚園のとき白雪姫になったかわいい女の子にバッタリ出会った。声をかけようかと思ったとたん、ベチャッと犬のフンをふんづけて、友達みんなに笑われた。女の子は逃げてしまった。情けなかった。
・小学三年生、授業参観日に担任の先生から「しゃべるな」とどなられ、唇にテープをはられた。母親に、はずかしい思いをさせてしまった。
・小学五年生、封筒に赤ペンで宛名の書いてある、謎の手紙を先生からもらった。
その晩、父親から説教をくい、なぐられた。「ちくしょう、あの先公がチクリやがった」と思った。問題があれば、自分に言えばいいじゃないか。母親か父親か知らないが、おれの机の引き出しの中を調べるようになったのはそれからだ。

自分の留守の間に机の中を見られるのは、不愉快だ。親からさえ疑われる。おれは人間を信じられなくなった。
今でもその先公の名前は忘れない。藪北《やぶきた》ノリマサ。
・小学六年生夏、弟が学校のプールで急死。親類のおばさんと母親と二人で、死んだ弟の顔とおれの顔を見くらべて、「世の中はうまくいかないねー、こんなに、成績が良くて、いい子の方が先に死ぬなんて」と言った。
おれの方がプールで死ねば、世の中うまくいくのか、と思った。
・続いて父が大晦日に死んだ。病気は手遅れの白血病だった。こんなに悲しい一年はなかった。
・中学一年生、それまで昼ま働いていた母が、夜働くようになる。
・こづかいもへった。友人の命令で、スーパーでノートとマジックを万引きした。
・クラスのボスから女を襲えといわれて、嫌だとことわると、ボコボコになぐられた。
それからグループの一員にさせられる。
・中学二年生、スーパーで肉まんを盗み、店員にみつかり、サツにつきだされた。どうにでもなれ、と思った。
・中学三年生、修学旅行で京都に行った。バスガイドが超かわいかった。ボスに、お前尻をさわれ、といわれ、さわったけど、怒んなかった。ところが、ボスが安心してさわったら、先生に、ひどく叱られ、内海がやれ、といったのだと俺のせいにした。

ボスを信じていただけに、キタネエヤツだと思った。人間より犬の方が信じられる。
・高校受験に合格した。といっても無試験同様で入学した。入学の費用は、すべて母親の親、おばあさんが出してくれた。
・高校入学一カ月目で喫煙がバレ謹慎十日。イモヅル式にバレたのだ、まぬけなやつがはじめにつかまり、先公は汚ない手を使って喫煙した者を一人残らずきき出した。おれは高校生になって一度もやってない。
・だんだん学校をさぼるようになる。
・十七才、母親は昼ま家にいるらしいが、夜は帰ってこなくなった。
・仲間にさそわれ、やけくそ気分で、バイクを盗み、池袋で売る。その金で仲間からメチャクチャ酒を飲まされる。
・ベロベロに酔って池袋の路上で誰かをなぐって、生まれてはじめてつかまった。
鑑別所に入れられ、その夜、血をはく。
・おれも父親に似ているから、てっきり白血病になった、と思った。
・母親が、おれを引き取れない、と言った。少年院へでもどこへでもいって、根性をたたきなおしてこい、と。
「お前も、心を入れかえろ」とオレはいいたいです。

・少年院送致になった。
「どひゃー」と思った。初めはごはんがのどを通らなかった。やっぱり弟でなくオレの方が死ぬべきだった。死ぬべきだった。
・少年院で盆踊りをやった。
・カキ氷がうまかった。その夜二度めの血をはく。
・医療少年院へ。
・何もかも信じられなくなった。医者や看護婦さんは、いかいいようというが嘘だ。俺は白血病だ。考えてみるとおれは人からホメられたことは一度もなかった〉

内海武夫が、自分の生いたちについて書いた記録は、ここで終っていた。

凛子は黙って手記を閉じた。

すると、昨夜遅く知らせを受けて駆けつけた彼の母親の言葉が思い出されてくる。

「あの子は親の心配の種でした。でも、あたしは努力をしてきたつもりですよ。食事代も一日二千円はかならずあの子に渡しているのですから。親としては精いっぱいの愛情ですよ」

赤いコートを着て、金のネックレスをつけた四十歳前後の母親は、息子に金さえ渡せば、それが愛情のしるしだと信じている部類の人らしい。息子である内海少年の幼稚園時代は、誰でもが経験する平和な家庭の少年だったはずなのに、親の適切な保護と叱責によって導びかれなかった少年は、未熟な幼児体験を原意識としたまま、さまざまな人と出会い、野放図な野獣の欲望を人間らしく昇華させる機会もなしに、社会の中で次第に追いつめられて行く有様が、この手記の中から鮮やかに読みとることができると、凜子には感じられた。

内海武夫は昨夜のうちにＩＣＵ（集中治療室）に移されたが、翌日の午後二時五十分に息を引きとった。

死亡診断書の病名は「急性心不全」であった。

内海少年の母親が彼の遺骨を抱いて挨拶に来た時、凜子は胸がしめつけられ、遺骨を正視することができなかった。

凜子が川口教官から一通の手紙を渡されたのは、息子が収められた白い箱を抱いた内海武夫の母親が、院の職員に見送られて帰って行った直後である。

「これ、内海の遺書です。あなた宛の」

凜子は思わず後ずさった。

目の前に、自分に抱きついてきた少年の必死の形相が浮かぶ。

「懸念していたように、彼は誰かに、そそのかされて仮病《けびょう》を使ったらしい。僕への手紙には、そう書いてありましたよ。ただし、それが誰とは書いてない。チクルことは出来ない、と。でも、この手紙はチクルことになるけど、って」

「………」

「我々も、そこの所が見抜けなくて胸が痛むのですよ」

川口教官は、凜子の前でうなだれるのだった。

凜子は、その場で手紙の封を切った。

中にはノートを破ったらしい横罫の紙に、たった数行の鉛筆の文字があった。

〈夏川看護婦先生、お世話になりました。あの時は、ごめんなさい。ぼくは先生にとってキタナラシイ人間でした。ぼくはいろいろの人から罵倒されましたが、キタナラシイと夏川看護婦先生に言われたのが、一生のうちで一番こたえました。今度はきっとキレイな人間に生れ変ります。さようなら〉

それは凜子にとって、あまりにも痛烈な告白だった。

あの時、とっさに出た自分の言葉に偽りはなかったにしても、内海武夫の内面世界を正しく理解していたら、もっと別の対応の仕方もあったであろうにと、悔やまれてならなかった。

人の心を正しく把握もせずに、不用意に吐く言葉が、相手の心をどれほど傷つけ、深手を負わすことになるかを、凜子は苦い後悔とともに思い知ったのである。

テレクラ少女

1

人間の心は合理では救えないと、夏川凛子はしみじみ思う。

理性の上では、何ひとつ誤りでないと判断し、整理がついたはずの内海少年の事件ではあったが、初めて目にした彼の死にざまがいつまでも心の底に焼きついていて消えず、このところ体がくたくたになるほど疲れきっているのに、床についても熟睡することができなかった。

それでも、これまでの習慣で午前六時には床を離れる。

あの事件に出会うまでは、

「さあ、今日も一日がんばろう！」

などと、自分に号令をかけては飛び起きていたのに、今はその元気もない。

凛子は例によって、午前七時に身支度を終えると、勤務用の七つ道具を入れたリュックを肩にかける。

今日は土曜日、午後一時には勤務が退《ひ》けるので、しばらくぶりに看護短大時代の親友、木元寛子《ひろこ》に会い、遅い昼食をしながら、内海少年を死に追いやってしまった自分の苦しい心境や、いまの職場を辞めたい気持などを話してみようと思っている。

凛子は玄関先で靴を履《は》こうとして、思い出したように一度肩にかけたリュックを下に置くと、中に入っている七つ道具の点検をはじめた。これは、生来、楽天家のはずの凛子だったが、こと仕事となると、念には念を入れなければ気がすまない気質と、先の内海少年の事件以来、少々神経質《ナーバス》になっている証拠でもあった。

まず、鍵（これはH医療少年院の職員として命から二番目に大切な物である）。金のネックレスにつけてあるホイッスル（勤務中に起きた異変を院内中に知らすための呼子笛として使う）。

この二品は白衣を着ている間は、必ず肌身につけておく決まりになっていた。

次に手帳、万年筆、健康保険証、皮製の小型バッグ（この中には現金五万円と消化剤や解熱剤などの常備薬、そして銀行のキャッシュカード、テレホンカード三枚、印鑑などが入れてある）。

そのほか三角巾と肌着が二枚、洗面用具と旅行用の化粧ポーチ、ソーイングセット、ハンカチ三枚、ティッシュペーパー等で、何のことはない、彼女は毎日災害避難時のいでたちで勤務に出かけているようなものであった。

一般の看護婦であれば、こんな準備の必要はないのだが、凛子は、H医療少年院に就職した際、「法務教官」として採用されていたから、他の法務教官同様、いつ、いかなる事態が起きようとも困らないだけの支度をして出勤することにしている。

今朝のリュックの中には、この七つ道具に加え、白い封筒に入れた辞表も入っている。

内海少年の死を転機に、この職場における自分の適性に疑問をもつようになった凜子は、以後この種の失敗を繰り返さないためにも、一度現場を離れ、「看護」の本質とその限界について、厳しく自省すべきだと考えるようになったからだった。

死んだ内海少年への罪の意識も消えるどころかますます深まるばかりだ。それらを間中医師に伝える前に、現在の苦境を木元寛子にぶちまけて彼女の意見を求めるつもりになったのである。

凜子は重く沈んだ心をはねのけるように、誰もいない部屋に向かって、

「行って参ります」

と、声をかけてドアを閉めた。

2

凜子たちの一日の仕事は院生たちの朝食後の投薬業務から始まる。

凜子の担当は、三階と四階の男子棟だ。

院生の朝礼は午前九時半だから、それ以前に三十二名の少年に食後の薬を飲ませ終えなければならない。

凛子は、薬袋の入った箱を抱えて、四階までの階段を一気に駆け登る。施錠された四階男子棟の扉に鍵を差し込み開けていると、

「トーヤクウー。水ノヨオイイー（用意）」

マイクから流れる教官の声が聞こえてくる。凛子が担当教官に付き添われ、居室の前に行くと、少年たちはめいめいに、水の入ったコップを手に窓際に立っていた。

以前は、教官が、各居室の鍵をあけ、室内に入って薬を飲ませた時期もあったが、近ごろは、定時に服用させる薬だけは、部屋の外から、少年一人一人に薬を飲ませるように変ってきた。

これも投薬時をねらっての逃走や、職員への暴行などの事故を防止するためと、職員の数が節減され、事の処理が合理化された結果といえるかもしれない。

凛子は廊下側に立ち、少年の顔と薬袋の名前を確認しながら、室内でコップを持って待っている少年に薬を渡す。

少年は、渡された錠剤を口にふくみ、ゴクリと音をたててのど仏を上下させ、飲み下《く》だすと、いきなり大きな口をあける。教官と看護婦に〝間違いなく薬を飲んだ〟ことの確認をさせるためである。

だが看護婦は、それだけで納得してはならなかった。

「舌を上にあげて。横によせて、前に出して」

と、なおも少年に要求する。

大方の少年は、言われたとおりに、舌を動かして見せるが、中には、教官の目を盗んで、舌を前に出せと言われると、逆に奥の方に引っ込めたり、口をへの字に閉じて、アカンベエをしてみせたりする。

凜子は内心、吹き出したくなるが、表面上は何くわぬ顔で、

「ラ、リ、ル、レ、ロと言ってみて……」

と、相手に要求する。

「ラ、リ、ル、レ、ロ」

「もっと口を大きくあけて、はっきりと、ラァリィルゥレェロォーっと」

「ラーリールーレーロー」

イガグリ頭の少年は、凜子の後ろに立っている教官を意識しながら、言われたとおり舌をまるめたり、ひらひら動かしてみせる。凜子はすかさず暗くて見えにくい口の奥の方までのぞきこんで、薬が少年の頬と歯の間や舌下に隠されていないことを確認するのである。

こうして、ようやく一人の投薬を終えるのだから、三十二名ともなると、ばかにならない時

間がかかった。

なぜ、このような行為をしなければならないかといえば、彼らの中には薬を飲むふりをして、後で吐き出す者もいるからだ。

少年の中には吐き出した薬を貯めておき、それを一挙に飲んで自殺を図ろうとするタイプと、薬を飲まずに病気を長引かせようとするタイプの二通りがあり、近ごろは後者の方が増えてきた。

「塗り薬でもいいから、もらうとうれしいや」

という少年の心の奥には、病気が治れば元の古巣の一般少年院へ戻らなければならない。できることなら、古巣に戻らず、ここで矯正教育期間を終え、社会復帰したいという潜在意識があるからだろう。

彼らに言わせると、一般少年院と医療少年院の生活とでは、民間アパートとマンションほどの差があるという。

しかし、彼らは（オレたちは落ちこぼれの中の落ちこぼれだ）と、内心では思っているのである。なぜなら、一般少年院の教育からさえ落ちこぼれているのだから。また、薬への依存性が異常に強いのは、シンナー、覚醒剤、麻薬などに溺れた経験をもつ少年が、多数を占めているからに違いない。

看護婦《ナース》の立場からいえば、彼らに一刻も早く病気から立ち直ってほしいと願うのだが、ここの少年たちを見る限り、いつまでも病気でいたいという甘えが見られる。

それでも凜子から渡された薬を、すぐに飲む少年は良い方で、中には薬を渡されても、ぐずぐずして飲もうともしないで、

「カンゴフ先生、このクスリ、何に効くクスリですか」

「肝臓のクスリ」

「ちょっと飲みにくくて……」

「良薬は口に苦《にが》し、って言うでしょ」

「これ飲むと食欲が出なくなって、ますます食べられなくなっちゃうし……」

などと、毎日毎回同じ言葉を繰り返しては、一分でも長く自分の相手になっていてほしい、という欲求を満たそうとする少年がいる。

もっとも扱いにくいのは、看護婦をいらいらとじらすことに快感を覚える嗜虐性《しぎやくせい》タイプの少年である。

そして、とどのつまり、

「ちょっと飲みづらいからオブラート」

などと、とぼけた顔で要求するのだ。その場にオブラートなどないことを百も承知で、毎回

こりもせず、ねだるのだから始末が悪い。

こうして、一人の少年に時間をかけていると、

「カンゴフさーん、カンゴフさーん」

と、あちらからもこちらからも呼ぶ声が聞こえてくる。

「おいっ！ いい加減にせんかっ」

たまりかねた教官がゴネている少年を叱り、助け舟を出してくれるのだが、投薬のたびに、助け舟のお世話になるのは、「患者の扱いが下手」と見なされかねない恐れもあった。

凛子としては、一分でも長く相手になってほしい少年の心情が分かる一方で、どの少年にも平等に対応しなければならないと思うこちら側の事情もあり、限られた時間内に、それをどう捌《さば》くかに、いつも悩まされる。

土曜日は医師の診察もなく、少年達の昼食後の投薬をすませれば、あとの仕事は当直の小沢看護婦に勤務の引き継ぎをして終わりである。

（さァ木元寛子に会えるぞ）と凛子が帰り支度もそこそこに、タイムレコーダーの前に立ったときである。

「夏川さぁん、夏川さぁん」

誰かが自分を呼んでいる。

「間に合って良かった……」

廊下の奥の方から教官の守田早苗が息をはずませて駆けよってきた。

「折角お帰りのところ、すみません。いま例の樋川《ひかわ》まり子が大暴れして、大変なんです。助けてください」

「………」

「樋川まり子は、『夏川看護婦さんを呼べ』って言うんです。そうじゃなければ絶対話を聞かないってわめいてるの」

「どういうことでしょう。あの子、外科ではなくて婦人科でしょう」

そこへ加瀬婦長も飛んできた。

「実は婦人科《ギネ》の柴田先生から電話連絡があって、来週月曜日に予定していた樋川まり子のアウス（人工妊娠中絶）を今日午後三時からやるというの。ギネ担当の相川さんも、ブツブツ言って準備しているけど、まったく先生の都合で勝手ばかり言って困るわね」

加瀬婦長の言葉に続いて、若い守田教官が泣きそうな声で訴えた。

「で、樋川まり子が、今日の手術は嫌だって暴れだして手に負えないんですよ。『夏川看護婦さんじゃなければ、話をしない』って頑張ってるんです」

加瀬婦長の話によると、来週月曜日に行なうはずの樋川まり子の人工中絶を、柴田医師の都合で、土曜の午後に繰り上げることになった。つまり今日になったというのである。それに対して、患者の樋川まり子が納得せず、凜子でなければ、話に応じないと言っているので、説得役の守田教官を応援して欲しい、ということであった。

実際、若く未婚の教官が、たとえどのような理由があれ、みごもった少女に、人工妊娠中絶を受けるように説得するのは容易なことではない。

それでなくとも守田教官は、日ごろから少女たちに反感を持たれていた。

「あいつには、チョーむかつく」

という少女たちの蔭口を、凜子は何度も耳にしたことがある。

特に守田教官が、自分のウェストの下まである長い髪を、大げさに手でかき上げる仕草を、少女たちは一様に嫌っていた。それは、いかにも相手を見下げる傲慢《ごうまん》な態度に見えるからに違いなかった。

「こっちは、金かけて、せっかくカッコよく染めた髪の毛をサ、ジャキジャキに短く切っちゃってヨオ、その上、まっ黒に染めやがって、てめえはなんだよ、尻の方まである長い髪の毛でれエーっと垂らしやがって！　チョーむかつく」

と、少女たちから評される守田教官は、去年の春、国立女子大学の教育学部心理学科を卒業し、国家公務員の上級職試験に合格して入職した幹部コースを歩く数少ない女子教官の一人、そのルックスも女子教官の中ではピカ一だったが、H医療少年院に就職して間もないころ、収容されたばかりの少女の茶髪を黒く染めようとしたとき、そこにひとかたまりのしらみが蠢《うごめ》いているのを発見して、「ギャーッ」と、腰を抜かした話はあまりにも有名である。その少女のしらみ退治をしたのが凜子で、以来守田教官は困った事例にぶつかると、凜子に相談をもちかけるようになった。

おそらく、そのエピソードは、少女から少女へと伝わり、院生たちの守田教官に対するクールな視線は、その後も受けつがれているのだろう。

「ところで柴田先生が、予定を変更される理由はなんなのですか?」

凜子は加瀬婦長に聞いてみた。

「柴田先生が欠席するつもりだった学会に、急にどうしても出席しなければならなくなった、だから月曜日は、こちらへこられない、とおっしゃるの」

医師一人の都合のために、まだ心の準備ができていない患者をはじめ、合計五人の女性が何らかの犠牲を払う羽目に立たされてしまったのだな、と凜子は思った。仕方なく寛子の職場に電話をすると、折よく彼女が電話口に出て、「これから待ち合わせの場所に向かうところだった。とんだトバッチリね」と、電話のむこうで溜息をついている。

凜子は、そのまま女子寮に向かった。

3

樋川まり子は十六歳、非行名は、ぐ犯（家出、不純異性交遊など刑罰法令に触れる虞れある行為）・窃盗・劇毒物取締法違反で、ＩＱは八六、つい一週間ほど前に若葉女子学園から妊娠中絶を受けるためにＨ医療少年院に移送されてきた少女である。

まり子が初めて東京新宿のテレクラで保護されたのは、十四歳の夏だった。売春行為が発覚したのである。

それから一年もたたない間に、同じ盛り場で二度も保護され、今回は家庭裁判所の審判で若葉女子学園送致となったのだが、身体検査の結果、妊娠三ヵ月と分かり、こちらに移されてきた。むろん、お腹の子の父親が誰なのか、本人にも分かっていない。

樋川まり子が、婦人科の診察を受ける際、たまたま介助についたのが凜子だった。

その時、診察台に乗った少女の手を、凜子は、やりきれない気持ちで握りしめていたのだが、診察が終わり、医師がそこを出て行くのを待っていたように、少女は独り言《ひとごと》のように自分の境涯を洩らしたのだった。

「新宿でパクられちゃったり、家出してダチんちに泊まり歩いてさ、たまに家に帰ると、そのたんびオヤジが違ってんだよなあ」

「…………」

「かあちゃんが、今日からこの人がお前の父ちゃんだよって言ったって、こっちがその気になれるかってんだよ」

「で、本当のお父さんは？」

「中学二年のとき死んじゃった。長距離トラックの運転してて、心臓マヒおこしたんだって。崖みたいなところに突っ込んで……」

「そう……、悲しかったでしょう」

「悲しいより、親子五人食ってくのが大変だったよ」

まり子は生活を助けるため中学を卒業する直前から夜、新宿に出て働いたという。

「ダチの言うにはよ、相手が一人だけだと妊娠しちゃうけど、相手が複数なら妊娠しないんだって。それって、ホント？」

「そんなこと絶対ありません。複数を相手にすれば、それだけ受胎する機会が多いわけでしょ。受胎、すなわち妊娠よ。いずれこのことについては正しい知識を勉強することになるけれど……」

「へー、知らなかった。相手が多いほど、まぜこぜになって大丈夫だと思ってた」

けろりとしたまり子の言葉に、凜子は度肝を抜かれてしまった。

4

凜子が急ぎ足で女子寮の二階八号室に入って行くと、守田教官は部屋の中央で突っ立ったまま腕組みをして樋川まり子を見下ろし、まり子は鉄格子のある窓を背にして、まるで駄々っ子のように紺色の室内着の胸をはだけ、両足をひろげたまま、まっ黄色に染めた髪の毛を獅子頭のように逆立てて、上目《うわめ》使いに守田教官を睨《にら》み返している。そのまり子の視線には、守田教官への憎しみの炎がめらめらと燃え上がっていた。

十六歳の少女とはとても思えない豊満な肉体のまり子に比べ、水辺の葦のように背が高く細身の守田教官の後ろ姿は、むしろ幼なく可憐にさえ見える。だが歯切れの良い彼女の言葉は威圧的だった。

「ホラ、夏川先生まで心配して来て下さったじゃないの。三人でよく話し合いましょう」

「嘘つけ！　来てくれって頼んだから、来たんじゃないかっ」

まり子は両手で涙をこすりながら言い返す。

「心配して来たのよ。守田先生を困らせてはいけないわ。こんなときは誰でも心配するわ」

「夏川せんせえ、あたしは、ぜったい、ぜったいに手術をうけないよ。あたし、赤ちゃんを産む」

まり子は断固として、言い放った。

「夏川先生、聞いてください。今になって、この人わがまま言うんです」

「赤ちゃんを産みたいというのが、どうしてわがままかよ。お前なんかに分かってたまるかっ」

「あれほど話し合ったのに、まだ分からないの。父親が誰かも分からない赤ちゃん産んでどうするの。産んだあと、どうやって育てるの。それぐらいのことも分からない人が母親になれると思ってるの。そうでしょ」

樋川まり子は唇を嚙みしめ、青みがかった目で守田教官を睨みつけながら、「エラそうな顔をして、お前なんか何にも分かっちゃいねえー」と、叫んだ。

守田教官は、ストレートパーマの長い髪を右手でかき上げながら、

「その目は、なによ」

と、まり子を睨み返した。

「親に甘ったれてるてめえらの言うことを黙って聞いてられるかよ。今日は一人で気がすむまで泣きたかったんだ。それから手術をしたいと思ってたんだ」

まり子は声を上げて泣き出した。

「泣いておどかしたってダメよ」

守田教官は、いつもの手には乗らないぞ、とばかりに身がまえる。

「いつだって、この子は泣いておどかすのよ。今になって医務課に行き、樋川まり子がどうしても掻爬《そうは》は嫌だ、なんて言えるとでも思ってるのかしら。『何をやってるんだ』と医師や看護婦に怒鳴られるのも知らないで……」

守田教官は低い声で凛子に囁き、

「考えてもごらんなさい。あなたがここに送致されてきた目的は、手術を受けることでしょう」

と、今度は穏やかな口調で、まり子の説得にかかる。

と、まり子は驚くほどの大声で泣き立て、突然、傍にあった本や置時計や縫いぐるみの熊など、手当たり次第に守田教官目がけて投げつけた。

「まりちゃん、分かったわ。ともかく、医務課へ行って話しましょう」

「医務課は嫌だ。個室へ行きたい。守田の顔なんか見たくない」

「個室は空《あ》いてないわ」

守田教官が突っぱねた。

常に自己中心的な樋川まり子を、教育上、これ以上甘やかすわけにはいかない。

それが矯正教官守田早苗の立場である。

まり子は、大人二人の顔色を上目使いにうかがい一刻《いつとき》泣きやむと、あたりは嘘のような静寂に包まれた。

物音一つしないその静かさの中で、畳のあちこちに放り出されたノートや本に囲まれ熊の縫いぐるみが横に倒れ、黄色いガラスの目玉を無心に輝かせていた。それが凜子に訳の分からぬ悲しみを誘うのだった。

やがて守田教官は声を落として言った。

「空いてるのは保護室だけよ」

「それじゃァ保護室へ行きたい。今日は手術は絶対しない」

守田教官は困り切った表情で、長い髪を大げさに掻き上げた。

二十三歳の守田教官にとり、まり子は手にあまる対象だった。エリートコースを順調に歩いてきた守田教官と違い、まだ十六歳の樋川まり子の方が、はるかに苦悩にみちた人生を歩いて来たに違いないからである。

しかし、ここでは樋川まり子のような例は珍しくはないだけに、教官側も半ばマニュアル化した手順で、事の解決を急いでしまうのである。

「今日は、無理ですね」

と、凜子は守田教官に小声で伝える。

「でも、柴田先生の予定を狂わせてしまうでしょ。それでは、何事も泣いて脅かせば自分の要求が通せるという癖をつけることになって良くないわ」

「柴田先生には、私から説明しておきます。こういうことは本人が納得した上でないと、心の傷として残るし、後味も悪いから、話し合いに時間をかけた方がいいと思います」

凜子は内心で、何事も自分の都合通り事を運ばせようとする柴田医師の態度の方が問題なのだ、と思ったが、

「婦長さんと二人で柴田先生の了解をとります」

と、言葉を変えてみた。

すると、守田教官は、

「面会室で、夏川先生とよくお話し合いをしなさい。それならいいでしょ」

と、初めてまり子の心情に理解を示したのである。樋川まり子も、それでようやく納得した。

その日、樋川まり子の妊娠中絶は中止された。

5

女子寮の面会室は女子教官室と廊下を隔てた向い側にある。

桜も散りはじめた春の午後の日ざしが面会室の窓ガラスに反射し、室内は温室のように暖かい。

外来者と院生の面会は、土・日・祭日は許されない決まりになっているから、そこは森閑としていて、深刻な問題を話し合うには、うってつけの場所でもあった。

守田教官を散々てこずらせた樋川まり子は、夏川凜子と二人きりになると、人が変ったように素直な態度で椅子にかけている。

そうしたまり子の姿を見ると、こちら側から説得するような高圧的な態度をとるべきではなく、むしろ彼女の心の中を知るためにも、先にまり子の言い分を充分に聞く姿勢が大切ではないか、そこから解決の糸口を見つけたいと凜子は思う。

「夏川せんせえ」

「……………」

「せんせえは、あたしの中学の時の保健室のせんせえに似てる……」

「そう……ま、ここでもそんなところかな。みんなの成績評価に関係ないもんね」

「ホント？　じゃ、何を言っても成績簿につけない？」

「もちろん。それに今日の勤務も終わってるし、時間も関係ないから、なんでも言ってみて」

凜子は微笑した。

「せんせえ、びんぼーって辛《つら》いんだよ」

「えっ？　何が辛いんですって？」

まり子が何を言い出したのかと、凜子は鳩が豆鉄砲を食らったような顔をした。

「貧乏だよ。親に金がないこと」

「…………」

「こんなこと、友だちにも言えないけどさ、ほんとうのオヤジが死んじゃったあと、うちはチョー貧乏になっちゃった。電気代が払えないと電源切られて夜はまっくら。めしも炊けないし、ドライヤーもダメ。ガス料金が払えないとガスも出ない。お正月がくるのに、たった一つのガスストーブに火がつかなくて、弟や妹が寒がってピイピイ泣いて……。かあちゃんは自分が家賃と食事代は稼ぐから、お前は電気代・ガス代ぐらい稼いでくれって」

「…………」

「スポーツ新聞買ってきて、求人欄に電話受付係募集って出てるからって。年齢、経験不問、固定給十八万。かあちゃんが高田馬場《たかだのばば》駅近くの喫茶店で面接があるからって連れてってくれたの。若い男が待っててさ、合格って言われたよ。その時は嬉しくなっちゃった……」

「………。で、お母さんはどうしたの」

「夜、働きにいった。でも、あたしの給料はかあちゃんが前借りしちゃうから、客のお金をちょろまかさないと、食べたいもん食べられなかった」

「………」

「十四や十五の女の子を雇ってくれる会社なんか、どこにもないよ。あたしが親や弟妹《きようだい》を食わせるとしたら、どんな仕事があるってんだよ！　家族のために働いて、どうして鑑別所行きなんだ。少年院送りなんだ。せんせえ、何とか言ってよ」

「そうね、いま、もし自分がそうなったら、スーパーのレジを襲うか、売春クラブしかないかもしれないわねえ」

「せんせえも、そう思う？　ホント！」

「思うわ」

まり子はしばらくの間、無言で凜子の目をのぞき込むように見つめている。そして、それが嘘ではないと知ると、

「せんせえに一つだけ聞きたいことがあるんだ」

と、話を切り出した。

「普通の家の娘ってさ、オヤジの言うことなら、なんでもハイハイって聞くの」

「まあ……ネ。あたしの父は一年前に死んでいないけど、反抗したこともあるわ。それが、どうかしたの?」

「あたしさ、かあちゃんが三度めの男と結婚してから働かなくてもいい身分になったの」

「それは良かったじゃない」

「それがよくないんだよ。その男に、あたし、やられちゃったんだもん」

「えっ……」

「酒飲んでくると、きまって、あたしの体さわりに部屋に入ってくるんだよ」

「そんなこと、いくら父親だって許せないわ」

「えっ、せんせえ、そう思う?」

「思うわよ。あたしだって小学校五年生ごろには温泉へ行っても、父親となんか絶対一緒に露天風呂に入らなかったし、父親だからといって、人の体にベタベタ触るのは、いけないことなのよ」

「やっぱ、そうだよねえ。だけど、うちのかあちゃんに、あいつのこと言いつけたら、おまえ、彼氏とならできるんだろ。それがなんで父さんとできないのって。どこの父さんも娘が可愛くてそうするものだ、って言うし。おまえが、父さんの言うことを聞かないと、かあちゃんと父さんの関係が悪くなるから我慢しろって言うんだよ。そのくせ、夜、あいつがあたしの部屋にいると、夜中に足音しのばせて、そーっと階段上がって見にくるんだ。そのあげく、かあちゃんは、あたしが学校さぼると言っては、頭がボコボコになるまでなぐるし……。中学を一年以上も休んじゃって落第したあたしが、なんで今ごろノコノコ学校行けるかってんだよ」

「それで家出しちゃったの」

「うん」

「お父さんは何をしている人」

「○○航空の重役。かあちゃんは、元芸者。今のヤツと知り合ってから、すっかりいいとこの奥様ぶっちゃってさ。ピアノを買ってくれたのは誰、車買ってくれたのは誰、みんなお父さんのお陰でしょ。そう言われるとそうだしさ」

樋川まり子は、そこまでいうと、

「これでやっと、モヤモヤしてた疑問が解けた」

と、優しい目で凛子を見る。

色白のまり子の頬は、ゆで卵の皮を剝《む》いたようにツルンとはしているが、なぜか、それは少女特有のマシュマロのような柔かな皮膚ではなかった。その上、あるかなしかの眉毛のせいか、すでに売春婦としての風貌が出来上がっているようで、それがIQ八六のこの少女の哀れさを一層際立《きわだ》たせていた。

「あなたが家を出たことは良かったと思う。でもテレクラはあなたにとって決して良い所じゃなかったでしょ」

「うん、ほんとはキャバクラへ住み替えたところを見つかっちゃったの。あたし、やっぱり手術を受けて、さっぱりするよ。その代わり、夏川せんせえ、そばについてて」

「婦長さんにお願いして、そうする。そのあとのことだけど、あなたは家に戻らない方がいいと思う。あなたが、自分さえ我慢すればお母さんとお父さんがうまく行くと思っているとしたら、それは間違いよ。あなたがお父さんとセックスの関係をもつことが、どんなにお母さんを悩ませ苦しめていたかに、気づくことが大切だと思う。あなたが、家を出れば親子関係も、お父さんとお母さんの夫婦関係も正常に戻るのよ」

「でも、帰る家は、そこしかないし」

「世の中には、あなたのような境遇の人が沢山いる。そういう人を引き取って学校へ行かせて下さる篤志家の先生の家に行くといいと思う。院の先生にお願いすれば、かならず力になってくれるから、ともかく、高校を卒業する。そこに目標をおくのが、あなたの将来のためだと思う」

樋川まり子は、声もなく頷いてみせる。このような苦境に生きる少女を、どうして非行少女と呼べるだろうか。

人生の中で最も楽しく美しい思い出が残るはずの思春期に、自分が想像も出来ない辛い体験をさせられてきたまり子に、自分はいったい何をしてあげられるというのか。看護婦としてできる唯一の援助が、まり子の胎児の始末にかかわることだとは……。

理性では、それが彼女を救う手段と分かっていても、まり子にまつわりつく醜悪な人間たちへの怒りを、どこへもぶつけることもできず、憤懣《ふんまん》やるかたなしの凜子は、胸の中が煮えくりかえる思いだった。

6

壁の白いタイルに蛍光灯の鈍い光が反射している。

樋川まり子が内診台の上で両足を高く吊り上げられた体位のまま、深い眠りに落ちていた。

その眠りがいかに深いかは、放り出すように、だらんと下がった両腕を見ればよく分かる。

その手首の動脈が、術前の恐怖を物語るようにヒクヒク脈打っていた。

サンダル履きの柴田医師も、凜子も無言。そこでは感情は一切無用である。

マスクをした柴田医師の大きな目だけが険しく光り、やがて施術が始まった。

掻爬用鉗子《そうはようかんし》を握る柴田医師の手が微妙に動きはじめると、こんもりと盛り上がった樋川まり子の恥毛の下から、はじめ赤い液体が蛇の舌のように細い曲線を描いて流れ出し、やがて血塊がダクダクと掻き出された。

十六歳の少女は無気味なほど、びくともしなかった。手術室の時計のセコンドの響きが時の経過を伝えている。

「よし、終わった」

柴田医師は凛子に言った。さすがに、あざやかな手捌《てさば》きだ。と、凛子は感嘆しながら、手早く患者の恥部を消毒し、T字帯を当てた。

次に渾身の力でまり子を抱き上げ、傍らの診察用ベッドに寝かせた。麻酔をかけられたまり子の体重は、普段より何倍も重い。

凛子は全身に強い疲労を覚え目の前がくらくらした。

いつもそうだった。

この、誰もが嫌う処置の介助くらい疲れるものはない。

背後で激しい水音がするのは、柴田医師が水道の水で神経質に汚れた手を洗い流しているに違いなかった。

それから二時間もすると、まり子はむっくりと起き上がった。

「目がさめた？」

凜子が声をかけると、まり子はギョッとしたように、辺りを見回している。

「もう、すっかり済んだわ。今日はお部屋で静かにしていてね」

「八号室へ戻るの、やだよ。また、みんなにいじめられるから……」

「守田先生が独居室の三号室を、あなたのために用意しておいてくれたのよ」

「また、守田か。あいつ、大嫌いだよ」

「そんなことを言うものじゃないわ。守田先生は、まりちゃんを一番心配しているのよ。本当よ」

それは確かだった。

守田教官は、はじめのうちこそ、

「あの子は、すべてに反抗的で同室者からも嫌われているし、始末におえない」

と困りはてていたが、近頃はまり子の境遇に心底《しんそこ》同情を寄せている。

それだけに、自分の心情をストレートに、まり子にぶつけてしまうのが欠点といえば欠点だった。

しかし、それが守田教官の精一杯のまり子への愛情であり、早く立ち直らせるための努力でもあった。

樋川まり子の体調は、その後、順調に回復した。

一ヵ月後、正常な生理を見たのち、守田教官に付き添われて若葉女子学園に戻るはずだったが、すでに出院準備の教育課程も終わりに近いことから、若葉女子学園には戻らず、H医療少年院から仮出院することになったのである。

その日、守田教官から知らせを受けた凜子が院の玄関先に駆けつけると、珍らしく院長も見送りに出ている。

自然の色に染めたショートの髪、コットンの白いブラウスに紺色のプリーツスカートを身につけた、化粧っけのない樋川まり子は、ブリーチした真黄色の髪を逆立てて、守田教官と睨み合っていたころの面影は微塵もなく、眉毛こそ薄いが、艶のよい淡いピンク色の肌は、いかにも清純で健康そうな少女に戻っていた。

実際、ここに入院する少女たちの誰もが、入院当初は、それまでの荒《すさ》んだ生活のために、仕事と育児に疲れ果てた中年女のように張りのない肌をしているが、規律正しい生活環境の下で矯正教育を受け、出院するころになると見違えるほどの若さを取り戻していた。

彼女らの出院を見るにつけ、若者にとって規律ある生活環境が、どれほど心身の健康維持に有効であるかを、職員の誰もが実感させられる。

まり子に寄り添うようにして、グレーの背広《スーツ》を上品に着こなした五十歳前後の恰幅のよい紳士と、ひときわ濃いルージュの中年の女性がにこやかに立っていた。

「立派な方に引き取られることになって良かったですね」

凜子が小声で守田教官に囁くと、彼女は大きく頭を横に振った。そして、

「あれが実母とお義父《とう》さんよ」

と、ヒソヒソ声で答えた。

やがて三人は見送りの職員たちと丁重な挨拶を交《かわ》すと、キャデラックに乗り込み、新緑がまぶしい木立ちの中を走り去った。

それはハタ目にも子供の幸せを第一とする幸福な家庭を思わせる親子像だった。

「せっかく院の方で良い引受人をさがしてあげたのに……。これが樋川まり子の選択だったの。彼女、お義父《とう》さんの顔で編入できる高校に入り、いい大学を出て一流のブランド人間になってみせるんだって。わたしを見返してやるとも言ってたわ」

車が去って見えなくなった後をいつまでも見送っている凜子に、守田教官は、

「ご苦労さまでした。判断力の弱い子は、結局、自分で自分の墓穴を掘ることになるのよね。困ったものだわ」

と冷ややかに言うと、後ろも振り向かず、暗い廊下の奥に消えて行った。

7

樋川まり子が、ひょっこりと、H医療少年院を訪ねてきたのは、それからどれほど後のことであったろうか。

いつものように昼食後の投薬を終えた凛子が看護室に戻ってくると、およそ、この場にふさわしくない派手な服装の若い女性が、山田首席教官や加瀬婦長を相手に話をしている。

細くて長い脚線美を誇示するような、豹の毛皮を模した超ミニスカートに、真っ赤なジャケット、カラフルなスカーフをさり気なく肩に流している姿《スタイル》は、どう見てもファッションモデル嬢のようで、珍らしいお客様が来たものだと、凛子はその後ろ姿に思わず見とれてしまった。

「夏川さん、あなたに会いたい人が来ているわ。樋川まり子さんよ」

加瀬婦長が言い終わらないうちだった。

「こんちわァ」

樋川まり子が振り向いた。

形のよい唇にジャケットと同色の濃い口紅をくっきりと塗り、目を整形したらしい二重瞼《ふたえ》の樋川まり子は、大輪の芍薬《しやくやく》のようなあでやかさである。

「こんにちわ」

凜子は彼女のあまりの変身ぶりに度肝をぬかれ、次の言葉が出てこない。

「いま、月給四十万円の高級とりなんですって」

加瀬婦長は「月給四十万」という点を特に強調する。

すると、山田首席教官は、

「四十万だなんて、大丈夫なのか？」

と、探りを入れた。

「せんせえは相変らず疑ぐり深いねェ」

「だって、心配だよ。あやしいこと、やってるんじゃないだろうな」

「やだ！　せんせえったら。エッチ」

「じゃ、なんでそんなに月給がいいんだ。オレの月給より高いぞ。いったい、それ、どういうところなんだ」

山田首席教官は、なおも食い下がる。

「どこって……。まあ、せんせえたちみたいな古い人に通じる言葉でいえば、ピンクサロンって、とこかな。そこのフロントやってんの。店に出ているわけじゃないから大丈夫だよ」

「古い人？　言ってくれるじゃないか」

山田首席教官と加瀬婦長が顔を見合わせて笑った。

「樋川さん、ほんとに綺麗になっちゃって……。道ですれ違っても分からないでしょうね」

凜子は率直に、そして真っ直ぐにまり子を見る。

「夏川せんせえ、あたし、あの変テコリンな家を出て自立したの。その報告とひとこと御挨拶を、と思ってさ」

「そう、それはおめでとう。張りきっているから、一層美しいんだわ」

「夏川せんせえは、おだてやだから、かなわないよ」

「おだてじゃないわ。婦長さんも驚ろかれたでしょう」

「びっくりして腰抜かすところだったわよ」

「ホントは、あたし、隆鼻術《りゅうびじゅつ》やったんだ」

まり子はケロリとしている。

「どうも、どこかが違うと思ったよ」

山田首席教官は、しげしげと、まり子を見つめた。

「やだァ、そんなに見ないで。あたし、鼻ペチャだったからさ。そのコンプレックスで男に少しやさしくされると、すぐにだまされちゃうんだ。いまじゃア、悪い奴らをアゴで使ってる。

なに言っても、フン、だよ。そんなとき鼻ペチャじゃ、まずいんだ」

「………」

「せんせえには、あたしのデリケートな心理分かんないっしょ」

嫣然《えんぜん》と笑う樋川まり子に、大人たちは啞然とするばかりだった。彼女のように、いわば自分の心の傷跡でもある、この古巣を訪問する者はあまりいない。それだけに、ここを訪ねてくるのは、自分の〝いい恰好〟を見せたくて、やってくる者がほとんどだ。

キザな背広を着込み、刷《す》り立ての名刺を教官たちに配る青年がいるかと思うと、背中にドラゴンの刺繡があるジャンパー姿でダンプカーを乗りつける者もいる。

しかし、自分らにとっては不名誉な母校（？）に胸を張ってやってくる、かつての院生たちとの再会は、職員にとっては何ものにも換え難い喜びでもあった。

「守田せんせえに、あいさつしたいんだけど」

と、まり子は言った。

「君がきたこと知らせたから、もうすぐくると思うよ」

と、山田教官が言い終らないうちに、当の守田教官が颯爽《さっそう》とやってきた。

「あらっ、あなたが樋川さん？」

守田教官は挨拶も忘れて素っ頓狂な声を出した。

「守田せんせえは、ちっとも変らないね」

「あなたが変り過ぎたのよ。で、学校はどうしたの」

「夜間高校に入ったけど、行ったり行かなかったり。あれから、すぐ家を出て自立したからね」

「…………」

「守田せんせえも夏川せんせえも、まだ一人？」

「そう、まだ一人よ」

守田教官が答えた。

「かわいそうだね。先生たちは……」

シングル女性二人は思わず顔を見合わせた。

「早く結婚して人の子の親になった方がいいんじゃない。一生独身で自分の好きなように暮らしてるせんせえが、どうして、いかれた子たちの心が分かるかってえのよ。そうでしょ」

「あなただって高校ぐらい出なくちゃダメよ」

と、ムキになる守田教官。

「分かってます。言っとくけどさ、親に上膳《あげぜん》・据膳《すえぜん》で、ごはん食べさせてもらって、パンティ洗ってもらって、小遣いもらって、それで大学卒業したからって、偉そうな顔してる方が、ホントは恥ずかしいんじゃない。それって、半分以上は親の力だもんネ。守田せんせえは一回でも親にごはん作って食べさせたことある？」

「………」

「世の中にはさ、大学へ行きたくても行けないで、親きょうだいのために、やりたくもないこと歯を食いしばってやってる女の子もいるよ。社会は理屈だけじゃ、やってけないんだよ。せんせえも結婚して子供を産んだり堕《お》ろしたり、自分でやってみれば、人の心と明日の天気は自由にならないってことぐらい、分かってくるんじゃないの」

「こりゃ驚いた、なるほどご挨拶だ。一本取られましたな、先生がた……」

山田首席教官は坊主頭をカリカリ掻いて笑った。

樋川まり子は、凜子が出したお茶とクッキーを、あっという間にたいらげ、

「クッキーごちそうさま。守田せんせえ、夜間高校、必ず卒業するから。じゃ、またくるね」

と、手を振りながら帰っていった。

守田教官のヘアースタイルが変ったのは、それから間もなくのことである。

女子寮の理容室で院生に自分の長い髪をバッサリと切り落してもらったのだという。

女子少年と同じ髪形になった守田教官が、

「少しだけ院生の気持に近づけたような気がして……」

と洩らした言葉を、凜子はいつまでも忘れることができなかった。

愛情飢餓

1

夏川凜子が木元寛子から、どこかでゆっくり話をしたいという電話をもらったのは、樋川まり子が出院してから間もなくのことであった。まるで、こちらの心中を見すかしているかのような呼びかけだった。

それで、土曜日の午後、例の所でと凜子は提案した。例の所とは、F市の総合文化会館一階にある喫茶店のことで、そこはJRの中央線F駅にも近く、寛子の家と凜子の勤務先のちょうど中間で、渋谷や新宿に出るにも便利だった。

欅《けやき》の大木に囲まれたF市総合文化会館は、煉瓦《れんが》造りの瀟洒《しょうしゃ》な建物で都心を少し離れると、こうも閑静な所があるのかと驚くほど人影もまばらだから、二人にとってはいわば待ち合わせの穴場といえる。

凜子が喫茶店グレコに入って行くと、寛子は店の一番奥のテーブル席で「ここよ、ここ」と、しきりに手を振っている。

そんなことをしなくても、店内には他に客が一人もいなかった。

「どうしたの、燃えつき症候群《しょうこうぐん》みたいな顔しちゃって」

寛子は凜子を見るなり眉をひそめる。

「でしょう。いろいろあって」

「あの時も、そうだったわね」

樋川まり子の事で約束を反故《ほご》にした時のことを言っているのだろう。

「医師の都合に振りまわされてしまって、申しわけありませんでした」

「分かってる、分かってる。病院でも、よくあったじゃない。医者は緊急に手術《オペ》したい。こちらはスタッフなどの準備が間に合わない。そんなことでしょ？　オペでもあったの？」

凜子がテーブルにつくやいなや、寛子は矢つぎばやに質問をあびせる。

「外科ではなくて婦人科《ギネ》だったのよ」

「あら、医療少年院にギネがあるの？」

「一般の少年院は男子と女子を別にして収容するけれど、医療だけは男子と女子の両方を収容しているの。ただし、きびしい規律があって、たとえば、毎朝の朝礼の時に男の子と女の子が、ちょっと目が合って笑うだけで、謹慎処分になるの。夏の盆踊り大会でもそういった具合よ。年ごろの少年ばかりですもの、目を合わさない方が不自然だと思わない？　ニコッと笑っただけで謹慎室入りじゃね」

「なぜ笑い合ったらいけないの」

「ルールを守るというのが教育の目的だから、とは言うけれど、彼らは結構シャバで知り合ってる者同士もいるらしくて」

「それが法というものなのかしらね。じゃ、医師も結構多いのね」

「医師はほぼ定員どおり七名いるけれど、看護婦は定員八名のところを、今も五人で仕事をこなしてるの。だから、この間のようなことにもなるのね」

「……」

「役所関係は欠員があっても中途採用しないらしいのよ。私の場合は特別で、あのころ、外科のナースがいないために、手術もままならず困っていたのを、間中先生が私に目をつけて……。

そうとも知らないこちらは先生におだてられて就職したものの、中途採用ということで看護職でありながら法務教官として採用された。今もって身分はそのまま。私より二カ月遅い四月に就職した小沢という看護婦も、その翌年の四月に入った七浦という新人も定期採用者だから法務技官として採用されているのよ」

「法務技官と法務教官では、どこが違うの」

「仕事の中身も待遇も違うのよ。もっとも以前は、医師は技官で、看護婦は法務教官だったそうよ。でも今は両方技官待遇。たとえば患者が外部の病院に入院した場合、附き添うのは法務教官。医師とナースは法務技官だから附き添いはしない。ところが、ナースで法務教官の私にはその役が多いってわけ。患者が退院して元の少年院へ護送する役も教官。東北地方や北海道など長距離護送は神経がすりへる思いよ」

「新幹線に一緒に乗りこむわけ？」

「ええ、私は女子少年の場合が多いけど……。トイレに行くとき男性教官では中に入りにくいでしょ」

「えっ？　トイレの中も一緒に」

「昔、護送中に教官がトイレの前で待っていたら、中で自殺されそうになったとか……」

「大変なのね」

「そう、大変よ」

「だったら間中先生に、それを言えばいいわ」

「うん……。でも、こういうことって意外に言いにくいものだわ。その上、医師は半日勤務で週に二日だし。お互いに患者のことで頭が一杯で……」

「法務教官という名の看護婦・夏川凜子……か」

木元寛子は思い入れたっぷりに頷くと、やおらコーヒーカップを口許に運んだ。

「ところで、あなたも何かあったんじゃない？　目が充血してる」

「でしょう」

寛子は、いきなりコーヒーカップを下に置き、ハンドバッグの中から白い角封筒を取り出し凜子の前に置いた。

「なに、これ？」

「辞表」

「えっ？」

凜子は目を見張った。これでは話が逆ではないか。木元寛子のような慎重派が、一体これはどうしたというのだろう。

「あなた、虚弱児施設の看護に夢を抱いて就職したはずじゃなかったの。早まらない方がいいよ」

凜子は思わず口走った。

木元寛子は看護短大を卒業すると、自分は小児看護に生きると言って、すぐに虚弱児を収容している公立の施設に就職していた。

「正常児と精神遅滞児の中間ぐらいの子で、両親が亡くなったとか、母親が病弱で自分の子供を育てられない場合などは、どの施設にも入れないので、実に可哀想なのよ」

虚弱児施設とは、そういう狭間《はざま》におかれた子供を収容し育てている施設だと説明したときの、彼女の輝いた瞳を凜子は今も忘れない。

寛子はランチが運ばれてきても、それに手をつけようとせず、

「それが……さ」

と、ぽつりぽつりと話し始めた。

虚弱児の看護に夢をかけて就職はしたものの、近ごろ、自分のやっていることに疑念を抱くようになり、はたしてこれでよいのかと心が引き裂かれるような日々を送っているというのである。

「たとえば、どんなこと」

施設の子供たちは、まるで囚人服のような赤い縞模様のヨレヨレの服を着せられていて、それを夜も昼も着換えさせないこと。百二十名の虚弱児を、三組に分け、四十人の子供を、保母と看護婦合わせて四人のスタッフで昼夜受け持つことになるので、とても手が足りないこと。

「子供って敏感だから、自然に大人の顔色を見るようになってしまうの。冷たい保母や看護婦《ナース》にはお世辞を使うし、子供の身を考えるスタッフには逆に反抗的になるし……」

何よりも胸が痛むのは、就寝時間に寝ない子供を、暗い倉庫とかリネン室に連れて行って、

「ここで一人で寝なさいっ」

と、おどしをかけることだと、寛子は顔をくもらせた。

「子供は泣きながら〝もう泣かないよ、だまるから〟って、〝ごめんなさい、ごめんなさい〟

って、また泣くんだよねえ。切ないけど、そうでもしなければ、こちらは次の仕事に追われてるし。子供は納得《なっとく》して言うことを聞くのではなく、恐怖で大人の言うことを聞くわけでしょ。その証拠に、その後の数日間は、その看護婦《ナース》におじけて、そばへも寄りつかない。子供をケアする者がなんで、あんなことをしなければならないの？　家庭だったら三十分や一時間くらい寝る時間が遅れても、そんなことしないでしょ。結局、大人たちは子供が本当に欲しがっているものを与えずに、時がくれば次の施設に放り出して一丁上りでしょう？　自分が子供を持って、それがよく分かるだけにストレスで胸が苦しくなるのよ」

凜子には寛子が急に老《ふ》け込んで見えた。

両親を亡くし独身で勤務を続ける凜子と違い、寛子は三歳になる女児の母親である。彼女は東京の西部地区では老舗《しにせ》と呼ばれる和菓子店《わがしてん》の一人娘で、二十四歳の秋、それが当然のように父の片腕であった和菓子職人と結婚し、両親と同居しているだけに、いたって気楽な身分といえた。

凜子は親友の話を聞きながら、現代っ子の人間不信というものが、幼いころからどんなプロセスを経て芽生え形成されて行くのかを、改めて教えられる思いがした。すると、木元寛子の職場の延長線上に、今の自分の職場があるような気がしてきた。

「今のところ自分の子より施設の子に力を入れろって、家の者に言われるものだから、勤めを続けているけれど、わが子に許せることが施設の子に許せない場合がよくあるだけに、胸が痛むし、子育てって、やり直しがきかないと思うと、今の職場がとても恐くなってきた」

「現状に疑問をもつ人がいればこそ、職場の改善ができるんじゃないかなあ」

「でも、自分の子供の人格形成上、一番重要な乳幼児期の養育を両親に押しつけている私に、他人の子を育てる資格があるのだろうか」

「自分の仕事に自信喪失したってわけ？　だから辞《や》めるの？　それは逃避じゃない」

「逃避？」

「そう、逃げの姿勢。あなたの肩には生活がかかっていないから、嫌だと思えばすぐに辞められる。で、残された子はどうなるの。寛子のように恵まれた環境にいる人こそ……」

「努力しろって言うんでしょ。努力はしているつもりよ。でも、一人の力ではどうにもならない」

寛子は、やけくそのようにデザートのケーキを頬張った。

凜子は凜子で、一人の少年の人格を深く傷つけ自殺に追い込んでしまったと悩んでいるだけに、自分の場合はどうなのだ、と考えると、後ろめたくて、リュックに入れてある辞表を相手に見せる勇気を失ってしまった。

それでも二人は久し振りに誰に気がねもない意見をぶつけ合うことによって、少しは気分が

軽くなったころ、ウェイトレスに、

「お客さま、閉店のお時間です」

と促がされ、慌てて席を立った。土曜日の文化会館は午後六時が閉館の時間だった。

2

いつものように朝のミーティングを終えた凛子が外科診療室に戻ってくると、机の上に三階雑居房六号室の篠崎行夫《しのざきゆきお》を往診してほしい旨の依頼状がのせてあった。その脇に無雑作に走り書きしたメモが添えてある。

「間中先生の往診、よろしくお願いします。七浦より、夏川さま」

患者の状態などに一切ふれていない、そのメモ書きが、いかにも七浦看護婦《ナース》らしいと凛子は苦笑した。七浦看護婦《ナース》が担当している男子棟の三階六号室は精神科に属している少年四人の雑居房で、彼女は日ごろから、

「六号室は、ひと癖もふた癖もある性格の悪いのばかり集まっていて、嫌《いや》んなっちゃう」

と、こぼし抜いている部屋である。

(さては、少年同士がケンカをして怪我人でも出たのか)と、凛子は想像したのだが、それに

しては朝のミーティングでもそんな話題は出ていなかった。

近ごろ元気な篠崎行夫が、なぜ外科医の往診が必要なのだろうか。

ところで、六号室のメンバーといえば、痙攣《けいれん》発作が持病で些細《ささい》なことにすぐカッと逆上する赤川志郎と、緘黙症《かんもくしょう》で入院以来ほとんど口をきかず、食事の際も教官が声をかけなければ、いつまでも食べようとしない馬場勇吉、残る篠崎行夫と台場《だいば》一平は精神分裂病で、その中では篠崎行夫の性格が、最も温順だと言われている。

その篠崎少年が外科診療室まで歩いてこられないのは、なぜなのか。

間中医師に往診を頼むにしても、それなりの理由を把握しておかなければ、依頼の仕様がない。凜子は、すぐに精神科診察室にいる七浦看護婦《ナース》に電話で問い合わせることにした。

「六号室には手を焼いてんの。とくに最近の篠崎行夫は朝礼や実科訓練で外に出ると、大声出して暴れだすんだって。川口先生が何とかならないかって言うものだから、河崎先生に相談したら、新薬の向精神薬を処方してくれたの。それが凄《すご》く効いて、患者はずっと眠りっぱなし」

「それがどうして外科に受診するのかしら?」

「本人が腰の所が痛くて動けないって言うんだって」

「それは変ね。七浦さんが見たところでは、どんな具合?」

「そんなの、見に行ってられないわよ。いそがしくて……」

「いそがしいのはお互いさま。間中先生の診察は午後二時からで、それを済《す》ませてから往診でしょうから、その前に患者の状態を把握して報告しておく必要があると思うけれど」

凜子に言われた七浦看護婦《ナース》は、しぶしぶ一緒に篠崎行夫の様子を見に行くことに同意した。

凜子が川口教官について男子棟の三階六号室に入った途端、汗と油の臭いが入りまじったような男の体臭と、微かな便臭が鼻をつく。後から入ってきた七浦洋子は顔をしかめた。

この時間帯は体育の授業中なので篠崎行夫だけが、六号室の一番奥のベッドに寝ていた。

「具合の悪いところは、どこ？」

凜子は、それとなく篠崎行夫の顔色を観察した。彼は、はじめ焦点が合わない目で辺りを見回していたが、大人三人の顔を見ると質問の意味が分かったらしく、指で自分の仙骨のあたりを触ってみせた。

パジャマのズボンを下におろしてみると、仙骨部位に直径五センチほどの潰瘍《かいよう》が化膿しており、腐った魚のような悪臭が立ちのぼってくる。

「これ、褥瘡《じよくそう》じゃないの、七浦さん」

今どき全身麻痺の患者や寝たきり老人といわれる人にさえ、褥瘡を作らないのが看護の常識だというのに……と凜子は呆れて七浦洋子を振り返った。しかし、

「だから、外科に往診を依頼したんでしょ」

洋子は平然としたものである。

「薬で寝かせきりのときは、時間で体を動かすようにしなければ」

「看護婦の手も揃ってないのに、いちいち患者の体位交換などしてられると思ってるの」

「人手不足と、この問題は関係ないと思うけれど」

「できないことはできないんです。それを上の人に分からせないから、看護婦を増《ふ》やそうとしないで、何でも押しつけられちゃう。夏川さんみたいに事の本質を考えずに、よけいな手出しをすると仲間が迷惑するし失敗するわよ」

「…………」

「で、どうしますか」

と、川口教官は凜子を見た。

「私が傷の手当をします。先生の往診を待っていると遅くなりますから。それから同じ体位で寝ていることが褥瘡の原因になりますから、時間を決めて体の位置を変えて頂けないかしら」

七浦看護婦は、それで納得したらしい。

「では」と、凜子は、すぐに外科診察室にとって返した。

3

篠崎行夫は十七歳。非行名は窃盗でH医療少年院送致となったのは、これで二回目である。彼の供述によると、一回目は道端においてある最新型のバイクを無断で乗りまわした挙句、坂道で転倒して右足を骨折、足のプレスを入れる手術を受けた後、H医療少年院送致になった。この時は、約四ヵ月で仮退院している。

今回は友人宅を訪れ、留守と知って上り込み、金を盗んで捕まっている。

凜子は、念のため、篠崎少年が今回の入院に際して書いた作文を読んでみた。

〈実はボクの父は三年前に肺ガンで急死してしまいました。病気が分かってから腹に水がたまってパンパンにふくれ、二ヵ月ももちませんでした。

父はアル中で酒ぐせが悪く、それが原因で母はノイローゼが重くなり、精神病院に入院してしまいました。残された姉と弟とボクたち兄弟三人で暮らしていたのですが、父が死んでから、家庭の中は火が消えたように、暗くさびしい毎日になりました。

ボクは中学三年生で受験もあるし、いつまでも、くよくよしていても仕方がないと思いましたが、今まで自分を叱ってくれた父がいなくなって、気が楽になったという思いも強く、非行に走ってしまいました。

非行の始まりは、友人とやった万引で、何度かケイサツにつかまりました。万引のやりかたは友人が教えてくれました。その時は、そんな悪いことはしたくないと思いましたが、小学校一年生の弟が夜になると、〝かあちゃん、かあちゃん〟と泣くので、それをなだめるために、弟がほしがるゲームやポッキー、ポテトチップなどをスーパーで万引したのです。

姉はボクの高校進学のために、昼と夜とちがう所ではたらき高校に進学させてくれたのに、ボクは自分勝手に退学して夜になると遊びまわっては弟のほしがる物を万引するスリルをあじわっていたのです。

それがだんだんエスカレートし、次々と事件をおこしてしまい、少年院にきてしまいました。いまでは姉のいどころもわかりません。弟は埼玉県の叔父さんにひきとられたそうです。ボクは非行少年になったけれど、弟だけはまっすぐな人間にそだってほしいと思います〉

凜子は篠崎行夫の父親が、自分の父と同じ肺ガンで死亡していることを知り、それが単なる偶然にもかかわらず、彼が一層不憫《ふびん》に思えてきた。

篠崎行夫の褥瘡は凜子がはじめに思っていたより、はるかに進行していた。彼の日頃の拒食傾向が全身の栄養状態を低下させていたことも、傷の悪化に拍車をかけたのだろう。

彼を往診した間中医師からは、

「褥瘡の手当ては君たちの専門だから」

と、予想どおりの答えが返ってきた。

一度化膿した傷は、環境の悪さも手伝って回復もはかばかしくなく、肉のあがりも想像以上に遅い。彼の体に麻痺がある訳ではないので、傷口全体にひっついているガーゼを剝《は》がすたびに、その痛さでひいひい言う。それもこれも元はと言えば、看護する側の怠慢からきたことである。その責任を思うにつけ、凛子は時間をやりくりしては、朝に夕に三階雑居房の篠崎行夫の許に通うことになった。

正直なもので、傷は一日一回だけの処置と二回の処置をした場合では、その回復状態がまるで違うのだった。

そんなある日、例によって凛子が篠崎行夫の処置に行くと、彼の右の瞼《まぶた》が紫色に腫《は》れ上がっている。

「どうしたんだ、その目は」

凛子に同行した川口教官は目ざとくそれを質《ただ》した。すると篠崎行夫は口を閉じたまま返辞をしない。

凛子が彼の両瞼を反転させて見ると、右瞼の裏側に内出血と思われる斑点がある。

「おかしいですね」

と、凛子が呟いた。

「お前たち、なにか身に覚えはないのかっ」

川口教官は西郷隆盛のような太い眉と眉の間に八の字をよせ、大きなギョロ目で少年たち一人一人を、じっくりと見据えた。

三人の少年は一斉に目をそらせて、それを無視する。一人が机の中をかき回すと、他の二人もそれを真似る態度が、いかにも空々しい。

そういえば、近ごろ凛子が篠崎行夫の傷の手当てに行くたびに、彼らは部屋の入口で見張っている川口教官に聞こえないような小声で、凛子に訴えるのである。

「オレも腹いてえんです」

「オレ、グラウンドで毒虫に刺されちゃって、腕が腫《は》れてんだけど」

緘黙症の馬場勇吉までが、凛子の前で片足を引きずって見せ、

「ねんざ、いてえ」

と訴える。

毒虫に刺されたという台場一平の腕を見ても、それらしい痕跡はなく、捻挫を訴える馬場勇

吉の足首は腫れてもいないし、前後左右に強く曲げても痛そうな表情すら見せない。

「なんともないわ。大丈夫です」

凜子が馬場勇吉に言っても彼は納得せず、膝を見せたり太ももにさわらせたりする。体のどこかにさわってもらえば、それで気がすむらしかった。昨日も、たまりかねた川口教官から、

「てめえら、いい加減にしろ。看護婦さんにはウソかホントか、すぐに分かるんだぞ」

と、怒鳴られたばかりである。

「てめえら、篠崎を殴ったなっ。誰だ、やったのは！」

「オレだ！」

逆上少年の赤川志郎が真っ赤な顔で居直った。

「篠崎の奴、あることねえことチクリやがったにちげえねェ。それを白状しねえからよっ」

「篠崎は、そんなことしてないよ」

川口教官は、相手を刺戟しないように急に声をやわらげた。

「じゃ、どうして毎日寝てばかりいる篠崎だけ大事《でえじ》にするんだ！　こっちァ、どうなってもかまわねえってのかァ」

赤川志郎のこめかみの血管が青くふくれ、みみずがのたうっているようだ。

これは困ったことになった、と凜子は慌てて、

「そんなことはありません」

と、赤川志郎に負けず劣らずに大声で叫んだのである。

「篠崎くんの傷を一日も早く治さなければ困るでしょう」

すると、緘黙症の馬場勇吉が一言《ひとこと》、

「ヒイキだ」

糸を引いたような細い目をむいて凜子を見据えた。目尻が吊り上ったその目には、大人の心の内を見すかすような鋭さがある。

少年たちは職員のエコヒイキには敏感だった。朝に夕に篠崎行夫だけの処置に通う凜子を見て、篠崎をエコヒイキしていると感じとる。

凜子の心中は複雑だった。

篠崎行夫を褥瘡で苦しめたのは看護者側の怠慢だからと、その責任を感じて足しげく通う自分の行為が、彼らには差別と映る。

その鬱屈した感情が篠崎行夫への不条理な報復行為につながるとは……。

昨夜も十五分間隔で巡回する教官の目を盗んで、篠崎行夫につかみかかったのは、六号室のボスでもある赤川志郎だった。

「てめえだけ、先公にどうしてヅケいいんだ。なにをチクリやがった、このやろう」

寝ている篠崎行夫に馬乗りになり顔を張り飛ばす、他の少年もそれに従った。

篠崎行夫は、それでも自分だけが看護婦さんに特別扱いされているんだ、と思うと耐えられる。顔が腫れれば看護婦さんは心配して、なおさら自分の手当てにきてくれる……。

仲間たちの暴行に黙って耐えるのも、彼の力の誇示になる。篠崎行夫は、ここへ転送される前にいた少年院でも、古参生からリンチを受けた経験があるだけに、そのことをよく承知していたのである。

凜子は、それらの話を少年たちから聞きとると、

「君たちね、私の話をよく聞きなさい」

少年一人一人を公平に見つめながら、言葉をつづける。

「お医者さんも看護婦もエコヒイキで君たちを診察したり手当てをしていると思ったら大間違いよ。人によって病気も健康状態もさまざまです。だから手当ての方法も違ってくるの。君たちも赤ん坊じゃないんだから、その位のこと分かっていると思うけれど」

凜子は言いながら七浦看護婦のほんの少しの手抜きが、いつも事を意外な方向に進展させるのだ、と思うと、残念でならなかった。

一方、少年たちはと見ると、凜子の言葉などどこ吹く風とばかりに、てんでに勝手な話をしている。その手応えのなさ……。

こちらが少年たちを思って彼らに近づこうとすると、逆に彼らの方から拒絶するのはなぜなのか？　凜子は内心で苛立っていた。

すると、赤川志郎が「チェッ」と舌うちして、

「カンゴフだますにゃ苦労はいらねェ。ごはん食わずにゴネりゃいい」

口の中でボソボソと呟いた。

「なにか不足があるのかっ」

と、川口教官の凄みのある声。

「ハイ、イイエ、分かりました」

赤川志郎は、素早く態度を変えた。

4

篠崎行夫の褥瘡を一日も早く全快させるには傷の手当てだけではなく、根本的には向精神薬の投与量を減らし、運動量を増やす必要があるのではないか。もともと彼をいつまでも眠らせておくこと自体が原因なのだから。

このことを七浦看護婦にも相談してみようかと凜子は考えるのだが、日ごろから積極的な対

応に反対する彼女を知っているだけに、つい面倒になる。そんな矢先、思いがけなく篠崎行夫の担当医である河崎医師に、外来棟の廊下で出会った。

「今だ」と、凜子は思った。

河崎医師は四十八歳。婦人科の柴田医師とは医学部の同期生である。

「河崎先生、お願いがあるのですが」

「やあ、いつも張り切ってるじゃないか」

河崎医師は上機嫌で答え、「診察室でうかがいましょう」と先に立って、精神科診察室に入って行く。外科診察室とは違い、ここには処置台などはなく、代りに鉢植えの大きなゴムの木が部屋の隅に置かれている。

「お願いって、なあに」

その声が予想外に優しかったせいもあり、凜子はズバリと話を切り出した。

「三階六号室の篠崎少年のことですが」

「ああ、君、よく褥瘡の処置をやってくれてるそうだね。川口教官が感心してたよ」

「それが、外科的処置だけでは、どうかと思うのです。お薬を減らしていただき、早く運動させた方がいいのでは……」

河崎医師の表情が急にこわばった。

「治療上のことで看護婦に口出しされては困る。僕には専門医としての方針がある」

七浦看護婦が、いつの間にか後ろに立っていた。

「じゃ、僕、これで帰るから」

河崎医師は言うが早いか、ドアの外に消えてしまった。その間、ものの五分と経っていない。

「バカね、あんたは」

七浦看護婦が声を立てて笑った。

「そういうことは婦長だって言わないよ。あたしが、決められた仕事以外、よけいなことをするなって言う意味、これで分かったでしょ。言われたことを時間内にやるのがプロよ」

「そうかしら、医師には医師の役割があり、看護婦には看護婦の役目があると思うけれど。それに篠崎行夫の状態は落ち着いているじゃないの」

「それにもへちまもないのよ」

凜子は言葉もなく、外科診察室に戻った。するとそこで珍しく間中医師と相川看護婦がコーヒーを啜っていた。薬のにおいとコーヒーの香りがまじりあう室内には一日の仕事を無事に終えたあとの解放感があった。

「あなたのも、そこにあるわ」

と、相川看護婦が言った。

「ありがとうございます。いま篠崎少年のことで、河崎先生に叱られてしまいました」

凜子が正直に河崎医師とのやりとりを告白できたのも、その場の雰囲気のせいだったろうか。

間中医師は、手元にあるガーゼで眼鏡を拭きながら、複雑な笑みを浮かべている。

「そういう言い方をすると、話がこじれるのよ」

と、相川看護婦が力む。

「篠崎少年の処置は、このまま続けていてもいいものでしょうか？　とお伺いを立てる方式をとる。そうするとね、『では薬を減らそう。なるべく運動させなさい』という答えが返ってくる。結果、うまく行く……」

相川看護婦は、さすがベテランだけに、医師への心くばりも抜かりはない。

「僕も、その手に乗せられて、相川さんにこきつかわれてるって訳だ。男性遍歴の豊かさが、これで立証されたね」

「ま、失礼な」

二人はいかにも愉快そうに笑った。が、凜子は笑えなかった。すると、間中医師は凜子をチラリと見て、いたわるように言う。

「医師って妙なところに肩肘《かたひじ》張って、つまらんことにこだわると思うでしょう。こういうことって医者同士でも、なかなか言えないものでね」

それでは患者はどうなるのだろう。患者を最も身近で看《み》とっている者の言葉に、医師はもっと注意を払ってほしいものだと、凜子は不満だった。

「あたしに、まかせなさい」

相川看護婦は自信たっぷりに、自分の胸を叩いてみせる。

彼女の方策が効を奏したのだろう、篠崎行夫の投薬は、間もなく打ち切られ、褥瘡もケロイド様の瘢痕《はんこん》（傷あと）を残し、やがて全治した。やれやれ、これでようやく〝一件落着〟と凜子が胸をなで下ろしたのは、彼女持ちまえの早とちりだった。

その夜も凜子は当直だった。

二十一時十分、少年たちが一斉にベッドにもぐる時刻である。

それから十分もしないうちに女子寮の十五歳の少女が軽い痙攣発作《けいれんほっさ》を起こし、その手当てを終えて看護室に戻ってくると、もう次の電話が鳴っている。

受話器を取ると、三階六号室に来てほしいという川口教官からの連絡である。

「またですか。川口先生と私が当直の夜というと六号室が荒れますね。今度は誰ですか」

「台場です。とも角、話を聞いてやってくれませんか。すみません」

川口教官の口調からは、相手が急病人とは思えなかった。ひょっとすると、この間の仕返しの仮病《けびょう》ではないだろうか？　そんなことを予想する近ごろの凜子は、いつの間にか疑り深くなってきた……と、自分でも感じてしまう。

以前は少年の訴えを、そのまま受け止めていたのに、このごろではまず相手を疑ってかかることもしばしばだからである。

患者を信じ、患者から信頼されてこそ、真実よい看護ができるというのに、ここでの両者の関係は常に半信半疑、これでは自分が理想とすることなど出来るはずもない。

凜子は暗い廊下を歩きながら、そんな思いの自分が自分で悲しくなる。

川口教官と二人で三階六号室に行くと、篠崎行夫はよく寝ていて、台場一平だけがベッドのうえでかしこまっていた。

「どうしたの」

「ハイ」

台場一平は神妙な返事をしたが、腰を浮かしてモジモジしている。

他の少年たちは入口に立ち塞《ふさ》がっている教官を意識しながら、狸寝入りで、聞き耳を立てているに違いなかった。

「どこが具合が悪いの」

「チンボコ」

「えっ」

凜子は思わず後ずさった。

隣のベッドの赤川志郎が、「フフ」と声を殺して笑った。

「このごろチンボコが、かゆくて毎晩眠れないんです」

少年は、さすがに声をひそめた。

「今日は皮膚科の先生の診察日だったのに、昼間の看護婦になぜ言わなかったの」

「昼間のカンゴフさんは冷たいスヨ」

誰かが、また「クックッ」と忍び笑いをした。

昼間の看護婦とは七浦洋子のことらしい。

「そんなことはありませんよ。やさしいわよ」

「表面はやさしいけど、冷たいんスヨ」

台場一平は、またもモジモジと腰をゆする。

「ああ、分かったわ。若くて美人だったから言えなかったの?」

「ちがうよ。なつかわせんせいの方が美人だよ」

台場一平は照れくさそうに、頭をゴリゴリ掻いた。

するとボスの赤川志郎が、むっくり起き上がった。

「そうじゃないんだ。おまえ、ホントのこと言え」

言うが早いか教官に叱られないうちにとばかり、素早く毛布を頭から被ってしまう。

「ホントのことって？」

「早く言え、病人はお前一人じゃない。カンゴフさんは忙しいんだぞ」

川口教官は、いっこうにラチがあかない台場一平を一喝した。

「昼間、診察室に行ったんです。そしたら七浦看護婦さんが怒ったんです」

「なんて怒ったの」

「そんな不潔なところは、ちゃんと洗ってこい。そうでなければ診察なんかできないって。でも今日は入浴日じゃないから洗えないし、あのひと美人だけど、冷たいスヨ」

これは仮病ではなかった。仮病を疑ってかかる自分も実は冷たい看護婦なのだと、凜子はひそかに反省する。

「だったら、そのことを看護婦に言えばよかったのに」

「いっぺェ、お前は夏川先生に、ここで手当てをしてもらいたいんだな。甘ったれんじゃねェ」

川口教官が怒鳴ると、一斉に三人の少年がベッドから起き上がった。

「あの看護婦さんは、医者には声まで変えちゃってヘイコラして、その分、オレたちに当たるんだ」

「あんなのオレたちの仲間にもいない」

「あんな大人にならないようにしようぜって、話し合ってるんだ」

少年たちは口々に七浦洋子への不満をぶちまける。

「いま、そんなことを言う時間じゃねえだろっ」

どすのきいた教官の声に三人は首をすくめて黙りこんだ。

「分かりました。とも角、台場くんのことは明日、必ず先生に相談して、お薬を出してもらいますから、今夜は我慢してください。分かった?」

「分かりました」

台場一平は、それで一応は納得してくれた、と凜子は感じ、看護室に戻ってきた。が、又も川口教官から電話連絡を受けたのは、それから一時間もしないうちである。

「今度は赤川志郎が喘息《ぜんそく》発作です。すぐにお願いします」

慌てふためいた声であった。

「変だぞ」と凜子は思った。

痙攣発作の持病をもつ赤川志郎が、些細なことですぐに逆上するのは、長い間、鎮静剤を服用している患者に、稀にみられる症状だと言われているが、その赤川少年が喘息発作を起こすとは、凜子には考えられなかった。

しかし凜子は、すぐに聴診器《ステト》と血圧計を持ち、ふたたび三階六号室に向かった。

六号室に一歩足を踏み入れた凜子は、赤川志郎の発作を見た瞬間、(これは嘘だ)と直感した。

だが、赤川志郎の喘息は、まさに迫真の演技だった。喉の奥の方からヒューヒューと喘息特有の金属性の呼吸音さえ出してみせる。それが嘘か真実《まこと》か、すぐに見破ったのは、彼の顔の色艶があまりにも良すぎること、今が喘息発作の季節ではないこと、その上、他の少年たちの挙動が神妙すぎるのもおかしかった。

凜子は何くわぬ顔で慎重に聴診器を赤川志郎の胸にあて、呼吸音や心音を聞く、血圧も測る。そして彼の背中を静かになでながら、

「呼吸音も心臓の音も変りないから心配ありません。少し横になっていれば、大丈夫」

と、さも心配そうに赤川志郎をのぞき込んでいる少年たちを見廻した。

(ご苦労さん。この程度じゃ騙《だま》されないの)

(チェッ、この手はダメか)

凜子と彼らが交わす目と目の間に、そんな無言の闘いがあった。

喘息発作では見破られると知った赤川志郎は、次には持病の「痙攣発作」の演技に切り換えて、毎夜当直教官たちを慌てさせた。

河崎医師もさすがに手を焼いて、夜間の赤川志郎に対しては、

「放《ほう》っとけ」

という指示を出した。

台場一平は台場一平で、右足の臑《すね》を懸命に手でこすり真っ赤に発赤させて、さも痛そうに足を引きずりながら外科診察室へ受診にくる。

「せんせえ、ここに針が入っちゃったから、手術してください」

これには間中医師も呆れて、

「どうせやるなら、もうちょい、うまいこと考えろ。レントゲンを撮れば、すぐ分かっちゃうんだよ。ワッハッハ」

と、笑い出す始末だった。

5

「赤川が、また、引っくり返って変です」

三階男子棟の当直、吉岡教官から医務課当直室に連絡が入ったのは、それから間もない日の午前一時過ぎのことである。

たまたま相川看護婦の代わりに当直を勤めていた凜子は、

「またか」

と、うんざりしたが、念のため赤川志郎のカルテをひろげ、指示票（主治医からの連絡や指示が記載されている）に目を通す。

そこには、たった一行「放っとけ」と書いてあるだけだった。

「主治医の指示は、放っとけ、なのですが」

「そうですか」

電話は切れたが、吉岡教官のいかにも不安そうな声が、妙に気になった。

「放っとけ」なんて指示があっていいものだろうか？

（いいえ、放っとけない！）

凜子は立ち上がった。

たとえ虚偽の行為であろうとも、当直看護婦《ナース》の自分には虚偽は虚偽として把握しておく責任がある。

凜子はこの時、死んだ内海武夫を思い出していた。

あの時も、七浦洋子は教官の要請に応えなかった。それが事故につながったのではなかったか。

凜子は、ペンライトと舌圧子《ぜつあつし》を持ち三階雑居房への階段を夢中でかけ登った。

「いま、また電話をしようと思っておりました」

吉岡教官はホッとした表情で、凜子を迎えた。

「子供の様子がおかしいと思っても、それがほんとに病気なのか嘘なのか、ボクにはまったく判断できません」

吉岡教官は、真実困っていたと説明しながら、凜子を赤川志郎の部屋に案内する。

その雑居房に一歩足を入れた凜子は、顔色を変えた。

赤川志郎の顔が、チアノーゼで真っ黒に変色していたからである。

「これは……。大発作《だいほつさ》です。すぐ看護室へ行って吸引器を……」

「分かりました」

吉岡教官は、すぐに天井マイクに向かって、

「吉岡です。川口教官にお願いします。大至急、看護室へ行き、吸引器をとってきて、六号室へ届けてください」

「了解」

川口教官の声が返ってきた。

巡回を終えて教官室に戻ってきたばかりの川口教官が、そこにいたのは好運だった。

吉岡教官は、部屋の入口に立ち塞って、

「みんな寝ろ」

と、他の少年三人を牽制した。

凛子は蛤《はまぐり》のような白眼をむき出して痙攣を続ける赤川志郎の頭を抱えて横にむけると、タオルを巻いた舌圧子を素早く口の中にねじ込んだ。そこへ川口教官が慌だしく吸引器を運んできた。凛子は夢中で赤川志郎の口から溢れ出てくる泡沫状の唾液を吸引する。そうしながら、呆然としている教官二人に、

「足を、押さえてください！」

と、活を入れる。しばらくすると、赤川志郎の瞼や唇のチアノーゼが薄らぎ、ほんのりと赤みがさしてきた。

「危機を脱した」

と感じた瞬間、凛子の腋の下から冷や汗が流れ落ちた。

やがて赤川志郎は正気を取り戻したが、もし自分の処置が少しでも遅かったら、彼はいったいどうなっていただろうと想像すると、凛子は身の毛がよだつ思いがした。そして、たとえ九回の発作が仮病だったとしても、十回目が必ずしもそうとは限らない、という事実の恐ろしさを実感したのである。

翌日、彼女は河崎医師の顔を見るなり、赤川志郎についての自分なりの考えを率直《そっちょく》に伝えた。

「放っとけ、の指示は誤りではないでしょうか。常に観察をすること、その判断による処置や投薬の指示こそ重要ではないでしょうか」

河崎医師は苦笑した。

「君は若いネ。大層まっとうだ。しかしネ、非行に特効薬なし、ということも知っておいてほしいね」

(「非行に特効薬なし」だって? 河崎医師は非行少年を立ち直らせることは不可能と言っているのだろうか?

医者が、はじめから「お前の病気は治らない」と思いながら病人を治療していて、どうして患者の病気を治すことができるだろう)

河崎医師の言葉は聞き捨てならない。それでは少年が可哀そうすぎると、危うく凜子は口に出すところだった。

そして同じ人間でありながら、優越した能力をもつ者が、落伍する者を見捨てて良いとする優者の論理を、その言葉から感じないわけにはいかなかった。その奢《おご》りへの怒りが満ち潮のように心の中に溢れたとき、

(この少年たちを見捨てられない。たとえ騙されようと拒絶されようと見捨ててはいけないの

だ)
という思いが、胸に突き上げてきた。すると、端正で理性的な河崎医師の顔が、人の心を持たないロボットのように見えてくるのだった。
凜子の耳に「大人たちは、子供がホントに欲しがっているものを与えずに放り出しちゃっている」と言った木元寛子の声が聞こえてくるような気がした。

赤毛の女

1

「さあ、かえりましょう」

夏川凜子はベッドに寝ている木村奈緒を促した。

三日前の朝、木村奈緒は公立M総合病院の産科に入院して、その日の夕方三二〇〇グラムの元気な女の児を出産したばかりである。

十六歳の母親の顔色は血の気がなく、むくんだ瞼《まぶた》は、あんかけ料理の冬瓜《とうがん》のように水っぽく透き通っている。

奈緒はベッドから起きあがると、よろよろとよろけながら、凜子が揃《そろ》えた黒い運動靴に片足を突っ込んだ。

「なんだか目がまわる」

そう言うと、今度は自分の頭を包み込むように両手でおさえつけた。

「急に立ち上がったからよ、きっと。大丈夫?」

「うん」

奈緒は、目をつむったまま、うっすらと笑う。

「ね、ひと目だけ、赤ちゃんに会ってから帰ってもいいでしょ」

小さな声で凜子に訴える奈緒の薄い眉毛が総毛立っていた。

「もう一度だけ抱かせて……。お願い。おっぱい、やってから帰りたい……」

凜子は黙って奈緒のブラウスの衿元を整えてやり、ロッカーから着換えが入っている紙袋を出して彼女に渡した。

そうしながら、

(これが母と子の一生の別れになるのかもしれない。ならば思う存分、乳を飲ませて別れさせる方がいいのか、それとも、そうすることが一層母子の別れを辛くする結果になるのか)

と、結論が出ない答えにまた悩むのである。

凜子は昨夜から、このことについて何度自問自答したことだろう。

こんなとき、母が生きていてくれたら、なんと答えてくれるだろうか、とついには頼りたくても頼れない死んだ母親にすがりつきたくなる。

そういえば自分が母と死別したのは、木村奈緒と同じ年齢《とし》だったと、今ごろになって思い出した。

凜子が高校二年生の冬、母は心臓麻痺で突然死している。世界中で一番大切に思う母親を、一日も看《み》とることができなかった無念が、教師を目指していた凜子に看護婦への道を選ばせたのかもしれない。

自分が母を亡くした同じ年齢で、木村奈緒は女児の母親になったのである。若い母親は片手に紙包みをダラリと下げ、片手を顔にあてがい、すすり泣いている。

凜子は、なぜ自分ばかりが、こんな悲痛な場面に立ち会わなければならないのかと切なかった。

院生の分娩はH医療少年院内では行なわない。

新生児の出生地が少年院内では、その子供の将来に傷がつくからである。そのため、院生が出産する場合は、公立M総合病院に入院させ、法務教官が付き添って褥婦《じよくふ》の世話の一切をする。そのようなとき、看護職でもある法務教官夏川凜子は、産婦の付添人としてうってつけの存在であった。

「夏川さん、木村奈緒の陣痛が始まったから、病院の付き添いを頼みますよ」

今度の場合も加瀬婦長は当然のように凜子に命じた。そのたびに、凜子は自分のおかれた職業上の身分が、うらめしくなるのだった。

この時、ノックの音がして若い看護婦が病室に顔を出した。

「木村さん、授乳時間ですよ」

新入りらしいこの看護婦は、木村奈緒についての深い事情は聞かされていないらしい。凜子

が、

「今日退院します。いろいろお世話になりました」

と礼を言うと、

「あ、そうか。お母さんだけ先に退院する人だったっけ。赤ちゃんは、あとから退院よね」

いとも明るく奈緒に念を押す。

「じゃ、十時の授乳をすませて帰ってください」

その屈託のなさに、二人はむしろ救われた。

そこへ佐伯紀代美教官が、H医療少年院へ、木村奈緒が退院する準備が完了した旨の電話連絡をすませて戻ってきた。彼女は、

「いま、迎えの車が、院を出るそうです」

と、凜子に報告をする。

「ご苦労さまです。ちょうど授乳時間なので、それをすませてからって……」

「えっ、今からですか」

佐伯教官は、涙を拭《ふ》いている木村奈緒の横顔にチラリと視線を送り黙ってうなずいた。

「ともかく授乳室に連れていってきます」

「そうですか、私はここで迎えの車がくるのを待ってます」

これで話が決まった。凜子は奈緒に付き添って授乳室にむかった。

2

窃盗及びぐ犯の非行名でH医療少年院送致になった木村奈緒は、そのときすでに妊娠七カ月になっていた。

木村奈緒の生育歴によると、彼女が小学校一年生の夏休みに実母の木村和代は突然家族を捨てて出奔《しゆつぽん》している。

当時三十三歳の和代は自宅近くの化粧品製造工場でパートの女子工員として働いていたが、パート担当の社員山下某という五歳年下の青年と恋におち、彼の許に走ったのである。奈緒の父はタンカーの乗組員で日ごろ不在がち、奈緒の祖母（父の母親）が同居しており、嫁の立場の和代との折合いは極めて険悪だった。それというのも仕事はそれなりにこなす父親が、家庭にはまったく無関心で、下船して帰宅しても競輪に夢中、それもこれも和代のせいだと祖母は孫たちに言いきかせる。

和代が若い山下の許に走ったのも、嫁姑の確執から逃れたい一心からだったかもしれない。この事件のショックで、奈緒の祖母は脳出血で倒れ急死。当時、奈緒には小学校三年生の兄と四歳の妹がいた。

両親のいない家では、炊事係が奈緒。父から生活費を貰って買物をするのが兄の吉郎の役であった。昼間近所の家に預けられている妹は、鼻汁をたらしてピイピイ泣いてばかりいた。

奈緒が生まれ育った東京向島の端っこにあるその界隈は、当時はまだまだ人情の厚い人たちが住む街の一角だった。

奈緒は学校から帰ってくると、器用に米をとぎ、電気炊飯器で夕飯を炊いた。

朝食はいつも菓子パンだった。

兄は毎日惣菜屋でポテトフライばかり買ってきた。同じ金額でもコロッケを買うより、ポテトの方が数が多いからと言って……。

惣菜屋の小母さんは、そんな兄妹の姿を見て、特別にキャベツを刻んで添えてくれる。時には沢庵《たくあん》も入れてくれた。

奈緒は、ポテトフライをさらにナイフで小さく切り刻んで数をふやし、兄妹三人平等に分け、妹に食べさせた。

妹が夜になるとひどく泣くので、近所の人が父と相談した結果、東京都の施設に預けることになった。こうして兄妹三人は、それぞれ別の養護施設に送られた。

それからの奈緒は学校で「施設っ子」と呼ばれるのが辛くて、何回か施設を飛び出し、家に帰ろうとしては捕《つか》まっている。

小学校六年生の時、学校の帰りに施設には戻らず、気がついてみると懐しい向島曳舟《ひきふね》の駅にいた。

家の近くにくると、いつもは灯りのついていない自分の家の窓から蛍光灯の明るい光が洩れている。

「父ちゃんがいる」

奈緒は胸をワクワクさせて、わが家に飛び込んだ。

すると、そこには、まっ白な割烹着を着た見知らぬ小母さんが、父と向かい合って酒を飲んでいたのである。

「父ちゃん、あたいも一緒に、ここにいたい!」

奈緒は泣いて訴えたが、

「そんなムリ言って、お父ちゃん困らせちゃ、だめッ」

と、その小母さんにはねつけられ、その夜のうちに養護施設に送り返されてしまった。

それからの奈緒は勉強に身が入らず、同じ施設で育った男友だちに誘われて非行グループに入ることになる。

奈緒が彼らから初めて教えられたのが、二十四時間営業のコンビニでマンガ本を万引きすることだった。

中学に入ると、タバコを覚え、シンナーを吸い、セックスをし、盛り場でぐ犯容疑で数回補導され、そして最後には少年院送致になった。

その時はすでに半同棲中の男友だちAの子を妊娠していた。

Aの子供を産み、Aと親子三人温かい家庭を作りたい、それが奈緒の断ち切れない夢だった。

(愛のない家庭、両親のいない淋しい家庭はもう嫌だ)と、奈緒は心の奥底から叫びたい。

ところが、Aは覚醒剤の売人グループの一人として、微罪ながらI刑務所で現在服役中の身である。勿論、奈緒と結婚することなど考えてもいないし、第一に経済的にも自立できない身であった。

佐伯教官は、その点を繰り返し奈緒に説明するのだが、奈緒は頑ななほど佐伯教官の言葉を信じようとはせず、断固として子供を産んだのである。

「子供さえ産めば、彼は自分を見捨てない」

と、彼女は固く思い込んでいた。

その一途《いちず》な思いが、彼女をさらなる苦境に追い込むかも知れず、それを思うと凜子は、幼ない母、奈緒が一層哀れに思えてならなかった。

3

授乳室には四人の若い母親たちが生まれたばかりの乳児を、まるで壊れそうな宝物でも扱うように抱き、そのはだけた胸からは両の乳房がもり上がっていた。どの母親のそれも青い静脈が浮き出ていて石のように硬そうに見え、はちきれそうな皮膚は桃色にテラテラ光っていた。母親たちは、生まれたばかりでまだ湯気が立っている乳児の口に、乳をふくませようと必死の表情だ。

「ああ、やっと、吸いついたァ」

と、歓声に近い声を上げる母親もいれば、

「ホラホラ、早く口に入れなさいよ、バカネ」

と、口を尖《とが》らせる母親もいる。

限りなく黒に近い乳暈《にゅううん》のまん中に、肝心の乳首が埋まっていて、赤ん坊は吸うにも吸えない乳首に途方にくれ、ついには苛立《いらだ》って首を左右に振るばかり、新米の母親たちはお互いに姉妹のように仲良く並んで、ふにゃふにゃと頼りない赤子を見せ合っては、心配したり、自慢そうに笑い合ったりしている。

授乳室の中は、それら母体から発散する甘ずっぱい、それでいて、子供を産んだ動物特有の生臭い匂いが充満していた。

「木村ベビイちゃん、ハイ、ママがきましたよ。おっぱい、もらいましょうね」

若い看護婦は、ひときわ髪の濃い乳児を抱いてきて、

「ハイ」

と、奈緒に抱かせた。

奈緒の特殊な事情を、他の母親たちにさとられないよう、凜子は授乳室の外で、ガラス越しに彼女の姿を見つめていた。

奈緒はしばらくの間、わが児を抱きしめたまま頬ずりしている。

年齢も殊さらに若い奈緒、それだけでも他の母親の目をひくので、凜子は内心ハラハラしながら見守っていた。

奈緒は、それからようやくブラウスの前をひろげた。

出産後、急激にふくらんだ乳房と乳房の間に赤ん坊の赤く小さな顔がうずまってしまいそうだ。

赤ん坊が額に皺をよせて、大きなあくびをしたところを、すかさず奈緒は乳首を乳児の口の中にふくませる。

赤ん坊は口を閉めた途端に、反射的に乳を吸い始める。この幼い母は、たった一回で授乳に成功したのである。

凜子は、その姿に感動を覚えた。そして、それが単なる偶然とは思えなかった。

母と子の最後の別れとなるかもしれない重大な刻《とき》を、赤ん坊は母親の体温から伝えられているかのように、乳をむさぼるように吸うのだった。

「ええん」

と、奈緒はいきなり声を立てて泣きはじめた。

あたりの母親たちは、びっくりして幼い母親を見つめる。

看護婦がかけよった。

「木村さん、感激しちゃったのよね。いっぱつで、おっぱいやるの成功したんですもの。木村ベビイはいい子ね」

言いながら、看護婦は奈緒の肩越しに、窓の外に立っている凜子に視線を送った。

嗚咽《おえつ》しながら授乳する奈緒に、他の母親たちも目を赤く滲ませ、うなずき合っている。

凜子は正視できなかった。ただ切なかった。

たとえ、この少女にどのような過去があるにせよ、この一瞬は、ひたすら子を思う一人の母親に違いないのだ。

母と子の別れを見張る自分が、いかにも冷酷非情な人間に思えてくる。

誰かが凜子の肩を叩いた。

振り返ると、それは佐伯教官だった。

「迎えの車が待ってるんですが……」

「もうすぐ終わると思います」

鼻をつまらせて答える凜子を、佐伯教官は不思議に思ったのだろう。

「木村の付き添いで風邪をひいたのかしら」

と言ったが、すぐにピシャリとした言葉が返ってきた。

「会計も終わりましたし、荷物も車へ運びましたから、ここが済みましたら直接玄関の方にきてください」

佐伯教官のキビキビした態度に、凜子はようやく感傷の世界から現実に引き戻された。

授乳を終えた木村奈緒は、看護婦にわが子を渡すとき、しゃくり上げながら、それでも、

「よろしくお願いします」

と頭を下げた。

「心配ないわ。大丈夫、安心して」

明るく答える看護婦の声が、凜子には唯一の救いであった。目を泣きはらした奈緒の手に、

さすがに手錠は掛けられなかった。

木村奈緒は、H医療少年院に戻る車の中でも、涙をとめどなく流した。そうしながら、ズボンのポケットからティッシュペーパーに包まれた小物を取り出すと、凜子に手渡した。

「夏川先生、これ、ありがと」

(何だろう)と、凜子が中を開けて見ると、自分が奈緒にプレゼントした安産祈願の赤いお守りである。

奈緒は、この守り札を握りしめて陣痛に耐え、うめき声一つ立てずに子を分娩したという。若いのに感心しました、と助産婦は凜子に報告している。

「あなたにプレゼントしたけれど、院内では不必要ね。項いておくわ」

と、凜子は言った。それをきっかけに、

「木村さん、これは規則ですからね」

佐伯教官は、さすがに、ためらいがちに奈緒に手錠をかけた。

「分かってます」

奈緒は両手を前に出し、すりガラス越しに、うすぼんやり見える外の風景に目をやった。

成人式が近いせいか振袖姿で白い羽毛のショールに顔をうずめて歩く女性がかすかに見える。

木村奈緒は気を取り直したのか、ポツリと凜子に尋ねた。

「夏川先生の名前はなんていうんですか」

「私の名前？　凜子っていうの。リンコリンコリンコリンになっちゃって、学生時代はコリンで通ってたのよ。変な名前でしょ」

凜子がおどけて答えたのは、その場の空気を少しでもなごませたいと思う彼女の心配りだった。

「赤ん坊にその名前をください。コリンという……」

奈緒は急に張りのある声で言う。凜子と佐伯紀代美は思わず顔を見合わせた。

「夏川先生のように、やさしい看護婦さんになるように……」

奈緒は、ここでまた声をつまらせる。

「あの子、どこで誰に育てられるの」

「それは、お役所で決められた乳児院」

佐伯教官が、奈緒の横顔を、しみじみと見つめながら答える。

「いつ分かるの、どこの乳児院か」

「それを知るには病院管轄の、つまり出生届を出した役所へ行けば分かるのよ。今は、私たちにも分かりません」

「………」

「早く元気になって、赤ちゃんを迎えに行けるように、努力しましょうね」

凜子は若い母親を力づける。

「きっと、できるわ。やらなけりゃ……」

それは、奈緒への言葉というより、凜子自身が自分で自分を鼓舞しているようにも聞こえる。

木村奈緒は、手錠を掛けられた手で、そっと涙をぬぐった。

4

「ったくもう、また、食事を拒否している。食べると乳が張るとか言って」

七浦洋子はブツブツと口を尖らせながら、看護室に戻ってきた。

そんな七浦看護婦《ナース》にチラリと視線をむけた加瀬婦長は、

「搾乳器《さくにゅうき》の使い方を、よく教えなさい。マッサージも、ていねいにやってあげてないんでしょ」

と決めつけた。

「やってますよ。でも搾乳器ぐらいじゃねえ。婦長さんは経験ないから、分かんないでしょうけど」

「あなただって経験ないじゃないの。それとも、あるの？」

「あるはずないでしょう」

と、七浦洋子は目を剝《む》いた。

「乳房《マンマ》をどんどん冷やすように佐伯教官にお願いしておきなさい」

「そう言ったら、それは医務課の仕事でしょって言うんです」

「うーん、そう言われれば、そうとも言えるね。それで思い出した。冷罨法《れいあんぽう》（冷湿布）でダメな場合は、パーロデル二五ミリを注射するようにって、柴田先生から指示票を頂いてるのよ」

「それを早く言ってくださいよ」

「婦長のくせに……」

と七浦洋子は、そこだけは声のトーンを落とした。

しかし、パーロデルの意味が分からない。

「パーロデルってなんですか、婦長さん」

「乳汁分泌抑制剤。でもこれは、あくまでも補助的なものですからね。そこのところも、よく覚えておいてくださいよ。

アイスノンで冷やしていれば、日がたつにつれて乳も止まるものよ。でも食事を摂《と》らないようでは困ります。一応それも注意してきてください」

「ったく、せわやかせて……」

七浦洋子は注射器に薬液を入れると、また女子寮に取って返した。

女子寮の個室では、木村奈緒がコリコリに張った乳房に搾乳器をあて、乳を絞っていた。相変らず両の瞼が腫れ、目のふちが赤くただれていた。給食孔には、手がつけられていない朝食と牛乳がそのまま置かれている。

木村奈緒は、耐えられないくらいの空腹感に襲われていた。しかし、朝の味噌汁を吸うと、なぜか両の乳房が、メリメリと張り裂けるかと思われる程に張ってくる。

すると、赤ん坊の熱い口の中に乳首をふくませた、あの時の感触が甦る。体中の体液が、わが子に吸い取られて行く快感が全身にみなぎり、胸苦しくなった。

「今ごろ、あの子は乳がほしくて泣いている」

それは子を産《う》んだばかりの母親に襲う生理的な直感だ。

すると、目の前に、授乳室でわが子に乳をふくませている幸せそうな母親たちの顔が浮かんでくる。

次の瞬間、矢も楯もたまらず、麦飯も味噌汁もタクアンも床に叩きつけたくなる。

「木村さん、注射」

七浦洋子の声と同時にドアがあく。

佐伯教官が続いて入ってくる。

「なんの注射?」

「乳が張って、辛くて食事もしないそうだから……。お乳の張りを少なくする注射」

七浦洋子が、ぶっきら棒に答えた。

「誰も頼みもしないのに、そんなのしなくて、いいよ」

木村奈緒はふてくされたように、青くむくんだ顔を二人に向ける。

「なによ、その言いかたは」

気色《けしき》ばんだその対応は、七浦洋子の人柄である。

「おなか空いたでしょう。食べなきゃダメよ。そのために注射してくれるのよ」

佐伯教官が奈緒をさとすように言ったのと、奈緒が給食孔に置いてあった朝食を、七浦洋子目がけて投げつけたのは同時だった。

味噌汁が七浦洋子の白衣と佐伯教官の足もとに降りかかった。

「いい加減にしなよ。自分が勝手に子供をつくっておいて、人に当たることないだろう。そんなに辛いんなら、もう二度と赤んぼなんか産むなっ。バカ」

「ヒイーッ」

木村奈緒は悲鳴のような泣き声を上げた。

佐伯教官はといえば、ただ呆《あ》っ気《け》にとられているばかりだった。

そのスキに七浦洋子は、さっさと鍵をあけると後ろも振り向かずに、そこを出て行った。

いくらなんでも七浦看護婦の暴言はひどすぎる、と佐伯教官は顔色を変えた。まして木村奈緒は産褥中の身である。そのことを察して、事に当たらなければならないのが、看護婦の仕事なのに……。

佐伯教官は、あたりに散乱した食べ物や食器をよせ集めながら、少女の心を傷つけた七浦看護婦の言動を職員会議で問題にしようと決心した。

5

月二回行われる定例の職員会議は、その翌日の午後四時過ぎから始められた。四時半を回る頃になると、体育の教科を終えた教官たちも、汗をふきふき会議室に集まってきた。会議が本格的に進行しはじめたのは午後五時を過ぎてからである。

初めに出された議題は佐伯教官からで、木村奈緒に対する七浦洋子の言動について、であった。

特殊な環境下にある十六歳の木村奈緒が、出産後という、いわば命がけで新しい命を産み、身心ともに極度の緊張を強いられたあとの、生理的にも心理的にも不安定な時期に、それを知りつくしているはずの七浦看護婦が、木村奈緒に対してとった言動は、医療従事者として適切であったかどうか？

あれ以来、木村奈緒の心的状態が、はなはだしく不安定になり、一層反抗的な態度をあらわにするようになった、とする「木村奈緒に関する調査書」とともに、奈緒に書かせた供述書を院長に提出し、これにつき医務課としては、いかに対処すべきであるかを問題提起したのである。

加瀬婦長は佐伯教官の発言に返す言葉もなく、院長は、医務課のしかも看護部門の長としての自分に対し、果してどのような態度に出るだろうかと、そればかりが心配らしく、席に並ぶ人びとの様子をそれとなくうかがっていた。

院長に最も近い席にいる高波医務課長は、眉間に深い縦じわをよせ、書類に目を通している。医師は、精神科の河崎医師と内科の沢本医師の二人が出席していて、外科の間中医師、婦人科の柴田医師、歯科の石川医師の三名は欠席していた。

教官側は、山田首席教官をはじめ、男子教官十五名と佐伯、守田教官など女性教官六名が並んでいる。

加瀬暢江の部下は、夏川凜子と、あとから小沢福子が入ってきた。相川路代と七浦洋子は、まだ仕事中なのか姿を見せていない。

加瀬婦長は、これらの人をひとわたり見回しながら、隣に坐った凜子に「七浦洋子を増長させる原因の一つは、男子教官にもあるのよ」と小声で囁いた。

女性教官は、男性教官に比べ、七浦看護婦にはシビアであった。

院長は、先程から、じっと提出された書類に目を走らせている。

〈木村奈緒についての調査書
事件名　生活態度不良
事故発生年月日　平成○年○月○日
事故発生場所　女子寮個室B号室
送致病名　窃盗・ぐ犯及び妊娠出産
処遇段階　一級上
本少年は平成○年○月○日に公立M総合病院に於て女児を分娩、同○月○日に本院へ帰院したが、その後、出産後の授乳不可能を理由に拒食の態度をとり、授乳できるようにしてくれれば食事もとると無理難題を言っては、職員の指導にも従わなかった。
○月○日、当人が乳房の痛みを訴えたため、医務課七浦洋子看護婦が乳汁分泌抑制剤を注射

しようとしたところ、それを拒否し、傍らにあった食膳を投げつけ、大泣きするなど生活態度不良行為をしたものである〉

〈供述書　　　　　　　　　　　　　　　　　　　木村奈緒

平成〇年〇月〇日、私は乳が張って困るので、子供に乳を飲ませたい、と佐伯先生に言いました。でも佐伯先生は「そんなことはできません。分かっているはず」と答え、看護婦さんを呼びました。

私は、ごはんを食べると乳が張るので乳が張らなくなるまで、食事をとるまいと決心しました。それなのに七浦看護婦さんが注射にきたので、カッとなり、そこにあった朝食を投げつけてしまいました。そうすると七浦看護婦さんは、

「自分がかってに子供をつくっておいて、人にあたることないだろ、そんなに辛いんなら、もう二度と赤んぼなんか産むな、バカ」

と、私をブジョクしました。

私の気持ちなんか、誰にもわからない。さみしい。泣けば、お産についてくれた夏川看ごふさんも、とんできてくれると思いました。

自分のことしか、かんがえない自分の甘さ、いじっぱりが悪かったと思います。

〈おわり〉


院長は書類から目を離すと、おもむろに口を開いた。

「一応、七浦くん当人からも事情を聞くことにしましょう」

加瀬婦長は、それを聞くと、何となく肩の荷が軽くなったのか、「ほー」と溜息をついた。

「婦長として、どう考えるかね」

と、院長からはじめに質問されることを懸念していたからに違いない。

ちょうどそこへ、担当患者の処置を終えた相川路代と七浦洋子が入ってきた。

院長は、彼女らが席に着くのを待って、静かに切り出した。

「七浦くん、君も知っての通りだが、先日の木村奈緒とのトラブルについて、君自身は、どう考えているのかを、一応、説明してほしいと思うのですがね」

すると、七浦洋子は、勢いよく席を立った。

「なぜ私が、この会議で説明しなければいけないのですか。一種のいじめじゃないですか」

と、真正面から院長に食ってかかった。

「この問題を院長の私と七浦くんだけの話し合い、という形をとらなかったのは、同じようなケースが今後もある、と考えるからで、教務、医務、いや職員全体の共通問題として討議し、統一した見解のもとに少年に対応しなければならないと考えたからです」

院長は、あくまで穏やかな表情で興奮ぎみの七浦洋子を諭《さと》すように答える。

「では……申します」

七浦洋子は息を大きく吸って吐くと、その勢いで発言を続けた。

「いい加減な気持ちで親になるなって言ったのが、なぜ悪いんですか。そのくらいのことを言ってやるのが、私たちの責任だと思います。少年は一時は傷つくかもしれないけど、子供を育てる能力もない親では、子供が可哀そうじゃないですか。

ここに入ってくる子のほとんどが、親が親として責任もって育ててもらえなかった子供たちと言っていい。親になることのきびしさについて、私は木村奈緒に教えたつもりです」

(よく言うわね)と言わんばかりに、加瀬婦長は半分感心し、半分呆れ顔で濃い化粧の七浦洋子を、それとなく横目で観察している。

すると、佐伯教官が、「ハイ」と手を上げた。

「どうぞ」

院長は佐伯教官に視線を送った。

「少年の矯正教育を行なうのは、こちらの職務ですから、看護婦さんは看護業務だけに専念してくだされば結構だと思います。教育面に口出しはしないでいただきたいのです」

男の教官の中には、ニヤニヤ笑っている者もいる。

「七浦さん、あなたの気持ちも理解できるが、佐伯さんの言っていることも正しい。お互いにルールを守る、ということについては、とくに少年たちの教育目標でもありますから、職員の皆さんも、以て範を示してほしい。七浦さん、お分かりですか」

七浦洋子は、まだ何か言いたそうな態度だったが、院長はそれを抑えて、

「では、木村奈緒についての、あとのフォローは、佐伯さんにお願いしますよ」

さすがは院長、見事なピリオドの打ち方だと、凛子は感心した。

「では、予定の時間も大分超過しておりますので、今日の会議はこれで終了します。皆さん、ご苦労さまでした」

山田首席教官が司会の挨拶を終えたのは、午後七時過ぎであった。

6

木村奈緒は出産後の経過も順調で、それから二カ月後には仮退院の日を迎えることができた。

その日の木村奈緒は、保護司の谷山ヤスから届けられた白木綿のブラウスと紺のジャケットとスカートを身につけ、まるで別人のように清楚な少女に戻っていた。

「仮退院、おめでとう。よくがんばったね。もう二度と、ここへくるようなことのないように。周囲の人の助言を素直に聞いて、立派なお母さんになってください」

院長のお祝いの挨拶を受ける木村奈緒は、

「ありがとうございました」

丁寧に頭を下げ、佐伯教官と医務課を代表して見送りにきた夏川凜子に伴われて院長室を出て行く。

面会室には、ゆったりと落着いた人柄を思わせる六十歳前後の谷山ヤスと、奈緒の義母となった清子が待っていた。清子は緊張のあまり、顔色も青く、両肩を衣紋掛《えもんかけ》に吊るしたように角ばらせている。

木村奈緒は少しばかりの身の回り品を入れた紙袋を片手に下げて面会室にむかった。

「お待ちどおさまでした」

と、佐伯教官は元気よくドアを開ける。その姿は凜子の目に多少誇らしげに見えた。家族と挨拶を交わす佐伯教官の後ろで、木村奈緒は、そこに父親の姿はなく、自分を家に入れなかった白い割烹着の女と見知らぬ初老の婦人がいるのを見て、驚きと落胆の表情を隠さなかった。

「木村さん、おめでとう。これから貴女の相談役になります保護司の谷山です」

髪に白いものが目立つ、谷山ヤスが優しい眼差しを奈緒にむける。

するとと奈緒は、いきなり、

「今日は、どうしてお父さんがこないの」

大人二人をなじるように言った。

「お父さんは、仕事がいそがしくて……」

清子が、ここぞとばかり口を切ると、

「あんたなんかに聞いてないよ」

奈緒の目は谷山保護司を見つめたままだった。

「せっかく、お迎えにきて下さったのに、木村さんらしくないじゃないの」

佐伯教官は軽く奈緒をたしなめ、

「お母さんの言葉を終わりまで聞かなければ、分からないでしょう」

と、うつむいている奈緒の顔をのぞき込んだ。

「この人、お母さんなんかじゃない。それに迎えにきてくれなんて、頼んだおぼえもない」

「木村さん」

今度は谷山保護司が静かな声で、奈緒にほほえみかける。

「木村さん、まあ、ゆっくりお話ししましょう。こちらは、あなたのお母さんではありませんが、これからお母さんがわりに、あなたのお力になるって言っているの」

「………」

「今日は、お父さんが、お迎えにくるはずでしたけど、今は船に乗っていて日本にはいないの。それは貴女にもよく分かるわね」

谷山保護司は、噛んで含めるように、ゆっくりとした口調で奈緒を説得する。

谷山ヤスは、自分が木村奈緒の保護観察を担当する以上、こじれきった家族の関係を再度確認し、調整に当たるには、この場、この機会が、ふさわしい、と考えている様子である。

「家に落ちついたら、一日も早く、赤ちゃんを引き取りましょうと、清子さんは言ってますよ。赤ちゃん、コリンちゃんていうんですって？」

奈緒は、びっくりしたように目を見開き、谷山保護司を見つめた。

もっと驚いたのは凜子であった。

佐伯教官は、ニコッと笑って凜子にウインクした。

「どこにいるか分かってるの？」

「ハイ、ハイ。都立の乳児院よ。一日も早く迎えに行きたい。清子さんが、そう言ってるの。赤ちゃんのお父さんが帰ってくるまで、協力してくれるそうよ。コリンちゃんだって、お母さんの所へ早く帰ってきたいですものね」

奈緒の瞳が、みるみる赤くうるんでくる。

「ごめんね、奈緒ちゃん。あんたを施設へ追い返したりして……。辛い思いばかりさせたのは、あたしのせいだわ。悪かったと思ってる」

清子は、手に持ったガーゼのハンカチで目をおさえた。

奈緒は、そんな清子の姿を横目でチラリと見ただけで、見て見ぬ振りをし続け、周囲の大人たち一人一人に視線を泳がせている。まるで、そんな空涙で騙《だま》されやしないんだ、と言わんばかりである。

「あんたなんか関係ないよ。あたしの母さんが悪いのよ」

「………」

雨が急に降り出したのか、常緑樹の葉の繁みが雨に叩かれ、揺れているのが窓ごしに見える。

凜子は木村奈緒と彼女を取り巻く大人たちの会話を聞きながら、少年少女たちにとって、仮退院という喜ばしい日に、すんなりと帰って行くケースばかりではないことを知った。

「あたし、赤ん坊産んで、はじめてわかったよ。親が子供を捨てるなんて最低だって。悪いのは、あたしの母さんだ。あいつは悪いよ」

奈緒の言葉は泣き声であった。

「そんなことありません。奈緒ちゃんのお母さんは悪い人ではありません」

半ば叫ぶように言ってのけたのは、清子である。

居合わせた者はみんな顔を見合わせた。

「あんたに、そんなこと分かるかよ」

「分かります。夫と姑の間に立って、誰からもやさしい言葉をかけてもらえない。そんな時の淋しさは経験した者じゃなければ分かったもんじゃない。

やさしくしてくれる人についていったのは、一時の迷いだったに違いない。お母さんも女だもの……」

「実は……」

と、谷山保護司が静かに口を開いた。

「今度のことで、奈緒ちゃんのお母さんにも会ってきたのよ」

「へー」

と、奈緒が声にならない溜息をついた。

「お母さんね、いま、働いているけれど、一番下の妹さんを引きとって二人で暮らしてるの。それで……どうすることが奈緒ちゃんと赤ちゃんにとって一番幸せかって、相談した結果、一日も早く奈緒ちゃんのもとに、コリンちゃんを引き取って育てること、お父さんや清子さんが、それに協力する、そういうことになったわけ。分かる?」

奈緒は、うつむいたまま小さく頷いた。

「よかったわね」

佐伯教官も鼻をつまらせながら、奈緒の肩を叩く。

「おめでとう、いいお母さんになって」

凜子は心から祝福した。木村奈緒は、「うん」と頷いたかと思うと、いきなりそこにひざまずいた。

「ごめんなさい、小母さん」

その言葉が終らないうちに、清子は奈緒の両手を強く握りしめるのだった。

「分かってくれたの、ありがとう。充分なことはできないかもしれないけど、わたしも一生懸命やるから、仲よくやろうね」

奈緒は、わが児と別れた日、乳を含ませながら泣いたときのように、「ええん」と声を出して泣いた。

谷山保護司はハンカチを奈緒に渡し、自分も貰い泣きするのだった。

木村奈緒を中にはさみ、谷山保護司と清子の三人が肩をよせ合ってH医療少年院の門を出るころ、通り雨は上がり、雲の切れめから微かに薄陽《うすび》が射してきた。

三人の後ろ姿が門の外に消えると、佐伯教官は、

「ああ、よかった」

と、いかにも晴れ晴れとした声で笑った。

7

前夜まで降り続いた雨があがり、あたりの新緑が一斉に萌えたって空気までが緑色に染まった朝だった。凜子は、ふと両親の墓参を思い立った。夏川家の菩提寺は実家からも歩いて行ける谷中にある。墓参をすませ、久し振りに美術館によって絵を観て実家に向う。場合によっては今夜は実家に泊ってもよし、夜遅く帰宅することにも慣れている。

姉の美保に、そのことを電話すると、

「何言ってるの、泊ってゆっくり話しましょうよ。お彼岸に、いつも顔を見せる凜ちゃんがこないって弘行《ひろゆき》さんも心配しているのよ。それに大事な話もあるし……」

「………」

「お寺へ行ったら、あたしの分もお花とお線香上げてきて。その間に凜子の好きなくずきり作って待ってるから……」

と、美保は一人で浮かれている。

中央線K駅から東京駅へむかう電車は、休日とあってかなり混雑していたが、神田で山手線に乗り換えると、車内は思いの外に空いていた。

凜子が空席に腰を下ろして何気なく車内を見回すと、たった一人吊り革にも掴まらず両足を広げて吊り広告を見上げている赤毛の女が目についた。

黒のスパッツの上に銀ラメのタンクトップ、シースルーの黒シャツをだらしなく羽織った彼女が、ひときわ乗客の目を引くのは、その服装よりも鶏冠《とさか》のように突っ立てた赤い前髪や片方の耳たぶと小鼻にぶら下げた金のリングのせいだろう。

乗客たちはビルがひしめく窓外を眺めるより、彼女の変った風体《ふうてい》をひそかに観察する方が、はるかに刺戟的なのか、それとなく赤毛の女に視線を投げる。彼女自身も充分にそれを意識しているのが凜子にもよく分かる。だが、それよりも凜子は彼女の横顔を見たときから、どこかで見たことがあるような気がしてならなかった。

(あっ! 木村奈緒だ。横顔と首から肩にかけた線がそっくりだ)

(まてよ?)それにしては彼女が出院してからまだ日も浅い。わが子に泣きながら乳を吸わせた奈緒の姿を思い出すにつけ、(違う、違いすぎる)と、凜子は自分の思いを打ち消した。そして、今度は真っ直ぐに彼女に視線をむけると、期せずして二人の目が吸いよせられたようにピタリと合った。

「木村さん、木村奈緒さんじゃありませんか」

凜子は危うく声をかけるところだった。だが、声をかけてはならなかった。院生と職員の人間関係は、あのコンクリート塀の中だけのこと、それだけに淋しくもあり懐かしくもある。そんな凜子の思いも一瞬で、相手が無表情のまま凜子を見返したとき、電車は御徒町《おかちまち》駅のホームにすべり込んだ。

気がつくと赤毛の女の姿は、もうそこにはなかった。

この世にはよく似た人間が三人いると聞く。彼女は他人の空似だったのだと、凜子は自分に言いきかせた。

JR上野駅の公園口の改札を出ると、人待ち顔の若い男女でごった返している。

東京文化会館の前を通り過ぎると、家族連れや老若のカップルが連れ立って歩く中を、うす汚れた身なりの男が子供連れをねらっては、風船や、奇抜ですぐに壊れそうな玩具を売りつけている。あたりを注意して見回しても凜子のように独り歩きの女性は見当らない。一人でよたよた歩いているのは年齢不詳のホームレスの男ぐらいなものだった。噴水の前のベンチで若い男女が抱き合っているのも、いつもと変らぬ光景だった。

鳩が群れている広場を突っ切り子供の広場の脇の小路を行く。この道は幼いころ母に連れられて墓参に行くとき、かならず通った道である。旧東京音楽学校奏楽堂の前を過ぎ、谷中へ向かう道を歩いて行くと、目指す善徳寺はそこから七、八分の所にある。

凛子は途中、花屋に寄り、墓前に供える一対の花と姉の依頼を果すために別の花を求め、寺の門をくぐった。

人気《ひとけ》のない庫裡《くり》の玄関は開け放たれたままである。

「ごめんください」

奥にむかって大きな声をかけると、すぐに「はあい」と明るい声が返ってきて、姉の美保と同年配の住職夫人が足早やに出てきて、にこやかに突然の客を迎えてくれた。

挨拶をすませた凛子は線香と手桶をさげて墓地に向かう。墓地の中央あたりに聳《そび》える楠《くす》の大木の枝が、さやさやと風の音を奏でている。静寂の中で両親と、生まれてすぐに死んだという兄が眠る墓前で手を合わせ瞑目していると、凛子の頭の中は不思議に空白になる。いつも、そうだった。何か願い事でもすれば良かったと思うのは、帰り道でのことである。たとえば墓参の帰途、しびれるような魅力的な男性と出会う、それが縁で交際が始まり恋になり……。そんなことがありますように、と祈ればよかったと後で気づいても、墓前に立つと、つい何もかも忘れてしまうのだ。

凛子が再び庫裡の玄関まで戻ってくると、

「あら、あなたさまは……」

後ろから誰かの声がする。

振り向いた凜子も、思わず「あらっ」と、その場に棒立ちになってしまった。

花束を抱えて、そこに立っていたのは保護司の谷山ヤスだった。

「まあ、お珍らしいところで……。その節は大変おせわになりました」

谷山ヤスは、ふかぶかと頭を下げる。

「谷山様と夏川様は、お親しくていらっしゃるのですか。お参りがおすみになりましたら、どうぞ中に上がってお休みください。お茶も用意してございます」

住職夫人が言った。

「では、一寸お花を上げて参りますから」

谷山ヤスは、そそくさと墓地の中に消えた。

それにしても何という奇遇だろう。谷山家と夏川家が善徳寺の檀家同士だったとは……。しかも、つい今しがた谷山ヤスの保護観察下にある木村奈緒によく似た女《ひと》に出会ったばかりだ。

凜子と谷山ヤスは住職夫人のすすめるままに、本堂脇の和室で一服することになった。

もてなしの煎茶《せんちゃ》を、おし頂きながら口に運ぶ和服姿の谷山ヤスの何気ない動作に、凜子は母が偲《しの》ばれてならなかった。

「木村奈緒さんは、その後、お元気ですか」

と、凛子が言い終らぬうちだった。

「それが、あなた」

と、谷山ヤスが答え、少しの間考えてから、おもむろに口を開いた。

「あなたは外《ほか》ならぬ院の先生ですからお話ししますが、ここだけのことにしておいて下さいまし」

「はい、よく分かっております」

「あの日、義理のお母さんと私と三人で泣いて出院したでしょう。それがあなた、自分の家に一歩入ったとたん、ガラッと態度が変わってしまいまして。『ここは、あたしのうちだから関係ないモンは、とっとと出て行け』って、義理のお母さんを突き飛ばすではありませんか。このようなことは決して珍しいことではないのですが、あの子だけは大丈夫だと信じておりました。それだけに呆っ気にとられてしまいました。まさに豹変という言葉がぴったりでした」

「それで、あとはどうなったのですか」

「私が間に入りまして、一応その場はおさまりました。有難いことに、刑を終えて出所してくる大の男でも、不思議に保護司には従順なものです。その時は治まったのですが、そのあと、すぐに彼女は家を出てしまって……」

「で、今、どこに」

「分からないのです。保護観察中ですから、月一度は私の家にくることになっていますが」

「その時は顔を見せるのですか」

「先月は電話でした。電話があるのはいい方で、いつも待ちぼうけ」

「……コリンちゃんは？」

「乳児院にずっと。奈緒さんは出院のとき、ほんとに素直になってくれたと嬉しかったのですが、それは甘かった」

「………」

「私どものお役目は対象者が心を開いて、話をしてくれるようにすることなのに、お恥ずかしい限りです」

「………」

「裏切られても背《そむ》かれても、ひたすら耐え、ひたすら待つだけ。そのたびにこちらの至らなさを突きつけられるばかり、試行錯誤の毎日でございます」

凜子は謙虚な谷山保護司に、木村奈緒によく似た女に出会ったと言うのは、やめようと思った。

「誰方《どなた》にも言えないことを、あなた様に聞いて頂いて、心の中がすっきりと致しました。今日は主人の祥月命日《しょうつきめいにち》でしたの。きっと主人が、あなたに巡り合わせてくれたのね」

鶯谷に住んでいるという谷山保護司の目は慈愛にみちた母の目だった。つい時も忘れて話しこんでしまった凜子は、その後の予定をこなす気持ちも失せてしまい、姉にあやまりの電話を入れ、近いうちに日を改めて出かけることにした。

それにしても、あの赤毛の女は、果して木村奈緒だったのだろうか？

集団脱走

1

今年は年あけ早々から小沢福子が流感に罹《かか》り、ついで相川路代や加瀬婦長まで次々と倒れたこともあって、寒い冬の間の当直勤務は若手の七浦洋子と夏川凜子が交替でこなさなければならなかった。その上、凜子は内海武夫の事件の衝撃から立ち直ろうと、休暇はカウンセリングの勉強にあてたり、矯正施設の職員研修会にも時間を割《さ》いては出席していたから、正月休み以後、実家に帰る暇もなかった。そんな凜子を心配するのは、両親が逝《い》ったあと実家を継いでいる姉夫婦だった。先ごろようやくその気になって実家に帰る約束を姉としたのに、思わぬ谷山保護司との出会いで反古にしてしまった。

「夜遅く電話しても留守ばかり、いったいどうしたわけなの」

と、姉の美保は電話をくれるたびに、母によく似た声で凜子を叱る。それで凜子は四月二十九日の祭日に休日出勤しておけば、その代休と年休を利用して翌日から六連休がとれるので「ゴールデン・ウィークには必ず帰る」と、姉に約束をし直したのである。

凜子の実家は東京都台東区東上野にある。そのあたりはJR上野駅正面玄関前の広い道路を隔てた向い側で、昔、車坂の地名で呼ばれ、駅前旅館が多かったといわれる所だが、今では高層ビルほどでもないビルが肩をすりよせるように並んでいる。実家は、そんなビルとビルの間にはさまれた小さいながらも庭つきの一戸建ての家である。

「こんにちわァ」

凜子が勢いよく玄関扉を開けると、ちょうど義兄の弘行が二階から降りてきたところだった。

「やあ、いらっしゃい。待ってたんだ。しかし、また一段と美人になったね、お凜《りん》さん」

「お義兄《にい》さん、おりん、なんて呼ばないで。まるでヤクザの姐御《あねご》みたいじゃないですか」

「ワァッハッハ、姐御はよかったなあ。職場が変わると発想も違ってくるものだな。そういえば凜ちゃんと飲むのも半年ぶりじゃないか」

弘行は久しぶりにやってきた凜子の顔を見るなり、もう酒を飲む気になっている。

美保が昼食の支度をすませると、弘行は待ってましたとばかりに、凜子のコップにビールをなみなみと注いだ。

「悟郎《ごろう》ちゃんや裕奈《ゆうな》ちゃんは？　いないの？」

「悟郎はゼミ。裕奈は、お友達のお誕生会に招ばれたとかいって、でも、今日は貴女がくるから早く帰ってくるって言ってたわ」

「早いもんだねえ、凜ちゃんがあっちへ移ってから三年になるもんねえ。三年めの壁を越えれば、もうベテランだ」

「それが……、そう簡単にいきそうもなくて……」

「何かあったの」

と、美保がそれを聞きとがめた。

「うん、まあ、いろいろと」

凜子は、縊死《いし》した内海武夫を思い出した。そして彼が甥の悟郎とは二歳しか違わないことに気づいて胸が痛むのだった。

「病院勤務と、どちらがいいかね」

と、弘行は凜子のコップにビールを注ぐ。

「病院勤務より、よほど神経が疲れます」

「そうだろうなあ」

弘行はビールを口に運びながら何回も頷いてみせる。

美保が、ゆで上がったばかりの蚕豆《そらまめ》を小鉢に盛ってきた。

「重病人でもいるの」

「いいえ、重症者は外の病院へ移すから。体の病気より心の病気の方が重い感じ」

「悟郎も気をつけないと、ダメねえ」

美保は溜息をついた。

「悟郎ちゃんは幸せよ。心の拠《よ》り所がキチンとあるもの。うちで預かっている子の中には親から家に帰ってきては困る、と言われている子もいるし、引き取り手が誰もいなくて困っている子もいるの」

凜子は、少年の中には仮退院の許可が出ているのに、身柄を引き取る人も所もなく、退院できない例を挙げて、一度でも非行に走った少年に対する社会の風当たりが想像以上に冷たいことなどを姉に訴えた。

「悟郎だって何をやってるか分からんぞ。この間もテレビゲームばかりやっているから言ってやったんだ。『お父さんの時代はベビーブームで受験勉強が大変だった。でも、親が勉強やれと言えば、嫌だと思っても一応はやった。体を鍛えるために剣道をやれと言われれば、道場へも通った。一時期はバイオリンのレッスンにだって通ったぞ』と言ったら、悟郎のヤツ、何と答えたと思う。たった一言、『それが、どうした』だって。二の句が継げないよ」

凜子は声を上げて笑った。

「でも義兄《にい》さん、悟郎ちゃんは健康でいい子だと思うわ。そういうことを口に出さない子、口に出せない雰囲気の家庭に問題が起きるんじゃないかしら」

「うちは、子供の教育についてはママに一任してありますからね」

「義兄さん、それが間違いなのよ」

凛子が反論すると美保も「それ見なさい」と言わんばかりに、

「で、しょう」

と、言葉に力を込める。

「一任するとか言って、都合が悪いこと、面倒くさいことは、みんな、こちらへおしつけるわけよ。男の子も中学生になると何を考えてるのか、女のわたしには分からないことばかりなのに……」

凛子は、（これはまずかったかな）と、自分のあとさき考えない発言を後悔した。しかし、今さら訂正をする訳にもいかない。

「要するに、父親と母親のバランスがとれた愛情、わが子に関心があるという態度を親が子に示すことが大切なのね、きっと。それから、子を将来、どのような人間に成長させたいのか、両親の一致した見解、それがとても大事だと思う……」

「それじゃ、うち、ダメだわ。全く意見が違うもの」

美保は絶望的な目で夫を見やった。

「こりゃ驚いた。まだ一人もんの凛ちゃんに親教育をされるとは」

「義兄さん、そんなつもりは毛頭ありません。でも、ついでに言わせて貰いますと、非行に走る子の親の共通点は、わが子に金や物を与えても精神的なものを授けていない、という点にあると思うのよ。

では学校はどうか、と言えば、ここでも成績の評価オンリー、受験受験で進学率アップだけに目標をおいて、成績が悪い子や手のかかる子には目もくれない。親も学校の先生も自分に関心を示さないと感じている子は救われないわ。学問するより肉体的な労働の方に適性がある人間だって、社会は絶対に必要なはずよ。あたしだって、そのタイプだと思ってる。そういう人間を社会的に低く見る傾向が良くないと思うんだ」

凜子は久し振りにいい調子になり、ビールをグイグイ飲み干した。

そして、（ああ、うまい）と思った。

誰に気兼ねもなく言いたい放題のことを言う。

（ビールは、よかもんだ）

と感じたのは、何のことはない、日ごろのストレスを発散できたからなのである。

テレビは全国民謡大会を流している。それさえ気にならなかった。

「近ごろ、病院勤務のころと大分違ってきたね。しかし、凜ちゃんも、結婚して子供を育てていれば、今の話ももっと説得力をもつだろうがなあ……。そこで、ホラ、例の話を」

弘行は、急に改まった口調で美保をせきたてた。

「凜ちゃん、あなた、もういい加減に結婚を考えなさいよ」

「いい人いないのよ。それにチャンスもないし」

「実は頼まれているのよ。お見合いしてほしいって」

「見合い？　ダメダメ。今どき、お見合いだなんて。その上、こちらは面食いときている」

凜子は言いながら、数年前、やはり弘行の紹介で、彼が勤める商事会社の有望株といわれる男性と見合いをしたところ、「鬼瓦みたいな相手だった」と、弘行に報告して叱られたことを思い出した。

「先方も面食いだって言ってたぞ。凜ちゃんを知ってるらしい」

（ハハン、今度はおだてにかかったな、でも、その手には乗らないぞ）と、凜子は計算する。

「それがさ、この話、誰から頼まれたと思う」

凜子は当惑した。

「間中先生からよ」

美保は勝ち誇ったように、ニヤッと笑った。

姉は幼い頃から、よくこのような態度をとるが、それは姉の悪い癖だと、凜子は苦々しく思っていた。

「まさか」

（人をからかうのもいい加減にしろ）と、凜子は言いたかった。姉夫婦が間中医師と懇意《こんい》になったのは、父が肺ガンでA大学病院に入院して以来のことだ。だとしても、とても信じられたものではない。第一、同じ職場で週二回は顔を合わせる間中医師が、なぜ当事者の自分に直接話さないのか。

「間中先生から直接だと、うまくいかなかった時に、気まずいからでしょ」

と、美保はうがったことを言う。

「実は、先方は再婚で四歳になる坊やがいるそうだ。それだけに気を遣《つか》っているんだよ」

「えっ? ゴサイの口?」

(ひどい!) 凜子は絶句した。

そして間中医師は、そんな目で自分を見ていたのかと思うと、ショックだった。(許せない) と腹も立ってくる。

「まァ、そう言うなよ。君のこと心配してくれる人が職場にいるなんて、有難いことじゃないか。実は先方は、うちの会社の診療所にきている歯医者さんなんだよ」

「………」

「凜ちゃんには今の仕事を続けていて結構だって。坊やは今、その歯医者さんのご両親が育てておられるそうだけれど、小学校へ入学するまでに家庭を整えておきたい。そういうご希望から是非に、って。会社でも評判がいい人なんだよ」

「坊やのお母さんは出産後一年で白血病で亡くなったそうよ」

姉夫婦は、妹の顔色をうかがいながら、かわるがわるに説明をする。

「それが間中先生と、どんな関係があるの」

凜子は、間中医師にこだわった。

「そのパパの会社の歯医者さんは、あなたの所の歯科の先生と大学で同期生だったらしいの。それで、H医療少年院に一度頼まれて行ったことがあるそうよ。そこで凜ちゃんを見そめたってわけ。そして、その話が出て、間中先生が間に立った……」

ややこしい話だが、凜子には少しずつ事の成り行きが見えてきた。

「この人なのよ」

と、美保は書類と写真が入っている白い封筒を、凜子の前に置いた。

「凜子さん、よくよく貴女を見込んでのお話だと思うわ。考えてみれば、貴女だって、もうすぐ三十歳でしょ。結婚を考える良いチャンスよ」

凜子は、むっとした。

「だからって、ママハハになれって言うの」

「そんな言い方はよせよ」

と、弘行はまた凜子のコップにビールを注いだ。

「そうね、そういう言い方はよくなかったわ。でも折角ですけど、今のところ結婚どころじゃありません」

その時だった。テレビから臨時ニュースのチャイムが流れたのは……。

「なんだ、今ごろ……」

弘行が言い終わらないうちに、ニュースを伝えるテロップが流れ始めた。

〝T市にあるH医療少年院から、少年数名が集団脱走中〟

「あなたの所だわ」

と、美保が素っ頓狂な声を出した。

大変なことになった。自宅に非常呼集の電話が入ったに違いない。ともかく、自分の居場所を報告しておかなければと、凜子は電話を入れたが、電話はいつまでも話し中で通じない。

その間に美保は、夜食用にと、手作りのちらし寿司やのり巻、いなり寿司などをリュックに詰められるだけ詰めてくれた。

「みんなで食べられるように、割箸と紙のお皿を入れておいたワ」

と、姉は気を利かせる。

凜子は、挨拶もそこそこに姉の家を飛び出した。

2

しばらく降り続いた長雨が上がり、今年の大型連休は大当たりだとだれもが話題にするほど、その日、四月三十日は朝から久し振りの快晴だった。

H医療少年院では午前七時四十分、思いもかけない事件が起こった。

一階に四室並んでいる謹慎室には、日ごろから問題ばかり起こす少年四人が収容されていた。

その日の担当、吉岡教官はこの道一筋に生き、定年を間近に控えた実直なベテラン教官である。

少年たちの日課は、通常午前七時起床だが、日曜祭日は、三十分遅れの午前七時三十分になっていた。

吉岡教官は、時間がくると、いつものように謹慎室前の廊下に立ち、

「オイ、みんな、布団をだせ」

と命令した。普通、雑居房では、起床と共に各自布団を三つ折りに畳んでベッドの上に重ねるのだが、謹慎室ではベッドはなく、床に敷いた寝具を運びだす規則になっていた。

布団を室内に重ねて置くと、寝転んだり、よりかかったりする不心得者がいるからだ。悪ガ

キどもは、謹慎中といえども目を離すと、すぐに横になりたがる。

布団を室外に運び出す際も、原則は少年を一人ずつ点呼し、布団を運び出させ、再び部屋に戻して施錠をするという手順をとることになっていた。しかしベテランの吉岡教官は、日ごろからそれをやっていなかった。この日も四人一斉に布団を室外に運び出させたのである。

彼は長い歳月この方法を続けてきたのだが、事故を起こしたためしはなかった。

だが少年たちは、人手が少ない大型連休中の吉岡教官のとるであろうその行動を、逐一計算に入れていたのである。

彼らは、吉岡教官が四つの部屋の鍵をあけている間、大層真面目くさって、かしこまっていた。次に吉岡教官が、いつものように、

「布団を出せ」

と、少年たちに命令した。この時、彼らの目が異様に光ったのを、吉岡教官はうかつにも気づかなかった。

四人の少年は、布団を抱えて廊下に出るや否や、

「それッ」

とばかりに、吉岡教官に飛びかかり、よってたかって頭といわず、顔といわず、ボカボカと殴り飛ばし、あっという間に鍵を取り上げた。

そして、慌てふためく吉岡教官を抱き上げたかと思うと、今まで自分たちが入っていた謹慎室の一つに放り込み、ガチャリと鍵を閉め、瞬く間に寮を飛び出して行った。

「助けてくれえ、助けてくれえ」

吉岡教官はあらん限りの声で叫び、両手に血をしたたらせて扉を叩いた。

だが、あたりは森閑として反応なし。連休中は休日体制で人手は半数、一緒に組んでいる同僚の中西教官は雑居房の朝の点呼をしている最中なので、助けを求める吉岡教官の声など聞こえるはずもなかった。

院長代理の管理当直を勤める山田首席教官が、二階男子棟の保安を確かめて、階段を一歩下へ降りようとした時だった。下の方から、ガタンガタンと聞き馴れない物音がする。胸騒ぎを覚えた彼は一階に駆け降りた。すると、誰かの叫び声が聞こえてくるではないか。

異変は謹慎室だ、と感じた瞬間、山田首席教官はショックで全身の血が逆流したかに思われた。現場に駆けつけると、謹慎室は三室の扉が開け放たれ、施錠された一室には同僚の吉岡教官が、瞼や頬を紫色に腫らして閉じ込められていた。

「やられたっ、集団脱走だっ」

吉岡教官は悲痛な声で叫んだ。

山田首席教官は震える指先で非常ベルを押し、呼子笛を吹き、異常事態の発生を知らせながら、吉岡教官を救い出したが、職員の半数は休暇中のため、すぐには誰も駆けつけてこない。

しかも、七時三十分からのこの時間帯は各棟の夜勤教官が院生の朝の点呼をとっている最中であり、昼間勤務者が出勤してくるのは午前八時三十分、従ってこの時間に手が空《あ》いている教官は一人もいない。

日ごろ職員たちは、この一時間を「魔の時間帯」と呼ぶくらいである。

逃走した院生たちは、これらすべてを熟知した上での犯行だった。

たまたま、この時、川口教官は少年院の裏手にある官舎三階の自宅のベランダで晴れ上がった空を眺めていた。なに気なく下を見ると、少年院の裏口から見覚えのある院の制服を着た少年が、一人、二人と裏庭を走って行く。血相を変えた川口教官が跣《はだし》で駆けつけた時は、すでに少年たちは逃げおおせた後であった。

事件はただちに緊急事態発生時の連絡網で報告され、職員すべてに非常呼集《こしゅう》が伝達された。

だが、凜子のように、すでに外出してしまった職員も少なくなかったのである。

3

初夏を思わせる晴れ上った空に、異様な黒い雲が湧きでてきたかと思う間に、空一面にひろがり、あたりが一転、不穏な暗さに変った。

ピカッと太い稲妻が黒雲を引き裂いた瞬間、バリバリドッシャーン、と耳をつんざく雷鳴があたり一帯に轟《とどろ》く。それが合図のように大粒の雨が地面を叩きつけるように降ってきた。

二時間まえ、上野の実家を飛び出した凛子は、いったん家に戻り身支度をして、重いリュックサックを自転車に載せ、職場にむかった。一刻も早く職場につくには電車やバスを待つよりも自転車で近道を走る方が早いと思ったからである。

H医療少年院にむかう凛子は、夢中で自転車をこぎM建材工場の前にさしかかっていたが、いきなりの豪雨に仕方なく工場の敷地内にある建設資材置場らしい小屋の中で、少しの間、様子をみようと思い立った。

そこはM建材工場の跡地で入口の鉄製の門は、いつも半開きで錠もなく、門の脇に小さな管理事務所はあるが、連休中は無人であった。

凛子は屋根が傾きかかった小屋の前に自転車を置き、濡れたリュックを抱えて入口の引き戸をあけた。

小屋の中は建材が雑然と積まれていて思ったより暗い。カビ臭かった。そのとき、どこからか「しっ」と、人の声がしたような気がした。

瞬間、雷光が小屋の中を青白く映しだした。

「あらっ！」

と、凜子はそこに立ちすくんでしまった。

「あなたたち、どうしたの？」

凜子は叫び、思わず人影にかけよった。

新建材やブロック材が積んである前で、篠崎行夫が床にへたりこみ、赤川志郎が真っ赤な目をむいて拳を振り上げている。

どうやら篠崎行夫を殴っていたところらしい。トレーナー姿の彼らの足もとには、ぬぎ捨てられた院の制服があった。

篠崎行夫が袖で目をこすっている。（泣いてるナ）と凜子は直感した。

薄暗い小屋の中も目が馴れてくると、中の様子がよく見えてきた。

院内随一のボスといわれる清川欣治が赤川志郎の後ろにスックと立っている。壁によせて積まれた建材によりかかっていたらしい脱走の常習犯、家田誠が慌てて立ち上がり身構えた。

「せんせ、助けてください。オレ、腹すいてうごけねえ……」

篠崎行夫がかすれた声で、そんな意味のことを口走った。途端に赤川のビンタが篠崎の頰に鳴った。

「ちょっと、ちょっと、待ちなさいよ。あたし、君たちをつかまえにきたんじゃない、雨やどりによったのよ」

凜子は言うが早いか、リュックサックから姉が詰めてくれた、ちらし寿司やのり巻やいなり寿司の包みを取り出し、あたりに散らばっているセメント袋を二、三枚ならべた上に、それを広げたのである。

「みんな、おなか空いちゃったんだ。かわいそうに、早く食べなさい。あたしの姉が一生懸命作ってくれたのよ、おいしいから早く」

「食うなッ！」

地底に引き込まれるようなドスのきいた声で清川欣治が言ったのと、

「だまされんじゃネェッ！」

赤川志郎が怒鳴ったのは、ほとんど同時だった。

「そう、じゃ勝手にするがいいわ。せっかく人が親切に言ってあげたのに……。あなた方に、これを食べさせたら、あたしも同罪、それを覚悟で言ったんだ」

凜子は、そこにドッカと胡座《あぐら》をかいた。

相手は羊の皮をかぶったライオンと思え、と言った山田首席教官の言葉が、ふっと胸をよぎったとき、篠崎行夫の手がのり巻を摑んだ。キラリと光った雷光が、その姿を浮かび上がらせる。

「キサマッ！」

と、すかさず篠崎行夫の腕に摑みかかった赤川志郎は、どうしたことか、そのままドタッと大きな音を立てて床の上に倒れ込んだのである。

「あっ」

三人の少年が声をあげた。

赤川志郎のどんぐりマナコの黒目が吊りあがり、白眼をむき出したかと思うと、彼の全身が大きく波打った。すぐに口から泡が噴き出てきた。

彼の持病の痙攣《けいれん》発作だ。

「みんな、なにボヤボヤしてんの！　早く上着をぬいで、赤川くんの足の方にかけてあげなさい」

凛子は赤川志郎の脈を見ながら、少年たちに命令する。彼らは慌てて上着を脱ぎはじめた。

この際、トレーナーを脱がせてしまえば、上半身裸のままでは逃げられまい。と、これは凛子がとった、とっさの機転である。

「そこのパジャマをよこしなさい」

凛子は赤川志郎の顔を横にねじむかせ、口の中にパジャマの端を嚙ませる。

患者の気道を確保してやりさえすれば、窒息する危険はない。発作はやがておさまるだろう、と凛子は慌てない。

「みんな、病人の手足を静かにさすりなさい」

こうなったら、凛子の独壇場である。

別に患者の手足をさすったからといって、どうということはないのだが、今は悪ガキどもの手足を遊ばせておくのは危険というものだ。

赤川志郎は稲妻の閃光に刺戟されて発作を起こしたことを、凛子は承知している。彼は以前にも同じことがあったのを覚えている。そして今回は幸い小発作であることも。

凛子は赤川志郎の口から流れ出る唾液を、彼らのパジャマで拭い続けた。

痙攣は約五分程度でおさまった。赤川志郎はぐったりと体を横たえ、ドロンと濁った目を開く。手首を握ると、確かな脈搏が伝わってきた。

(そうだ)と、凛子は思った。彼らを下手に説得するよりも、こちらはあくまで病気の恐ろしさで押しまくろう。

「みんな、分かったでしょ。病気は恐いのよ。清川くん、肝臓は悪くすると黄疸《おうだん》になって頭にきちゃうこと知ってる? 君のお父さんも、たしか肝硬変で亡くなっている。そうなると、君はさらに大変だ! 逃げだすには病気をしっかり治してからでないと死んじゃうよ。死んだら、おしゃかよ。何にもできない……」

見ると、上半身裸の家田誠はガタガタ震えている。

雷光が、またピカッと光った。その時、ドカドカっと遠雷のような乱れた靴音がした。振り返ると、びしょ濡れの山田首席教官と若い教官二人が飛び込んできた。少年たちは身構える間もなく、あっさり取り押さえられた。

それは、テレビドラマの場面さながらのあっという間の出来事だった。

凜子はまるで夢を見ているような心地がした。

「これは……いったい、どうしたんだっ」

と、若い教官が床にひろげられたのり巻やいなり寿司を見まわす。

「夏川さん、事情はあとで……。僕たちは、ここにおるから院に走って迎えの車を頼んでください」

緊迫した山田首席教官の声。

「ハイ」

と答えたものの、どうしたことか凜子は全身に言いようもない脱力感を覚え膝が震えだしたのである。

「山田先生、お願いです。そのお寿司を、みんなに食べさせてあげて……」

辛うじて答えた凜子の声がかすれていた。

外は夕立ちが上がり、雲の切れめから薄日が洩れてきた。ようやく凜子は自転車に乗ると、後ろも振りむかず懸命にペダルを踏んでH医療少年院に向かった。がその時になって、あの時、赤川志郎が痙攣発作で倒れなかったら一体どうなっていただろう……と、背筋が寒くなってくるのだった。

痙攣発作の持病をもつ患者の中には、キラッキラッと点滅するフラッシュ・ライトや閃光が発作の誘因になる人がいる。赤川志郎がそのタイプだったのである。

凜子は雷に救われたのだった。

こうしてH医療少年院の集団脱走事件は発生後、八時間あまりで無事解決した。

後に、山田教官は凜子に、この事件発生から彼らを取り押さえるまでの一部始終を詳しく説明してくれた。

「実は我々も、あの辺りを捜索中に突然の雷雨にあって院に戻ろうか、どこかで雨が止むのを待とうか迷ったのです。あの辺は場所が悪くて人家はまばらだし、院に戻るには少々遠いしで、あそこへ入って行くと、夏川凜子と書いてある自転車がある。変だと思って様子をうかがうと、人の声が聞こえた。ここだっ！　と踏み込んだら、やっぱり貴女と奴らでしょう。びっくりしました。しかし、貴女も可愛い顔していい度胸してますなァ。これは表彰ものです」

「それだけはお断りします。あれは単に偶然の成り行きにすぎなかったのですから」

「偶然が偶然を呼んで我々が……、アッハッハハ」

彼はさもおかしそうに笑った。

だが、これで問題がすべて解決した訳ではなかった。少年たちが盗んだ鍵が発見されなかったからである。

個別に行なわれた懲戒面接の席でも、

「鍵を、どこへ捨てたか」

の問いに対して、赤川志郎と篠崎行夫は、

「あの辺に流れている川に橋の上から投げたと思う」

と答え、清川欣治は、

「全く知らない」

とうそぶき、残る家田誠は、

「ドブに捨てた」

と、しぶしぶ答えた。

翌日からが大変だった。

院内のすべての鍵の取り替え作業が始まると同時に、男性職員が総がかりで少年らが吉岡教官から奪った、たった一個の小さな鍵の捜索に当たらなければならなかった。

院の近くのドブ川を、くまなく浚《さら》う。M建材工場近くを流れる小川も捜索の対象である。

一方、女性職員や官舎住まいの主婦たちは、握り飯の炊き出しや連絡係をつとめる。

しかし、鍵はついに見つからなかった。

お蔭で折角のゴールデン・ウィークは大型連休どころか、悪戦苦闘の日々で終わってしまった。

それぱかりか、この事件以後、少年たちの野外での行事は一切禁止されてしまったのである。院の周囲を囲む塀に沿っての草むしりはおろか、夏の盆踊り大会さえも中止と決定されてしまった。

4

脱走をはかった少年一味は逮捕され、院内の空気はひとまず落ち着いたが、凜子の気持ちは晴れなかった。

理由の一つは、今度の事件を起こした少年たちの三人までが凜子が受け持った患者であったこと、殊に家田誠に関しては一度として彼の嘘を見抜けなかった事実がある。

褥瘡《じょくそう》で苦しんだ篠崎行夫にしろ、そのボス的存在の赤川志郎にしろ、こちらは誠心誠意でケアしたつもりだし、彼らの一日も早い更生を願うあまり、河崎医師と気まずい思いまでして自分なりに心を砕いてきたつもりだった。

（それなのに、またしても……）

家田誠についての失敗は腰の激痛を訴え続けたときのことで、それは脱走事件の一月ほど前のことだった。痛みのきっかけは、体育の時間にウサギ跳びをしていて急に動けなくなってからだという。整形外科を兼任する間中医師は椎間板《ついかんばん》ヘルニアを疑い、レントゲン写真を撮ったのだが、病変は見当らず、仮病を疑ったが、一応湿布と鎮痛剤で様子をみようということになった。

ところが彼は夜になると、必ず痛い痛いとさわぎ出す。

そこで間中医師は整形外科のある外部施設受診の指示を出したのである。

加瀬婦長は、その指示票を見ると、

「仮病じゃないの」

と、鼻の先でせせら笑った。すると凛子は、

「仮病でしたら、痛い注射までしてもらわないのではないでしょうか」

まるで自分が婦長から嘲笑されたかのように、むきになって反論した。それでも婦長は、

「外部の病院へ受診するなら、よりぬきの男性教官をつけて受診させた方がいいですよ」

と、山田首席教官に助言する。

凛子は、激痛を訴える患者に対して、そこまで疑ってかかる加瀬婦長に嫌悪《けんお》感すら感じたものだった。

当日は見るからに力の強そうな、より抜きの教官二人が家田誠を間にはさみ、それに凛子が付き添って院の車で病院に向かった。

病院の廊下を歩いていると、少年を囲んで歩く大人三人の異様な雰囲気を感じとってか、すれ違う人びとが立ちどまって見送ってる。(こんな姿を衆目に晒《さら》してまで病院で受診する気なのだもの、仮病である筈がない)と、凛子は少年を気の毒に思い、手錠をかけられた手を、そっとスカーフで隠してやる。

すると彼は、

「いいすヨ、かまわないすヨ」

と、腰の痛みもどこへやら、肩いからせて虚勢を張り、体をゆすって、わざと目立つように病院の廊下を歩く。さんざん待たされた挙句にようやく順番がきて、医師の診察を受けたところ、結果は「異常を認めず」だった。

「お前、また、やったなっ」

教官の言葉が凛子の胸にグサリときた。

もし、これが自分の弟だったら、その場で横っ面を張り飛ばしていただろう。

「お前の演技力には、お医者さんも看護婦さんもコロリだな」

と、教官が彼の背中を小突くと、家田誠は神妙に下うつむいて、

「すいません」

と言った。しかし、それさえも演技だったのである。

受診を終えて、車が再びH医療少年院の玄関前に停まった。ドアが開き、教官の一人が先に降りた。

次の瞬間だった。家田少年は、手錠のまま車から転がり落ちるように降り立ったかと思うと、出迎えの職員を尻目に脱兎の如く走り出すではないか。あたりの空気がどよめくような物凄いダッシュで。

「逃げたっ」

職員が一斉に叫んだ。

H医療少年院に無事に到着したという職員たちの一瞬の心のゆるみにつけ込む、それは家田少年の初めからの計画だったのだ。

想像もできなかったその少年の大胆不敵さに、凜子は目の前がクラクラした。

教官たちは玄関先に置いてある自転車に飛び乗り、彼の後を追って行く。

家田少年は大通りの信号待ちで難なく捕まったのだが、あの時の衝撃は、いまだに忘れることができない。

もうひとつは、二日前の夕刊に載った少年の覆面強盗事件である。朝の職員会議で院長から、〝仮出所中の少年A、覆面でスーパーに押入る〟の見出しで出ていた事件の犯人が、緘黙症の馬場勇吉だったと報告されたとき、凜子はハンマーで一撃された思いがした。

頭からナイロンストッキングをかぶった馬場勇吉は、閉店まぎわのスーパーに押入り、果物ナイフでレジの女性を刺し、その場で取り押さえられたのだった。

今日も看護室では、その話題でもちきりであった。

「あんなにノロマの子が、よくもあんな大それたことをやってのけられたね」

婦長が呆れ顔で言った。

「何事も甘く見てるからでしょ。夏川さんなんか彼が仮病を使ってるのを知ってて、湿布をしてやったじゃないですか。そういうことをするから増長するんですよ」

相川路代の言葉は、ずしりと凜子の胸にこたえた。

「どうせ、関係の所を一巡して落着く先は、ここに決まってる」

七浦洋子は自信ありげに言った。

「彼らは、ここにいる間はおとなしくしてるけど、外へ出たら何するか分からないと思うと、うっかりしたこと言えないわネ。うちの子、保育園児でしょ。『頭にきたからアイツのガキをねらえ』とばかりに人質にされかねない。今度の脱走事件でも、そのことが一番恐かった」

小沢福子の言葉には真実味があって、誰も笑えなかった。

「ここで少しばかり泥を落としてやっても、すぐに泥んこの中に帰って行くとしたら、同じことの繰り返し。だったら決められた期間だけ上手につき合っていくのがプロよ」

と、七浦洋子は言う。

彼女の言葉に一人として反論する者がいないのは、誰の心の中にも同じ思いがあるからだろうか。それがここでのプロだというなら、自分はダメ看護婦《ナース》だ、と凜子は思う。自分は少年たちに対して、体を張っても言うべきことは言わなければと思っている。だが、その仕返しが小沢福子の坊やに跳ね返るとしたら……。

すると、凜子は間中医師から、

「君のように、教育的なセンスを持った看護婦さんには打ってつけの職場だと思う」

と言われた言葉を鵜呑《うの》みにした自分の浅はかな行動が、穴でもあったら逃げ込みたいほど恥ずかしく思われてくる。

ここは少年たちにとって、単に羽を休める止まり木でしかないのだろうか。

たとえば彼らの病み疲れた体を癒《いや》し、栄養を与え、活力をつけて社会に戻したとしても、その活力を、また反社会的な面で発揮するとしたら、いったい自分たちは何のために努力をしているのだろう。そのむなしさは、まるで賽《さい》の河原で石を積む作業にも似ている。

(いったい自分の行なっている看護とはなんなんだ? 果してこのままの気持ちで勤めを続けていてもよいものだろうか?)

思い余った凛子は、その夜、木元寛子に電話をしてみた。しかし、凛子の悩みを聞いた寛子の答えはいとも簡単だった。

「ダメだなあ、凛子は……。そんなこと簡単よ。間中先生に辞めたいから後任を探してくれと言えばいいじゃない」

「それが……お世話になっているだけに言いにくくて……」

「口をパクパク動かしてりゃいいのよ。人間なんて心の中までは誰にも分からないもん」

人ごとだと思って気楽なものである。

「必要なことを伝えれば、あとは相手が心配するものよ。第一、凛子は世話になっていると言うけど、それは相手側にとっても同じことで、有難がっているのは、むしろ間中先生の方でしょ? あなたは少し自虐傾向が強すぎるよ。そこが夏川凛子のいい所でもあるけどね。まあ悩んでいないで紙に要点を書いて、それを読み上げるつもりで声に出して言っちゃいなさいよ。全国の心ある看護婦諸姉は、みんな辞表をフトコロにじゃなくて、ハンドバッグにしのばせて働いていると思うよ。あっ、子供が泣いているからゴメン……またね」

先方から電話を切られてしまった。

寛子にとっては悩むに価しないことだと判断してのことだろう。明日火曜日は間中医師の診察日、嫌なことは早く解決してしまうことだと、凜子はメモに話を切り出す最初の言葉をアレコレと思いつくままに書き始めた。


火曜日の間中医師の診察は午後一時からである。例の話を切り出すのは、診察開始の前にするべきか、それとも終了してからにすべきか、と凜子は朝からそのことばかりを気にしていた。それにしても、自分はなぜこうも間中医師にこだわるのか……。自分の生き方を自分で選択し決断するのに誰に気がねがいるものか、と凜子は自分で自分が歯がゆくなってくる。

(そうだ、間中医師は受診する少年とその担当教官が顔を揃えた頃、ここに現われるのがいつものことだから、顔を見たらすぐに「今日はのち程お話をしたいことがありますので」と、アポイントを取ってしまおう)

凜子がそんなことを考えながら処置台の材料を点検していると、当の間中医師が珍しく診察開始時刻の三十分も前に、診察室に入ってきた。

「やあ、この間の連休中は大変でしたね」

と、彼はいきなり凜子の後ろから声をかけた。

「今日は患者多い？」

「いいえ、いつもより少ないです」

「あ、そう。今日、診察終わったら君に話したいことがあるのだけど……」

（えっ？）と凜子は虚をつかれた思いだったが、（そうだ今だ）と、凜子は身がまえる。

「私も、是非、先生に聞いて欲しいことがあります」

「じゃ、落ち着いた所で、食事でもしながらにしましょう」

「いいえ、診察室の方が……時間もとりませんし……」

間中医師は少し拍子抜けした顔をした。

5

「先生、実は」

と、凜子は最後の患者の処置を終えるやいなや、間中医師に話を切り出した。

「私、今度のことで自分の無力を嫌というほど知りました。そしてこの仕事が自分に向いていないということがよく分かりました。それで、よくよく考えたのですが、院生に信頼されもしない私などより、人間的にも深い洞察力のある方に代わっていただいた方がいいと思うようになりました。せっかく三年間のご指導を受け、なんとか仕事に馴れたつもりでしたが、それは甘い考えだと気がついたんです。誰か適任者を探していただき、私は辞めさせていただきたいのですが」

木元寛子の勧告どおり、メモに書いた文字を読み上げるように、凜子は一気に言ってのけた。

「えっ」

間中医師は、椅子から立ちかけた腰をストンと落とし、大きな眼を見開いてせわしなく目《ま》ばたきをしながら、

「冗談じゃない。ぼくの目に狂いはなかったと内心誇りに思っているのに……。例のお姉さんにお願いしておいたことでも、気に障ったのですか?」

と慌てて問いかける。

「いえ、それとこれとは関係ありません」

「問題はなんですか。給与とか、業務体制、あるいは身分上の扱いですか? それとも仕事そのものに疑いを持つようになった?」

「うまく言い表わせないんですけど……。仕事が恐くなった。これは、内海武夫の事件以来です。それと、このごろは、何かとても虚しい仕事をしているのではないかと、この仕事は結局、

どんなに努力しても、手当てのかぎりを尽くしても、解決しない仕事のように思えてきて……」

「ああ、そのこと。もう気がついたんですか、恐ろしい、虚しい……と。全くその通り。僕もその思いにとりつかれることがある。すると、疑念が際限もなく広がってきて、人間を廃業したくなる時さえあります。しかし……実のところ、その疑念を晴らす言葉は誰にも見つけられないと思うんですよ。人間の共同社会が抱え続けなければならない永遠の業《ごう》のようなものじゃないかなあ……」

「ごう、、?」

「君はおそらく、ここの少年に、いくら心を砕いても返ってくるのは反抗と無視、時には敵意でしかない……報いられないという思いが根源にあるのではないですか」

「でも、その仕事をうまくこなして立派な成果を上げられる人と、私のような仕事に向かない無能な者とでは、社会が受ける利益も、私が私人として受ける人生の充実感も全く違うのではないでしょうか」

「ああ分かった、あなたは今、個人の力でこの仕事を完全なもの……つまり病人を治して退院させられる病院の役割が果たせないことに、焦立ちを感じているんでしょう?」

「………」

「僕だって思いは同じですよ。こう、いつまでも同じような子供が入れ替わり立ち替わり現われて同じ行動パターンを繰り返す。なんとかもっとましな対応の仕方はないものかと思う。しかし、これは人間の成長の一過程でおきてくる困難の一つではないかと、ぼくは思ってるんですよ」

「………」

「早い話、ぼくら医者だって、この世から病人をなくそうなんて思って医者になる奴は一人もいませんよ。むしろ逆だね」

(ああ、そうなのか)と、凜子は思った。

「第一、親が十数年もかかって創り上げた子供を、たった一年ぐらい収容したからといって、完全に矯正できる訳ないですよ。むしろ気の毒な少年が、ここに収容されてる間に、たったいっときだっていい、我に返る時間を与えることができれば、ぼくの仕事はそれだけで成功だと思ってるんです。自分のような人間が、一人の人を更生させることができるなんて考えたこともないし、それは思い上りだと思ってる……」

間中医師の説明は分からないではないが、問題はその仕事に自分が向いているかどうかであって、自分の悩みの解決にはなっていない、と凜子は思う。

「ぼくがあなたを選んだのは、全く申し訳ないことだが、あなたが性格的に受難者的な人柄と見ていたからなんです。ひどく人を品定めしているように聞こえるかも知れないが、そういうつもりではなく……例にとって悪いが、ここの看護婦さんの中には、悪いのは相手の方だから、結果など私の知ったことじゃないと考えている人がいます。これは今どきの大方の人の傾向だけれど……言ってみれば、あなたは相手の過ちを自分の扱いが適切でなかったからではないかと感じるタイプの人でしょう？　前の病院での勤務も全く同じだったように思う」

「…………」

「人の行動の欠陥を直すには、一にも二にも内省から始めなければならない。特に、ここの少年の不運は深くて、とても並の者では救い得ない。そこには全く反対のタイプの人を見せて、生き方を変えて貰うチャンスをつかませなければ、彼らの浮ぶ瀬はない。それで夏川くんをお願いしたつもりです。でも、そのことが外《ほか》の人の何倍も、あなたを苦しめる結果になるとは、ぼくも気がつかなかった。その点はお詫びします」

「先生は私を買い被っています。受難者的だなんて……」

「そのことより、あなたも気づいていると思いますが、彼らは徹底した人間不信に陥っている不幸な少年たちです。どうか彼らに、人が信ずるに足る存在であることを教えてやって貰いたい。それも言葉ではなく、あなたの行動を通して、実像の人間として……。それがあなたに苦痛を与え続けるとすれば、私も責任がありますから、A大学病院へ戻る道はつけます。でも、もう一度、少年たちのために考え直してくれませんか、お願いします」

間中医師は両手を膝の上に置き、凜子の前に深く頭をたれた。

(これなのだ。自分が間中医師に弱いのは、これだったのだ。だから困っちゃうんだ……)

凜子は目の前の間中医師の姿にとまどい、そして、胸を熱くした。

「今度は僕の方からの話したいことについてだけど……」

「………」

「お姉さんから聞いてくれた」

「………」

「子持ちの相手など冗談じゃないって思ってるんでしょ」

さすがに凜子は、(それも受難者的人柄を見込んだのですか)とは言えなかった。

「彼は、ぼくの高校時代の後輩で実にいい男なんだ。それに彼の坊やは彼のご両親が責任を持つ、と言っておられるし。君の仕事ぶりを見ていれば、よく分かるんですよ」

(何が、よく分かるのだろう)凜子は反問したかったが、黙っていた。

「君のお父さんが亡くなる直前に、ぼくに言い残されたことがある。『凜子を頼む』と。お父さんが一番心配していたのは君の結婚のことだった」

「父がなんと申したか知りませんが、先生がそこまで責任を感じてくださらなくても……」

（結構です）と凜子が言い切れなかったのは、間中医師の父に対する献身的な姿を思い浮べたからかも知れない。

ふと凜子の胸に、間中医師の中に自分が思う理想の医師像と男性像を重ねて見ているのではないかという不安がよぎった。

いつの間にか藍色の夕闇が診察室の空間をすっぽり包み込んでいた。

「じゃ、考えておいてね」

間中医師は、また同じ言葉を繰り返し言って、診察室を出ていった。

6

今まで凜子は、自分がこれほどまでに優柔不断な女だとは、考えてもみなかった。

院生たちに愛着をもつようになってからというもの、自分としては、できる限りの看護をしてきたつもりだったのに、返ってくるのは嘲笑と裏切りばかり、チームを組んで事に当たっていると信じている仲間からさえも、少年たちに対する自分の看護行為が、甘すぎると批判をうけ、現実にそれが原因とみられる失策が続いている。

たまたま今度は逃走少年たちを逮捕する切っ掛けを作ったことで、院長から賞《ほ》められ、少しは面目を取り戻したかと思えば、「いい気になっている」と蔭口を叩く者がいるから自重せよと、加瀬婦長からの忠告である。

ようやく自分の無能に気づいて、間中医師に苦衷《くちゆう》を打ち明け辞職を申し出ても、慰留されればまたも決心がぐらつく。

木元寛子のように何事も明快に割切れる性格がうらやましかった。

だが、習慣は一つの救いだ。悩みがあろうとなかろうと、行動は機械仕掛けのロボットのように毎朝定時には自分を起床させ、持物を点検させ、少年院の門をくぐって職場へ向かわせる。気がつくと薬を抱え、注射器を握り、廊下を走り、階段を登り、寮舎の鍵をあけている自分を発見する。

毎日、職場には山のような仕事が待ちうけていた。いつものように当直看護婦から引き継ぎをうけ、患者の状態を把握して少年の投薬をすませて看護婦詰所に戻ってくると、加瀬婦長が待っていた。

「夏川さん、山田首席が手があいたとき、なるべく早く教官室に来てほしいと言ってますよ」

「この間の続きでしょうか?」

「そう、事件のことでご協力願いたいと言っていたわ」

「では、先生の診察は午後なので今のうちに行ってきても」

「その方がいいと思いますよ」

凛子はすぐに山田首席教官の部屋に向かった。ドアをノックすると、

「どうぞ」

野太い声が返ってくる。

山田首席教官は自分の席にかけたまま凛子に応接用のソファーにかけるよう目顔ですすめた。

「忙しいのにすみません。早速ですが、明日、例の連中に説諭をしなければならんのですが……その際、清川があなたの立会いを願い出ているんです。なんとかお願いしたいのですが」

「清川少年が？　なぜですか」

「あなたに信頼をよせているようです」

「まさか……」

「ホント、これは確かです。あの時夏川さんがカッコよかったんですよ、きっと」

「私、まさかあんな所に彼らが隠れていようとは思いもよりませんでしたから、びっくりしました。そういえば、あの時、彼らはどうしてあそこにいたのかしら」

「それはパジャマをトレーナーに着換える場所がほかになかったからだそうですよ。あの小屋で着換えをして、暗くなるのを待ち、各人バラバラに目的地にむかう手筈だった。これだけは彼らみな同じことを言っているから嘘ではなさそうです。そこへあなたが、ひょっこり現われ

た……」

「ええ、その上、発作でしょう」

「そんなことから、彼はおそらくあなたに弁護を期待しているんじゃないかと思います」

「弁護?」

「私が不当な叱責をしたり怒鳴ったりしたとき、自分の立場を理解してくれる唯一の人として、あなたを選んだのだと思います」

あの清川欣治が自分を信頼しているなんて、と凜子は少しだけ生き甲斐を取り戻した気分になってくる。

「彼らは、あれで人を見抜く目を持っている。世間の人が四十、五十になって備わる観察力を、彼らは不運な生い立ちの中で育ててきたのでしょう。その点では我々にも歯が立たないことがありますよ」

「で……私は何をすればよいのでしょう」

「特に構えないでください。適時適切にあなたが公正だと思ったままを、おっしゃってくださ い」

「…………」

「ホラ、子供が父親に叱られたとき、母親に救いを求める心理……あれですよ」

「それでしたら、専門教育を受けられた女性教官がいらっしゃるでしょう」

「いや、この場合は、あの現場におられたあなたが彼らには必要なのですよ」

そして、山田教官は長い教官生活を思い浮かべるように、しみじみとした口調で語りはじめた。

「私は、この二十年間に院生の逃亡事件に三回出くわしました。

一回目は正月のことで、少年たちを初詣につれて行く途中、これから神社の鳥居をくぐろうとした時、逃げられました。

二回目は、グラウンドで体操を指導中のことでした。いきなり一人の少年が走りだし、あっという間に金網製の簡易塀を飛び越えられてしまった。

そして三回目は、今回の集団脱走者の中の一人、家田誠が、仮病を使って外部の病院で受診後、院に車が到着した直後に逃走を図って失敗した事件ですが、これらはみな単発的なものだったので、解決も早かった。……集団脱走は今回が初めての経験です。

一般的に精神科的な疾患を持つ少年の逃走は、計画的というより衝動的なので、予測はほとんど不可能に近いのですが、今回のように計画的な場合には、当人たちの態度や表情が、どこかそわそわと落ちつかないはずですから、我々にも、それが予測できるはずでした。……それだけに事件当日、管理当直だった私の過失責任は重いのです。今後のこともあるので、今回の事件の顚末《てんまつ》を完全に調べた調書を院長に提出することになっています。

彼らは何もかも承知の上で計画していた。それは長期の休日体制に入るゴールデン・ウィークを狙って決行したことでも分かります。こちらはうかつにも謹慎室が並ぶ一階西寮に逃走の前歴者を四人も集めておいた。当日の担当教官が善良な吉岡君で、どちらかというと処遇が甘く、若い教官に比べて体力も劣っていることなどが、彼らに〝やるなら今だ〟と思わせる結果になった。こうした条件をにらんで決行の指令を出せる男は、清川以外にはいないと思っているのです。

清川は十九歳、彼らの中では最年長ですし、ここの収容少年の中でも頭脳は明晰、生き抜く智恵も抜群。やくざの組員で非行名は恐喝と暴行です。ご存じのとおり覚醒剤中毒で、それが原因の肝機能障害で三度めの入院でしょう。これをなんとか更生させない限り、他の仲間の指導もおぼつかないと思っておるのです。

そこでお願いがある。私たちは男同士ですから分かりあえる所がある代わりに、対立したら妥協できなくなる恐れもある。そこで女性の立場からのご意見がほしいのです。……何も私にばかり同調する必要はありません。それでは彼らも信用しないでしょうから。彼の更生に役立つことでしたら何でも結構。自由に助言してやってくださいませんか」

「でも……私にできるかしら？」

「責任は私が取ります。助けると思って協力してください」

「分かりました。自分として最大の努力をいたします」

「有難う。では早速ですが……これを読んでください」

山田首席教官は机の上にあった文書の綴りを凜子の前に出した。

脱走少年の告白文だった。

「いつもは反省文として書かせるのですが、それだと彼らは書き馴れていて、深く反省しています式の紋切り型になってしまう。ですから今回は、今思っていることを自由に書けと言って書かせたのですが……」

こうなっては仕方がない。乗りかかった舟だと覚悟して凜子は、その文章を読みはじめた。

初めは清川欣治の手記だった。

〈今までの自分について　　清川欣治　19歳

今までの自分について書きます。

自分の家は決して裕福な家とはいえません。

父が酒好きで働かず、ついには酒乱になって病院に入ったり出たりしていたからです。そのため小さいガキの時分から、父と母は夫婦ゲンカばかりしていて、仲よく話し合っているところを見たことがありません。小学校へ上がる前から自分は、そんな毎日に耐えられませんでした。

小学校に行くようになってからも、友だちが持っているオモチャがほしくても買ってもらえず、そうこうしているうちに、父は肝こう変で病院で亡くなりました。

それまで会社の掃除のオバサンをやっていた母は、夜の商売に出るようになり、すっかり様子が変ってしまいました。今までより、はでなかっこうをして出かけるようになったのに、学校の給食費もはらえなくなりました。

小学校四年生になると、自分は給食の時間が一日の中で一番つらい時間になりました。ある日、カレーライスが給食に出ました。給食当番がカレーをくばっていると、受け持ちの先生は、

「清川は給食費をずっとはらってないから、余ったら食え」

と言いました。カレーは、みんな好きだから余らなかった。オレは容器の底に、こびりついたカレーを、しゃもじでガリガリやって集めていると、それを見た先生と友だちが笑いました。オレは、くやしくて、それから給食の時間になると、教室を飛び出し、グラウンドをかけ回っているか、家に帰ってしまうか、のどちらかになりました。

空《す》きっ腹《ぱら》をかかえてグラウンドを走るのはとても辛い、だから、家に帰るようになり、とち

ゅう、スーパーによって菓子パンをだまってもらうことをおぼえました。

思えば、それが自分の人生を変えた第一歩だったように思います。

同じころ、父親参観日がありました。その日の一時間めに、その先公は、

「お父さんのいない者、手を上げろ」

と言いました。気がつくと手を上げたのは自分一人だったのです。うしろの席の奴は、

「バッカヤロ、おめえ、父なし子か」

と背中をつつき、前の席の奴はそれを聞いて、わざわざ後ろを向いて、

「オヤジがいないのがそんなに自まんか、オレだっていないんだぞ」

と、小さな声で言って、先公に、

「こら、清川、何やってる」

と、オレだけどなられた。

その日は午後から父親参観日でした。

国語の時間、先公に前の席から順に名前を呼ばれ、教科書の中の文を五行ずつ立って朗読しました。

ところが、自分の前の席の奴が読みおえると、先公はオレを飛ばして、オレの後ろの席の奴の名前を呼んだのです。あの時のくやしさ、はずかしさは一生忘れられず、思い出しても腹が

にえくりかえるほどです。

それがきっかけで、大人が信じられなくなりました。

小学校五年生から新聞配達をして、そのバイト料で自分のほしい物を買うようになり、中学一年生まで続けましたが、二年生でタバコをおぼえ、学校にはいかずに遊びはじめたある日、腹がすいて午後三時ごろ、家に帰ると、母は見知らぬ男と抱き合っていたのです。

オレは、ショックのあまり、そばにあった食卓を蹴飛ばし、窓ガラスをたたき割ってやりました。

男はオレに組みつき、母は、「お前なんかに何がわかるか、早く出ていけ」と、どなったのです。

オレは、ものすごく頭にきました。

「ヨーシ！　出ていってやる。今にみろ！」

と思って、家を出ました。

義務教育の身でありながら年をごまかし、水商売の世界に入りました。そこで知り合ったのが坂本組二代目の佐藤光夫です。

この人は当時二十八歳で、すでに一家をかまえ、若い人のめんどうみはバツグン、男っぷりはいいし、ケンカも先頭きって、カッコよく若い者を引っぱり、この世界では三拍子そろっている人物でした。男の中の男とは、こういう人物ではないかなあ、と思いました。

その佐藤光夫という人が、ボーイの自分をひと目見て、ほめてくれたのです。

「オマエは、なかなか、しっかりした態度で、頭がいい。見どころのある男だ」と。

この時のショックも大きかった。いままで一度だって、オレを見どころがある！　なんて、ホメてくれた人間がいただろうか。親でさえも、たった一人の息子の自分を、出ていけ、と見捨てたというのに。

人間は誰でも、自分をみとめてほしい、人よりすぐれていると、誰かにみられたいと願っていると思います。

その願いをかなえてくれた人、それがこの世界でも名の売れた、カッコいい佐藤光夫組長だったなんて。自分の生きる道はここしかない、と思いました。

そして、この人にかけてみたい、という気持ちになり、ヤクザの道に入りました。

自分が覚せい剤をはじめて打ったのは、十四歳の時です。これを教えてくれたのが、あとで分かったのですが、佐藤組長の代行で覚せい剤の売人だったのです。

ところが組長は、覚せい剤をひどく嫌っていて、後に代行を追放したと聞きましたが、その時の自分は何も分かりませんでした。

それから十カ月後、自分は覚せい剤取締法違反でタイホされ、平成○年に、この医療少年院に入院し、今回、また三度めの失敗をくり返してしまいました。
その上、今度は、大きな罪を犯し、日ごろおせわになっている先生方に多大なごめいわくをおかけしてしまいました。これからは、このようなことがないよう、しっかりがんばります。〉

凜子は深い溜息をついた。

清川少年は人生の出発点で、耐え難い人権侵害をうけ、その時にうけた心の傷への復讐として、人生を歩み始めたのだ。始めから加害者として存在する人はいない。被害の補償行為として加害者に転化していくのだと、凜子は思った。続いて残りの三少年の手記も読むことになった。

次は家田少年の手記だが、彼は以前にも大胆不敵な脱走歴がある。

〈いま思うこと　　家田誠　18歳

ボクは三人兄弟の末っ子です。父は建具やの職人で、昔かたぎの、まじめ一方で、そのくせ酒ぐせが悪くてケチです。

それでも職人を四人も使っていたから、家のくらしも大金持ちとはいえないが、まあまあの中流だと思います。

父は酒を飲むとグチグチうるさく小言をいい、母をこまらせています。母は、そんな父にかくれてボクのねだる物は何でも買ってくれました。

そうすると、姉や兄は母に文句を言いましたが、母は、「誠は一番小さくて親といる間がみじかいんだから、かわいそうだ」と言って、かばってくれます。

母は、ボクのわがままを何でも通してくれますから、こちらもますますわがままを言うようになりました。

中学一年のとき、友だちがバイクを買ってもらったからボクにも買ってくれと言って、バイクを買ってもらい、暴走族の仲間に入りました。そのあと車を買えと言うと、家中のみんなが反対し、それが頭にきて、家の中であばれ、父の仕事場でカンナをほうりなげて父の頭にケガをさせたり、それがきっかけで、非行のグループに入ったのが、中学二年生の夏です。

父はボクの顔を見るたびに、かならずいう言葉は、「お前は、どこまで親にめいわくをかければ気がすむんだ」です。

「オレは、てめえらに生んでくれと頼んだおぼえは、ねえよ。勝手に子供を作った以上、その責任は、てめえらにあるんだぞ」

と、すごんでみせたりしました。

そして、車を盗もうと友人からさそわれて、その気になり、人身事故までおこしてしまった。

母は、そのショックでノーいっけつでたおれ、入院してしまった。

いま思うと、自分は自分のことばかり考えて、まわりの者の苦しみなど眼中になかったことを、しみじみ後悔している。その上、今度はまた罪を犯してしまった。

そのわけは、ひと目、母の病気を見舞いたくて、がまんできなかったからだ。結果からいえば、今度のことで、出院できる日が、ますますおそくなってしまった。

これからは、母を安心させるためにも、一日一日をまじめにがんばります。

母さん、ごめんなさい。

先生、ごめんなさい。〉

次の赤川志郎は例の逆上少年で、彼は日ごろから集中力に欠けているせいもあって、文章もいたって短い。

〈早く家に帰りたい　　　　赤川志郎　18歳
このごろ、むしょうに家に帰りたいと思うようになった。今、帰らないと永久に帰れなくなってしまうんじゃないか、という気がしてならない。
どうしてかというと、ずっと前、おじさんの夢を見た。おじさん早く、ボクをむかえにきてください、とさけぶと、だまって消えた。もしかして死んだのじゃないか。それからというもの外の世界がこいしくて、ついつい、あせった。もう二度と、こんなバカなマネはいたしません。
だから、なるべく早く、おじさんの所へ帰してください。自分も、それなりに努力いたします。ちかいます。〉
赤川志郎のいうおじさんとは、彼の実母の弟で彼の引取人でもあるが、今だに居どころ不明の姉の息子を引取ることに消極的である。唯一の救いは叔父夫婦には子がなく、叔母の方がむしろ彼の将来を心配していることだった。
最後は、一番年少の篠崎少年の手記である。
〈今、心にあること　篠崎行夫　17歳
ぼくの家は人に借りています。ある日、おおやさんがきて、どうしても引っ越してくれ、というので、姉さんと家をさがしに行きました。母は病気がちで、その時はノイローゼで寝たりおきたりしていたのです。
やっとのことで近くに家が見つかり、お父さんや弟や、みんなで話しあいました。そして話がきまり引っ越しをしたのですが、その夜からお父さんは熱を出し、医者に肺ガンの末期といわれ、間もなく死んでしまいました。

ぼくは中学二年生からバイトをし、中学を卒業すると友人のお父さんがやっているメッキ工場で働き、くらしを助けてきました。

その友人に、父とおおやさんの話をしたら、それは、おおやが悪いのだから、おどかしてやれ、と言い、クリスマスの夜、友人は新聞紙に火をつけて、おおやさんの家の庭に投げこみ、そのことがはっかくすると、ぼくも共犯としてケイサツにつかまってしまいました。

でも友人は、両親にひきとられました。ぼくの母は、「いいことと悪いことのけじめが分かるように罪のけじめをつけてこい」と、ぼくをひきとってくれませんでした。

あの日、院を逃げだしたものの、M工場の中で雨やどりをしながら、本当は早く誰かに見つかればいいと思っていました。

赤川せんぱいからオレについてこいと言われたとき反対すれば、どんな目にあうかと思うと恐ろしかったので大それたことをしてしまいましたが、あのとき腹がすいて、とても遠くへは逃げられないと思いました。

そこへ夏川かんごふ先生が入ってきて、赤川せんぱいの手あてをしたり、おすしをたべさせてもらいました。だから、先生につかまったときは、やっと安心したのです。母には、このことを知らせないでください。

これからは、心を入れかえ一生けんめい勉強して、母を安心させたいと思います。〉

「どうですか、読後の感想は？」

凜子が読み終わったのを見定めて、山田首席教官がたたみかけるように質問する。

「はい、ひと口には言えませんが……この子たちは加害者である前に、被害者としての過去があって、その時の心の痛みを癒す方法を間違えてしまった。……そんな感じがしました」

「その通りです。子供によっては同じ体験をしても、彼らとは全く反対に社会的・人間的な不正に対して激しい批判力をもつような人にも育ちます。私たちの見方から言えば、彼らに共通して見られる他罰的な傾向が問題なのです。自分の攻撃的な性格がエゴと結びついて非行の原因を外側の責任に転嫁する特徴がある。世の中には不運を反面教師としつつ、ハングリー精神をバネにする人は沢山いる。

お感じになったと思いますが、清川を除く三人は、おきまりの反省文で家田が自分の生い立ちを言い訳の中心におき、母への思慕を綴るのも、彼らがよく使う手なんです。これで教官をホロリとさせるつもりらしいが、母親が病気で入院したなどは真っ赤な嘘、現に二日前、当の母親から、息子をよろしく頼むと手紙をもらったばかりですからね」

「まあ……」

凛子は思わず大きな眼を見張り、溜息をもらす。

「赤川志郎にいたっては、嘘も種が尽きたらしく言い訳さえ空疎、何を考えて暮らしているのか……。身許引受け人の夢を見たなどと書いてあるが、疑わしい限りですよ。

篠崎行夫は事件発生当時、謹慎五日間の罰をうけていました。その原因も教官をおびきよせて逃走を図ろうとした赤川志郎の命令で、同室の少年と偽装の喧嘩をしたことによります。それを思うと、彼には同情の余地もなくはないが、それを巧みに使って同情させようとするテクニックの一つかもしれない。

まあ、これらを、ひっくるめれば〝またか〟の一言につきます」

山田首席教官は、自分の読後感を「またか」で総括したのである。

しかし凛子は、山田首席教官は、あまりにも悪意に解釈しすぎるのではないかと、少し不満だった。

「彼らは、こうして日々言い抜けしなければ生きて行けない境地に追いつめられているのではないでしょうか?」

「それもあるかもしれない。明日はそんな視点から発言をして下されば、彼らの力になると思いますので、明日午後一時に、もう一度こちらへ来ていただきたいのです。

その時、清川をここへ呼び出すことになっていますので……。婦長さんには了解して頂いております」

凛子は山田教官の手まわしの良さに驚いた。もっとも今度の事件はH医療少年院全体に関わる問題だからであろう。

7

翌日、仕事の都合で凛子が山田首席教官の部屋に行ったのは午後一時を少しまわっていた。部屋に入ると、すでに山田首席教官と清川欣治が机を挟んで向かい合っていたが、そこには明らかに対立の緊張ムードが漂っていた。

山田教官は、凛子を見ると、「どうぞ」と、二人の中間に位置する椅子をすすめ、

「よろしくお願いします」

丁寧に会釈《えしやく》したが、清川欣治は凛子に一瞥《いちべつ》もくれず、下をむいている。

清川欣治はIQ一二〇、院内では飛びきりの知能の持ち主だった。その上、身長一八〇センチ、体重七八キロの堂々とした体は、いかにもボスと呼ばれるのにふさわしい風体《ふうてい》である。加えて、社会生活の裏道などは、若い医師や教官よりも詳しく、バイタリティや生活の知恵も抜

群である。それに比べ、山田首席教官は身長一六五センチ、体重六五キロ、男性としては、やや小柄に見える。

凜子の目に、山田教官もよほどの自信と覚悟をもち、胸を張ってかからなければ、相手に威圧されかねない、と見うけられた。

「反省文は読んだ」

山田教官は感情を押えた声で言った。そうしながら相手の反応を、それとなく観察している。

清川欣治は、机の上の書類に目をやったまま、次の言葉を待ちうけている様子だ。

「お前も小さいころから苦労したんだなァ。それを一言も漏らさず自分なりの道を歩いてきた。それは評価してよいと俺は思う。だが、お前の考え方は、その根本において間違っている。俺の言うことに不服があれば言ってごらん。それが、お前の再出発につながると思うから……」

清川欣治は山田教官の言葉を聞いているのかいないのか、無表情のまま、口を一文字に固く閉じて相変らず俯《うつむ》いたままである。

「今度は、しっかりがんばると書いたじゃないか」

山田教官が優しく諭《さと》しているのに、相手は頑なにだんまりを通している。

「黙っていてはわからん!」

山田教官は机をドンと一つ叩いた。

それでも清川欣治は黙っている。どうせ始めからやり直し、何を言っても無駄だ、とでも思っているのだろうか？

凛子はこの先どうなるのかと、不安で心臓がドッキドッキと高鳴ってくる。

「俺は、お前の反省文を読んで感心した。しかし、お前がここを出院したあと、ヤクザの世界に戻ることだけは間違っていると思う。清川、それじゃァ、お前は何のためにここへ来たんだ」

「………」

相変らず黙秘を続ける相手に、山田教官もそろそろ腹が立ってきたらしく、語調も自然にきびしくなってきた。

「ヤクザのどこが立派なんだ。せっかく、みんなの協力で薬から手が切れたというのに、また同じ世界に戻るのでは元の木阿弥じゃないか。少しは回りの者の身にもなってみろ！」

「うるせえや、つべこべ言うなっ！　お前たちにオレの気持ちが分かってたまるかっ！」

突然、清川欣治は大声で反撥した。

「他人のくせに余計な口出しすんな！　オレを本当に分かってくれてる組長を悪く言うな！」

「それが間違ってる。お前を本当に理解しているなら、なんで、その大事な指をつめさせたりするんだ。お前を大切に思うなら、そんなムゴイことができるものじゃないぞ」

(そうだ、そのとおり……)

凜子は危うく叫ぶところを、ぐっとこらえる。

清川欣治は、これまでに二回入院をしていたが、前回は両手の指は健全だった。それが今回入ってきたときには右手の小指が第一関節の下で切断されていたのである。

「これは自分の意志でやったんだ。何も知らねえくせに利いたふうな口を利くな。オレはガキの時から先生と呼ばれる奴に、恥ばかりかかされてきたんだ。そんなオレを認めてくれたのは、組長一人だった。だからオレは、そこでしか生きる気がしねえんだ。山田先生みたいにマトモな学校を出て、先生先生なんてオダテを食らって生きてる人間なんかに分かってたまるか」

清川欣治といえども、ここで教官の心証を悪くしては不利だと分かっているはずだが、彼としては、男前でカッコいい、と自分が信じている組長をこき下ろす奴は断じて許せない思いなのだろう。

すると山田教官は、

「なんだってェ? 組長がカッコいい。男っぷりがいいだと。そんなことが人間の値打ちと、どんな関係があるんだっ」

椅子を蹴って立ち上がるなりギョロ目を剝いて清川欣治を睨めつけた。

「バッカヤロウ! これだけ言ってもワカンネエのか! 甘ったれんじゃァねえ。貧乏したのはテメエばかりじゃねえや！」

あまりの大音声で、窓ガラスがビリビリと震動した。

急に山田教官の体が巨大に見え、清川欣治が小さくなってしまった。

さすがの清川少年も首をすくめ、今度はおずおず山田教官をうわ目づかいで見ている。

だが、山田教官は涼しい顔をして今度は静かに椅子に腰を下ろした。

「俺の小学校時代も貧乏だった。兄弟が八人もいて、俺は長男だったから、いつも弟妹たちのために我慢しなければならなかった。父親も戦争から戻らなかった。戦死の通知もこなかった。昔は学校給食もなく、みんな弁当持ちで学校へ行く。弟や妹に弁当を持たせると、俺の分がないんだ。当時、そんな子供を欠食児童と呼んだもんだ。そう呼ばれるのが辛くてなア……。お前と同じだよ。弁当を食べる時間がくると、家に帰ったことが何度あったことか。今のようにスーパーがあって、菓子でもパンでも並んでいたら、俺だってお前のように失敬していたかも知れない。だから分かるんだ、グラウンドを駆けまわった清川の辛い気持ちが……。俺は、あれを読んでいて思わず涙がこぼれたよ。お前は、よくその屈辱に耐えた。偉い！」

「そんなおだてにのるほどオレは甘くはネエよ」

「よく聞け、清川。清川の偉さを認めるのは組長ばかりじゃないんだぞ。いいか、どんな逆境に育っても、正しい道をまっすぐに歩いて立派な大人に成長する人は、世の中にゴマンといるんだ。お前は、たった一回や二回おだてられて、いい気になり、そのために注射を覚えて、あげくに肝臓をやられてしまったことを忘れてはいけない。二度と同じ道を歩いてはダメだと言ってるんだ」

「他人のくせに大きなおせわだ。オレはオレの道を行く。ほっといてくれ」

清川欣治はふてくされて反省の色も示さない。山田教官の忍耐もそろそろ限界にきているのが、凜子の目にありありと見える。この危険を回避するには、自分が発言するよりほかに道はない。

「私の意見を聞いてくださいますか」

思わず凜子は口走り、大変な局面に口出ししてしまったと後悔したが、もう後には戻れなかった。

「どうぞ」

山田教官は答えたが、清川欣治の方はブスッとしたまま返事もしない。

「清川くん。他人って誰のことをいうの」

清川欣治は、ちょっと拍子抜けした声で答えた。

「他人って他人のこと。本人以外はみな他人」

「お父さんやお母さんは?」

清川欣治は途端に憎悪の感情をむき出しにした。

「なんだ、あんな奴！　他人より他人だ！」

「じゃ組長さんだけが、身内ってわけ？」

「まあ、そうなんのかな。あの人だけがオレを認めてくれるから……」

「味方だからって訳でしょう？　その味方が、なぜ体を駄目にする注射なんかしたのよ」

「いや、注射したのは組長じゃねえスヨ。組長の下の奴だ。組長は注射が嫌いで、そいつを追放したのに、組長はオレが好きで注射したと誤解してるから、なんとしてもオレは誤解をといてもらわなきゃ立場がねえんです。オレを認めてくれている、たった一人の人を失ないたくネエスからね」

「清川くん、それが誤解だと思うの。君のことを認めているのは、組長さんだけじゃないワ。ここの先生がたも、もちろんこの私だって君を見どころのある人だと思っているのよ」

「嘘だ。そんなオチョクリにオレはのらねえ。みんなオレのことを箸にも棒にもかからねえワルと思ってんのに、なんだかんだ猫なで声でオレを騙しにかかる……」

「あなたを騙すですって！」

言ってから凜子は仰天した。自分の節度のない、あまりの大声に。

「冗談じゃない、あなたを騙すほどの値打ちがあるなんて考えたこともないわ。うぬぼれも、いい加減にしなさいよ。君が生きようと死のうと、ヤクザになろうと泥棒になろうと、そんなこと私たちの知ったことじゃないのよ。だってそうでしょ、君の言い方を真似すれば他人ですもの」

するとと、清川欣治はひどく驚いたような目で、凜子を見た。

「……いいこと。その他人が、君の思い違いを知ってもらうために、くる日もくる日も心を砕いて苦しんでいるのを知らなかったの？　君は、それほどのバカだったの？　見損ったわ」

「放っといてくれ。アンタたちには分かんネエよ」

「自分の気に入らないことを言う人を他人だ他人だって、さっきから君は言うけど……この世の中に他人なんか一人もいないわよ。だって、考えてもごらんなさい。袖振りあうも他生《たしょう》の縁というでしょう。そっちへ行けば、崖っ淵に落ちるのが分かっている赤ちゃんを見ながら、止められないでいられるの？　いたら、それは人間じゃないと思うわ。それとも、君は平気で見てる？」

「放っといてください。オレはもうダメな人間なんです」

ここで清川欣治は初めて敬語を使った。そして今までの傲岸な態度が消え、ションボリと肩を落とした。そこに凜子は善人の困惑を見る思いがした。

「いや、俺も放っておけない」

今度は山田教官が穏やかな口調で言葉を続ける。

「夏川さんが言ったとおり、たとえ他人でも、いま目の前で間違った道へ行こうとしている人間を見れば、見過すわけにはいかないんだよ」

「なんでだよ。先生たち、オレの親でもないのに……」

（ああ、この子は世の中から疎外され、その反作用として、自分もまた世の中を疎外しているのだ）と、凛子は感じとった。

「おかしいわね」

と、凛子は呟いた。

「だって君は、さっき親なんか他人より他人だと言ったじゃない。……ネ、分かってくれたでしょ。教科書に書いてある通りの親なんかいないのよ。もし、いたとしたら、うっとうしくて仕方がないでしょ」

「…………」

「現実は、みな欠点だらけの人間なのよ。君の本当の味方は、君が幸せに暮らせる道を教えてくれる人」

「…………」

「ところで清川くんは、この世で最も価値あるものはなんだと思う」

「それは……偉い人とか……親分とか……よく分かんないけど……」

「君は正直ね。君が価値あるものと感じているのは力でしょ。力が強いことでしょ。組長は、そのシンボルのような人じゃないの」

「…………」

「いいのよ。何に価値を感じるかは、その人の自由ですもの。組長がスバラシイ人であることも事実でしょう。その世界では……」

「その世界？　それは何です？」

「君が住んでいた腕力世界。暴力世界よ！」

清川欣治は急に口をつぐみ、窓ごしに遠くを見るような目をした。

「ずっと昔、それが正しいとされた時代もあったようね。でも今は違うわ。現代の価値ある行ないというのは、この社会に有用な生産に参加することじゃないかな……と思うの」

「…………」

「君のプライドを傷つけたら、ごめんなさい。しかし、その見方からすれば、組長も結局は世の中で働いている人を脅かして生産した物を取り上げる強い力の持主ってことになると思うわ。それが恰好いいと言えるかしら？」

清川欣治の顔から血の気が引いた。（思いあたる何かがあったのか？）

〝ああ、気がついた〟と、凜子は思った。

山田教官が口を開く。

「清川なら分かるだろう。こうして俺も夏川さんも、お前とやり合っている間に仕事が溜まって、それで残業しても手当てが出る訳でもなし、昇進する訳でもない。こういう仕事は金や打算じゃできないんだよ。相手に幸せになってもらいたいばかりに夢中になってる大バカどもがやっているわけだ。まっ、これからは一日に一度は生産的な生き方とは何か、を考えてくれよ。そして一日も早く我々の仲間になってほしいよ」

室内が粛然《しゆくぜん》とし、長い沈黙の刻《とき》が流れる。

「オレの負けです」

清川欣治がポツリと言った。涙が一滴、彼の頬をつたわった。

「ちがう！　勝ったのよ。今の君は最高に男らしいわ」

と、凜子が言った。

「そうだ、夏川さん、男らしいとは、よくぞ言ってくれました。俺もそう思う」

山田教官が清川の手を握った。

「せんせえ」

清川欣治は喉をつまらせ、まるで子供に還ったように、とぎれとぎれの言葉を続ける。

「オレ、でも……オレの母親はダメなんだ。オレより自分の生活の方が大事だから、オレを引き取るのは嫌だというに決まってる。息子より自分の男の方が……」

「親が引き取ってくれないからといって、恨むんじゃないよ」

山田教官の声は静かだった。

「それより親を見返してやれ。それくらいのファイトを持つんだ。世の中には、親離れできなくて独立できない者もいるし、子離れできない親も沢山いる。いつまでも子供に頼る親をかかえて自立しようにもできない人間だって大勢いる。

お前のお母さんは、お前を引き取らないのではなく、息子の独立するチャンスを与えてくれたようなものだから、むしろ感謝した方がいいんじゃないのか。オレは反対に親にいつまでも頼られちゃって嫁さんも、もらえなかった。家なし、ババつき、カーなし、なんて言われちゃってさ」

三人は初めて声を合わせて笑った。

ピーンと張りつめていた室内のムードが急になごみ、あたりの空気にぬくもりさえ感じとれる。

それが、凜子に不思議な感動を与えた。

「問題は健康だ。健康でさえあれば、トコトン踏んばれる。お医者さんや看護婦さんの言うとおりに生活を正して、一日も早く健康を取り戻せ。もうその半分のところまで来ている。そうでしょ、夏川さん」

「ハイ。問題は、それをやりとげる勇気があるかないかだと思います」

いったんヤクザの組員になった清川欣治が、これから先、まっとうに生きて行くには、たいへんな勇気と忍耐がいるだろう、と凜子には思われた。

「どんな逆境に落ちようと、辛い目に遇おうと、そんなことに負けずに、正業について生きて行くには勇気がいるなあ。しかし、清川、お前ならできる。何よりも若さという大変な財産があるぞ。その上男のオレが見ても清川には誰よりも男らしい、潔《いさぎよ》さがある。今までも蔭で弱い者いじめなんか絶対できない人間だと信じていた。メソメソと母ちゃんなんぞに頼るな。世の中には、立派な篤志家の先生方が沢山おられる。社会に出たら、そういう人物に頼れ。よらば大樹の蔭、という言葉がある。かならず清川を頼んでやるからな。男として一番くずでカッコ悪いヤクザのチンピラなんかには絶対なるな。分かったか」

「ハイ」

清川欣治は、左手の甲で、そっと目頭を拭った。

凜子は内心で、山田教官も、かなりのハッタリをきかすものだと感心したり驚いたりしたが、しかし非行少年と矯正教官の火花を散らす闘いと、少年を思う山田教官の真情には打たれずにいられなかった。

「そこの洗面所で顔を洗ってもいいですか」

と、清川欣治は急に声をひそめて山田教官に聞いた。

「いいよ」

山田教官は、机の抽出しからタオルを出して彼に手渡した。

「ありがとうございます」

清川少年は二人に頭を下げると、部屋の隅にある備え付けの洗面所にかがみこみ、水道の水を両手で受けると、顔をゴシゴシ洗っている。赤く腫れた瞼を気にしているらしかった。

「清川欣治、このたびの規律違反行為による処分を言いわたす。ということで、昨日院長先生から今度の集団脱走の処分決定がありました」

朝のミーティングで加瀬婦長は、まず凜子に報告した。

「で、結局どうなりましたの」

と相川路代。

「清川欣治は二十日《はつか》間の謹慎、処遇段階一級下から二級下の降格、家田誠と赤川志郎は十五日、篠崎行夫は一週間の謹慎と、それぞれ一階級の降格だそうです」

それにしても今年の連休はついていなかった、と加瀬婦長はスタッフたちから言われないうちに、一同の気持ちを代弁することも忘れなかった。

この日を境に、少しずつではあったが、清川欣治の態度が変っていった。

そして中野院長、山田首席教官の特別のはからいで、篤志家としてこの施設を蔭から支えている自動車の部品工場の経営者、里見幸吉社長に引き取られることになった。

彼がH医療少年院を出院して行ったのは、その年の晩秋である。

「オレ、ほんとうは夏川さんが好きでした」

と言い残して去っていった清川欣治の声が、凜子の耳にいつまでも残っていた。

嘘つき少年と美少女

1

しとしと降る雨の中を歩いていると、どこからともなくグルグルポーポー、グルグルポーと土鳩の鳴く声が聞こえてくる。

梅雨《つゆ》はいつ明けるのか、このところ一週間も霧のような雨が降り続いている。

その朝、夏川凜子はいつものようにH医療少年院の門をくぐると、その瞬間から院生酒井敏《さかいとし》夫《お》の大方がボロボロにかけた虫歯だらけの口の中や、ふてくされた顔が目の前にちらついて仕様がなかった。そして（今日こそ、どうか彼の糞便《コート》の中から彼が飲み込んだシャツのボタン捜しをする担当にならないように……）と、祈らずにはいられなかった。

この仕事は、仲間の誰もが嫌がり押しつけあっていた。困った加瀬婦長は順番制をとったが、それもうまくいかなかったのは、酒井敏夫の排泄時間によっては、順番に当たった看護婦が持ち場を離れられない場合もあるからだ。

そこで次には彼の担当教官から「排泄があった」と連絡をうけた看護婦が、事の処理に当たることに決めたのである。ところが凜子は運悪く、これまでの三回とも、その連絡電話をうけてしまったのだった。

いったい彼はこんなことを何度繰り返したら気がすむのか、（もう、いい加減にしろ！）と言いたくもなる。

凜子はいやな予感を振りはらうように右手で額を叩いた。

この日、四階独居房の酒井敏夫が排便をしたと、川口教官から医務課に連絡があったのは、朝の職員会議が終わってすぐのことで、電話をうけたのは当の加瀬婦長であった。

看護婦たちは少年の朝食後の投薬で持ち場の各寮に出ていて、そこに居合わせたのは、小沢福子一人だけだった。

「小沢さん、酒井敏夫の検便、お願いね」

「あら、連絡をうけたのは婦長さんですから、婦長さんが行くのではないんですか」

「私には婦長業務があります」

「そんなのずるい。電話をうけた人が係りになると決めたのは、婦長さんじゃありませんか」

いつの間にか、そこに七浦洋子が立っていて、「それは当然のこと」と小沢福子に味方をしたかと思うと、二人は逃げるように看護室を出ていってしまった。

すれ違いに夏川凜子が投薬をすませて戻ってきた。

「夏川さん、見ての通りよ。酒井敏夫のアレ、出たそうなの。私が電話をうけたのですけど、あなたなら馴れているし……たのみますよ」

凜子が戻ってくるのを待っていたのだと、婦長はつけ加えるのを忘れなかった。

二度あることは三度ある、というけれど、三度あることは四度もあるのかと、凜子はがっかりしたが仕方がないと観念した。嫌なことは一刻も早く片付けてしまうこと……それが凜子の処世訓の一つでもある。

「ハイ、わかりました」

凜子はすぐに膿盆《のうぼん》と新聞紙と割箸をそろえ、酒井敏夫の独居房へ向かう。

酒井敏夫は十八歳、病名は虚言症《きょげんしょう》と左足の脛骨骨折《けいこつこっせつ》、非行名は窃盗犯で、H医療少年院に入院したのは、これで二回目である。

彼の母親は現在《いま》、精神病院に入院中、父親は家出して行方不明、姉が一人いるが、これも行方がわからないという不幸な家庭の一人息子である。

彼が幼いころは、父親が自転車販売店を経営していて、家庭は裕福だったという。

母親のキヨ子が精神分裂病を発病したのは、敏夫を出産して間もなくのことだったが、周囲の誰もがそれに気づかなかった。

初めに気づいたのは、敏夫の父方の祖母だったという。

キヨ子は一人息子の敏夫を、ある時は舐めるように甘やかしているかと思うと、突然、敏夫の尻にマッチの火を押しつけたりする。敏夫の手足に火傷の傷が絶えないのも、そのためだと知った祖母が、事の異常に気づいてキヨ子を入院させたのが、敏夫が二歳の誕生日を迎えるひと月ほど前のことであった。

まるで、それがきっかけのように家業は傾き、祖母は急死し、敏夫と姉は別々の施設に預けられて成人している。

そんな彼の生育歴には、「抑制力が弱く、自分が欲しいと思うものは、すべて手に入れなければ気がすまない自己中心的な性格」と記入されていた。

非行は中学二年生の夏、スーパーマーケットで袋菓子やカップラーメン、アイスクリームなどを盗んだのが手始めで、今回の入院は車を運転してみたい、という欲求だけで、道に駐車中の軽四輪車を乗りまわしてガードレールに突っ込み、左足脛骨を骨折、H医療少年院に送られてきたのだった。

骨折はすでに完治していて、リハビリ訓練を終えれば退院の予定なのだが、どうしたことかスキを見ては異物を飲んでさわぎ出す。

始めに飲んだのはズボンの鍵ホック、次は箸の先を折って飲みこんだ。

今度はパジャマのボタンである。

これらの行為は院生活の規律違反に当たるから、その都度、懲戒処分として独居房で二週間の謹慎処分を受ける。

また、このようなことがたび重なれば処遇段階にも影響して、退院予定も延期されてしまうだろう。

彼の退院先、つまり身柄の引き取り先は母親の実妹夫婦で東京近郊のS県で新聞販売店を経営している。夫婦には子がなく、叔父にあたる人は四十五歳だが、苦労をして成人した人らしく物分かりの良い人物である。

その上、将来は自分たち夫婦の跡継ぎにしたいとさえ言ってくれているのが、酒井敏夫にとって、せめてもの救いである筈だった。

だが、敏夫は、店員として働かされるのを嫌がっているようで、退院が間近くなると、このようなさわぎを惹《ひ》き起こすのである。

2

凛子が川口教官と二人で彼の部屋に入って行くと、締めきった室内に充満した便臭が、むっと鼻をついた。

彼は額とあごに玉の汗をうかべ、真面目くさった顔をして、部屋の隅の壁によりかかっていた。そして骨折した左足だけを前に伸ばした、ぎこちない姿勢で坐っていた。

パジャマの上着の前がだらしなく開いているのは、ボタンが一個もついていないからだ。全部飲んでしまったのである。

汗をうかべているのに顔色は青白く、瞼が少しむくんでいて、鼻の下に猫の毛のような柔らかな髭《ひげ》がまばらに生えている。

彼の背丈は、凜子は勿論、川口教官よりも高く一七四センチもあるのに、見るからに無気力な感じを全身から漂わせていた。

目の前の便器の中に、彼の排泄物がモックリと盛り上がっていた。

少年が異物を飲んだ場合は、その治療食として主食は芋になる。季節により、芋は馬鈴薯《じやがいも》であったり甘藷《さつまいも》であったりするが、いずれにしても排泄量は多量になる。

(彼の糞をかきまわして異物を捜し出すのは、これで何度目になるだろう)と思うと、凜子はいささかうんざりしてくる。

その上、つい数日前のこと、同じこの独居房で、今日のように彼の排泄物の中からボタンを発見し、ヤレヤレと箸でつまんで便器の脇に置くやいなや、酒井敏夫の長い手がさっと伸びてきて、あっという間に、それを口の中に放りこんで飲み下してしまったのである。

これにはベテランの川口教官さえ肝をつぶして声も出なかった。

しかも、このことは医療者側の凜子は勿論、矯正教官側にとってもあきらかな業務上のミスと見なされてしまったのである。そのことを考えるにつけ、凜子は「今日こそ雪辱」の思いなのだが、さて現物を前にすると、急にその時の情景が思い出され、むしずが走ってならなかった。

川口教官も前回の失敗を思ってか、少年の前に立ちはだかり、彼の両手をしっかり摑んで離さない。

凜子は便器の前で艶のない黄土色の塊をにらみつけ、割箸を対象物に突き立て、十文字に切ってみる。

次に×字形に。この塊をごちゃごちゃと、かきまぜることだけはしたくなかった。

出来る限り不快感を軽くするためである。

箸を左上から右下に移動したとき、コチンと硬い物体の手応えがあった。そこを、よく観察すると、(あった、あった)見覚えのある直径二センチほどのプラスチックのボタンが。

「ありました」

と、凜子が叫んだ。

「ご苦労さん」

川口教官も内心ほっとしたらしい。

「オイ、酒井、アイサツせい」

「ハイ、どうもありがとうございます」

彼は真面目くさった顔でイガグリ頭を下げる。

凜子は、そんな少年の姿を見ると、なぜか憎めなくなる。とも角、一件落着したのだから……。

「お前が一日も早く社会復帰出来るように、みんなが一生懸命努力しているというのに……。お前は、そうは思わんのか」

川口教官が溜息まじりに言ったが、少年はうつむいたまま、何の反応も示さない。

「室内着に着がえたら、反省文を書きなさい」

「ハイ」

酒井敏夫は意外にも大きな声で答える。そして、川口教官が自分の手を離し、入口の扉の前に立ったのを確認すると、今度は小声で、

「て、やんでえ、バカバカしい。やってらんねえよ、人がクソするたんび反省文だとよ」

と、口の中でブツブツ呟いている。

彼にしてみれば今度こそ外部の病院で受診できる計算だったのだろう。〝お気の毒さま〟と、凜子は彼に言ってやりたくなった。

看護室に戻った凜子は、捜しあてたばかりの貴重品(?)を丁寧に水洗いし、アルコールに

浸して消毒をすると、それを標本用のビニール袋におさめ酒井敏夫のカルテに貼って、その下に発見した日時を記録した。

そこへ川口教官からの報告をうけたのだろう、加瀬婦長がやってきた。

「酒井敏夫のボタン見つかったそうね」

「はい、今から報告にうかがうところでした」

「全く、あきれて物も言えないワ」

婦長はカルテを見つめため息をつくのだった。

3

それから一週間後の職員会議でも酒井敏夫のたび重なる異常な行為と、その対策が議題の中心になった。

「昨夜は十時すぎでした。酒井敏夫が腹痛を訴え、同室者がさわぎだしたのは。昼間、エンピツの芯を飲んだというんです。医務課当直の小沢さんに来てもらったのですが……。そうでしたね、小沢さん」

「はい、でも私が行くとケロッとした顔でしたので、朝まで様子を見ようということにしました。今日の担当の先生、よろしくお願いします」

小沢福子は椅子から立ち上がって、軽く一礼した。だが、職員たちは誰一人として驚く様子もなく、「またか」と、お互いに視線を交わすだけだった。

「自分もやられましたよ」

と、言葉をついだのは吉岡教官だった。例の飲み込んだボタンが出たあと、酒井から二度も嘘をつかれたというのである。

一度はグラウンドに落ちていた釘を拾って飲んだと言い、次は雑居房の入口のドアの蝶番《ちようつがい》のネジ釘を抜いて飲んだと訴えたので、そのたびに外部の病院へ連れて行ったが、レントゲン写真を撮ると結果はいずれも異常なし。

「二度目の時は婦長さんにも付き添ってもらったのですが、二人でいい恥かかされて参ったですよ」

すると敏夫の主治医である精神科の河崎医師が発言した。

「結局、それらは状況反応からくる虚言症という彼の病気からくることですから、このような所で拘禁《こうきん》している限りは治らないと思いますね。早く一般社会に出すことが何よりの治療ですよ」

「しかし……」

と、川口教官が反論する。

「いつまでも病気に逃げ込んでいるので、定められた教育課程がスムーズにいかず、出院までの進級もおぼつかない。かりに、こんな状態で社会復帰させても、すぐに舞い戻ってくるのは目に見えています」

「いや、今の環境が病気を治さないのだから、いつまで置いても同じことです」

両者の意見は平行線を辿るばかり、(これでは解決に結びつかないのでは……)と、凜子は内心でハラハラしていると、院長が重い口を開いた。

「お二人のご意見は、ごもっともだが、それより肝心の少年の身許引受人の件は、その後どうなりましたか。彼の身許引受人の諸橋《もろはし》氏の交通事故のあとの報告は、まだ貰ってないが」

いっとき室内は、しーんと静まり返った。院長が口にした諸橋氏とは酒井敏夫の母親の実妹の夫の姓である。

「それが困ったことに……」

と答えたのは、吉岡教官だった。

「例の新聞販売店を経営していた彼の叔父諸橋氏が、交通事故で入院後一月足らずで死亡したのは、院長に報告したとおりですが、残された実の叔母は、甥を引き取るどころか、自分のこれから先の見通しさえつかないからと、引き取りを拒否しております。目下、本人の姉の行方を探すのと、北陸のC県に父方の身寄りがいるそうなので、そちらに当たってみようと話し合ってはいるのですが……」

「この問題は一日も早く解決しなければならないのに……困ったものだね」

「よりにもよって、酒井みたいなのにこげつかれたんじゃ、目もあてられんね」

教官たちは互いに囁き合っている。身許引受人がなく、出院の期日がきても退院できないことを、この世界では〝こげつく〟と言う。

その朝の会議は酒井敏夫の身許引受人の問題に討議が集中し、彼の異物嚥下と腹痛の訴えに対しては、誰一人として関心をしめす者はいなかった。

会議室を出たところで、川口教官は凛子に小声で囁いた。

「今朝は朝食もとらずに『腹いてえ、腹いてえ』とわめいているんですがね」

「私もいま、そのことが気になっていました。一応彼を見てきましょうか」

「そうして頂くと助かります。こちらはその辺が全く分からなくて……」

加瀬婦長は、

「狼少年のたとえもありますものね。ま、ちょっとのぞいてきてあげれば、お互いに気がすむでしょ」

と笑う。

4

酒井敏夫は謹慎室の独居房から雑居房に移ってきたばかりだった。凛子が川口教官について四階東寮に入ると、

「腹いてえ、腹いてえ」

酒井敏夫の大きなわめき声が聞こえてくる。

彼がベッドの上で体をくの字にして寝ている傍らで、若い教官が用心深く彼を見守っていた。

酒井敏夫は？　と見ると、広い額にべったりと大粒の油汗をうかべ、顔色は紙のように白く皮膚に艶がない。凛子は、

（これは、おかしい）

と直感した。

「お腹のどのあたりが痛むの？」

「ここ、ここ、でも、さわっちゃダメだ」

敏夫は額にしわをよせ、目を固く閉じたまま、自分の腹のあたりを指でさしてみせる。

（これが演技だろうか？）

けれども、いつもこの手で騙されては恥をかかされるのだ。

「エンピツの芯を、どうやって飲んだんだ。飲めるはずがないだろ」

と、そばから教官が怒鳴った。

「歯でエンピツ噛んでたら割れたんだ」

敏夫は荒い息で答える。よく見ると鼻の頭にも大粒の汗が吹き出ている。(腹痛は嘘ではない)と凜子が感じたのは、彼の腹に手を当てようとすると、

「さわっちゃダメだっ」

と、その手を力一杯払いのけたからである。念のため検温すると、体温が三十七度八分もある。

「先生に来ていただきましょう」

凜子は、川口教官を振り返った。

この日、外科の間中医師が珍しく午前九時半に出勤してきたことは、酒井敏夫にとって幸運であったばかりか、凜子や教官たちにとっても天の助けというべきだったかもしれない。

敏夫を往診した間中医師は即座に、

「救急車だ」

と、凜子に言った。

「腹膜炎の熱だと思う。すぐに検査の必要があるね」

間中医師の診断は正しかった。担当教官二人と凜子に付き添われて、公立M総合病院に運ばれた酒井敏夫は、腹部レントゲン撮影の結果、上行結腸から空腸にむけて長さ五センチばかりのエンピツの芯が突き刺さっていると診断された。

敏夫が、「エンピツの芯を飲んだ」と言ったのは、今度ばかりは嘘ではなかったのだ。

間中医師の診断どおり、腹膜炎を起こしたのも、そのためである。

その日、緊急に開腹手術が行なわれ、異物は除去されて酒井敏夫は危うく一命を取りとめることができた。

このような場合、酒井敏夫の病室は個室で、入院中は二名の教官が交替で付き添うことになっている。

そのうちの一人は、言うまでもなく法務教官であり看護婦である夏川凜子であった。そして病院側の要請で凜子は、看護婦の手が少ない夜間に付き添うことになった。

手術当日から三日間は徹夜勤務だったが、術後三日を過ぎると、患者は大分元気を取り戻してきた。

「カンゴフさん、ボクのこと見張ってるんでしょ」

「…………」

「大丈夫だよ。こうなっちゃ、もう逃げられないから」

「そんな目で見てないわ」

「じゃ、なんで、こんな所に泊まるのさ」

「君を看護するためよ。夜中に水がほしくなったり、トイレへ行きたくなったりするでしょ」

「そんなに、やさしくしてくれるなよ。また、エンピツのみたくなっちゃうよ」

「………」

このようなとき、凜子は少年にどう答えるべきか言葉に詰まってしまう。

少年を看護しているとはいうものの、たしかに自分は彼の見張り役には違いないのである。とすると、少年ばかりを嘘つき呼ばわりはできないのではないか、すると自分の看護が偽善にも思えてくる。

看護というものは、患者を信じ患者から信頼されてこそ、初めて成り立つ仕事である、と凜子は日ごろから確信している。

にもかかわらず、現在の職場では患者の訴えを信じることが、しばしば失敗につながり、誤診を招きかねない。従ってここでの仕事は相手をまず疑ってかかる。けれども、真実の訴えも少なくないということを忘れてはならないのだ。現にこの少年も一歩間違えば、とんでもない事故につながりかねないケースだったではないか。少年を一人の患者として善意の心で見つめたい看護婦としての思いと、相手を疑心暗鬼で見つめなければならない法務教官としての立場が、常に自分の心の中で対立していることを、凜子は酒井敏夫を見つめながら、改めて知らされたのだった。

自分を苦しめるものは、正にこれなのだ——と。

5

相変らず降るでもなし晴れるでもない梅雨の日が続いているかと思うと、梅雨の中休みか、束の間の晴天がめぐってきて、真夏のような強い日ざしがH医療少年院の窓にギラギラ照りつけ、雨に濡れた窓の鉄格子から、淡くかすかに陽炎《かげろう》がゆらめいたりする。

酒井敏夫の手術後の経過はすこぶる順調で、抜糸をすませた術後七日目には院に戻り、やがて軽い体操も始められるようになった。

ところが、それから十日もしないうちに、彼は体育の時間中に転んで右腕をつき骨折した、と言い出したのだった。

「そんな嘘は、レントゲンを撮れば、すぐに分かっちゃうよ」

と、七浦洋子が応酬すると、酒井敏夫はその夜、寝小便などをして、看護婦を困らせる。

何しろ、ボタンを四個も飲んだ末に、鉛筆の芯まで飲み下したつわものである。

毎夜、これをやられては、たまったものではない。

それで凜子は、間中医師に提案してみたのである。

「先生、この際、彼に騙されたふりをして、右手に包帯でも巻いてあげたらどうでしょうか」

「そうだね。考えてみれば、彼は引き受け先が見つかりさえすれば、すぐに出院できるはずだもんね。それを思うと、お互い遣《や》る瀬ないなあ」

「………」

「いっそ、右手にシーネ（副木）でも当てて首から吊ってやるか、本人も不自由で音《ね》を上げるだろう……」

凜子は、酒井敏夫の主張どおり、「痛い」と訴える右腕にシーネを当て、包帯を巻き、それを三角布で首から吊り下げてやった。

この大袈裟な処置を見ても、間中医師は涼しい顔をしている。そのポーカーフェイスぶりには、さすがの凜子も呆れるというより、脱帽したくなった。

すると、酒井敏夫は大層ご機嫌で、かつてない真面目な態度をとり、教官の指示に従うようになったのである。間中医師は、

「右手を吊られていては不自由だから、彼はすぐ弱音を吐くよ」

と言ったが、当人は誰も見ていない時には適当に右手を使っているから、いっこうに不自由を感じないようすだった。

「これは、大きな計算違いだった」

と、間中医師と看護婦たちが話し合っていたころ、突然、酒井敏夫の体調が崩れはじめたのである。

はじめの症状は微熱だった。彼は夜になると頭痛を訴えた。当直看護婦が検温すると、体温はきまって三十七度五分前後ある。それが仮病ではないか、と言い始めたのは相川路代である。

「体温計を腋の下で摩擦させれば、三十七度台まではたやすく上がるもの」

と、摩擦熱を指摘する。

ところが、今回は七浦看護婦が、

「あれは本ものの微熱だ」

と言い張った。彼女が当直した夜、酒井敏夫のベッドの脇から離れずに見ていたところ、三十八度にもなった、というのである。

月一回開かれる定例職員会議の席でも、酒井敏夫の発熱が仮病か本ものかが話題にのぼった。

それらのことから、酒井敏夫の主治医は精神科の河崎医師から内科の沢本医師にバトンタッチされた。

「沢本先生、例の酒井敏夫の件ですが」

と、はじめに切り出したのは川口教官だった。

「あの酒井に、いや酒井だけではなく院生すべてに言えることですが、この院内ではできない外部病院での精密検査の日程や、その病院名まで説明されては困るのです」

「なぜですか?」

沢本医師は、それは心外だとばかりに、気色ばんだ表情を相手にむけた。

「そういうことを、事前に院生の耳に入れると、彼らは、これ幸い、外へ出られるとばかりに、その日程に備えて逃亡の計画をする場合があるのです」

「しかし、それは少年の人権上、おかしい」

三十八歳という、医師の中でも一番若手の沢本医師は、少年のように顔を紅潮させて反論する。

「彼らにだって自分の病気について知る権利があるはずでしょう。殊に、ここのような特殊な環境の中では、本人の病気に対する自覚と協力が必要です。いや、それよりも、まずお互いの信頼感をつくることが大切じゃないですか」

「それは、よく分かっております。でも実際問題として、彼は自分が出院許可が出たとしても身許引受人がいないことを承知している。半分ヤケぎみな点も見られますし、スキあらば逃げ出したい、とねらっている様子もうかがえるのです。

つまり外部医療施設への受診は、逃亡の機会を与える一つのチャンスだし、その迷いを与えたくない。逃げて、それがまた、彼らの汚点になり、結果的には、出院が延びてしまうことを考えれば、当日まで教えない方が彼らの人権を守ることになりはしませんか」

「その考え方は、あくまで相手を罪人視した考え方です」

沢本医師も負けてはいなかった。

凜子は双方のやりとりを聞きながら、(医療少年院とは医療を優先して考えるのか、保安、矯正教育を優先させるのか、その、どちらなのだろう)と考えさせられてしまうのである。

「それでなくとも、酒井敏夫は開腹手術をした病歴の持ち主ですから、発熱の原因が、そこからきているのか、それとも全く別の原因があるのか、つきとめなくてはなりません。単に解熱剤だけ与えていれば良いという問題ではないのです。それを本人に納得させる必要から、手術をうけた病院で、その後の検査を依頼したことを告げて何が悪いのでしょう」

「まあまあ」

と、二人の間に立ったのは院長だった。

「お二人とも、立場上のご意見もあるでしょうが、沢本先生、ここは一つ、ご理解して頂いて、今後は検査の必要性については本人によく説明し、検査の日程は、まだ分からない程度に濁しておいたら、どうでしょうか」

さすがの沢本医師も院長の言葉には逆らえない。

次は雑居房における、いじめの問題について担当の守田教官からの発言だった。

「三井恵美子の様子がどうも変なのです。朝の点呼のとき瞼が紫色にはれていたり、よく見ますと腕に痣《あざ》があったり。同室の仲間たちにバカにされているようにも見えますが、本人は否定しております」

守田教官は、いかにも困ったというように顔をくもらせた。

「近ごろ、イジメも悪質になってきました。殊に女子寮では、気に入らないことがあると、弱い子を標的にして、全員で蹴飛ばしたり殴ったりします。

三井恵美子はＩＱ六五程度で、ちょっと弱い所があるのと、とても美しい顔立ちで可愛らしい所もあるので、イジメの対象にはぴったりなのではないでしょうか」

すると、佐伯教官も、

「個室に移した方がいいように思いますが……」

と同調する。

「ついでですが……」

守田教官は大層言いにくそうに、あたりの人を見まわしながら発言を続ける。

「三井恵美子は、どうしても教育課程について行けないようで、ワープロや美容科はとうてい無理ですし、版画も手芸も書道でさえも途中であきてしまうと投げ出してしまうのです。窯業科《ようぎようか》は、はじめから嫌がっていました。素直でいい子なので早く進級させたいけど、ついて行けない以上、評価につながりません」

「なるほど……それで」

院長は、それで何を言いたいのか、と守田教官を見つめた。

「はい、その上、自殺念慮もみられます」

「それは困ったね」

「私、それでいろいろ考えたのですが、医務課にお願いして看護婦さんの指導のもとに、何か介護上の助手的な仕事を与えていただけたらいかがかと……」

守田教官の発言には持ち前の歯切れのよさがなく、しきりに加瀬婦長や七浦洋子の顔色をうかがっているのは、先ごろ同僚の佐伯紀代美が七浦洋子に対して、

「少年の矯正教育を行なうのは教育部門の職務であるから看護婦さんは看護業務だけに専念してくだされば結構」

と、職員会議で言い切ったことを覚えているからだろうか。案の定、

「それは、おかしいじゃないの」

と、七浦洋子が椅子から立ち上がろうとすると、加瀬婦長は（立つな）とばかりに、彼女のパンタロンを摑んだ。

「なるほど、それはユニークな発想ですな。加瀬婦長さんのご意見はどうでしょう」

「あの……看護業務の手伝いを、という意味ですか？」

加瀬婦長は、守田教官に念を押した。

「ハイ、何か、あの子にできる仕事はないものでしょうか」

「患者の介護は、そうそう生《なま》やさしいものではありません」

加瀬婦長は、まず看護は何よりも根気と忍耐と頭脳の働きが良くなければ難しいと、看護婦たちに代わってその点を強調した。

居並ぶ職員たちも、（いちいち、ごもっとも）というように頷いてみせる。

「しかし、ここでは一般病院の看護業務と違いまして、ガーゼや包帯までも洗濯して再生使用しております」

加瀬婦長は、この時とばかりに、それらのことも強調するのを忘れなかった。

「そのほか医療機器の消毒や整理など、私ども看護婦は本来の仕事以外の雑用をずいぶんやっております。

その忙しさの中で、先生方でさえ、むずかしい院生をお預かりするのは、さらなる負担になることは明らかです。それに我々は矯正教育の専門家ではございませんし」

加瀬婦長は七浦洋子に代わって、佐伯教官の発言を逆手にとった。

それでも守田教官はひるまない。

「出院を前にした生徒が炊事場の手伝いをするように、新しい試みとして、例えば包帯やガーゼの洗濯などのお手伝いをさせてもらうとか」

「そうですな」

院長は、初めどっちつかずの返事をしたが、しばらくして、彼なりの結論を提示した。

「少年一人一人の個別指導の試みとして、院長から医務課の皆さんにご協力をお願いしたい。何か問題が生じた場合は、私が責任をとりますし、いつでもご相談に応じます。高波先生、加瀬婦長さん、いかがでしょう」

高波医務課長は、

「これは私より看護婦さんたちの意見を尊重したい」と言った。

「あなた方、どう思う?」

と、加瀬婦長は凜子や相川路代に問い掛けた。勿論、七浦洋子は絶対に反対を唱えたが、凜子も相川看護婦も、「実際にやってみなければ何とも言えない」という本音をそのまま答えた。

結論として、次の週から医務課で三井恵美子を預かることに決まったのである。

6

定例職員会議で三井恵美子を医務課で預かることになってしまったことについては、看護婦の間に深刻な意見の対立をもたらした。

それが表面化したのは会議が終わり、皆が揃って看護室に戻ってきた直後である。

「断っておきますけど……」

と、七浦洋子が宣言した。

「あたし、三井恵美子を預かることは絶対反対よ。それを発言しようとしたら、婦長さんがあたしを押さえつけて口封じをしたんだから、賛成した人が、あの子の面倒をみてね」

「あなた、なに言ってるの」

加瀬婦長は気色ばんだ。

「……会議の結論は全員で責任を負うべきでしょ。たとえ、あなたが反対意見を言ったとしても結果は同じでしたよ」

「その通りだわ」

相川路代が婦長の肩をもつ。

「院長先生は個別指導の新しい試みとしてお願いしたいと発言されたのだから、婦長さんだってノーとは言えませんよ」

「なにかあったら、責任は自分がとるから……とも言われましたよね」

と、小沢福子も婦長の立場に理解を示した。すると七浦洋子はヒステリックにまくしたてる。

「そら、また始まった。みんな恰好ばかりつけちゃって、ホンネをぶつけるあたしを、よってたかっていじめるじゃない！　婦長さんは、あたしたちに命令さえしていれば、それですむけど、その仕事をする、あたし達の迷惑を考えたことあるの？」

それは本当のことだった。

三井恵美子を抱えこむのは、見通しもつかない負担ばかりか、予測し難い危険まで背負い込むことになりかねない。しかも相手はIQ六五ときては……。

みな黙り込んでしまったのは、今度ばかりは七浦洋子の主張に正当性が含まれている、と感じてのことだろう。

加瀬婦長も顔をこわばらせたまま黙りこんでしまった。相川路代もうっかり発言すれば、自分に責任が降りかかってくるとばかりに押し黙っている。思いは誰も同じなのだろう。

「決まった以上、仕方がないから一応やってみましょうよ。問題が起きそうなときは、みんなで解決法を考えるほかないのではないでしょうか」

凜子は見かねて、その場を取りなすつもりの発言をしてみた。

「そうだ！　これは夏川さんの仕事だわ。法務教官の看護婦はアンタしかいないもの……」

と、七浦洋子が叫んだ。ゲッ！　と、凜子は絶句した。

「あなた失礼よ。夏川さんに謝りなさい。法務教官は、こちらの都合で我慢してもらっている職名で、ご本人が望んでなった訳ではありません」

「別に……」

と、凜子は前置きをして、

「私は職名にこだわってはおりません。自分は看護婦以外の何者でもないし。法務教官であることが不名誉なことだとも思っていませんから……」

日ごろから忌《い》ま忌《い》ましいと思っていたこの職名を、なりゆきとはいえ擁護する羽目になるとは、なんたる矛盾か！　できることならこの場で辞表を叩きつけ、間中医師と七浦洋子を張り飛ばしたい気持になってくる。

「で、しょう。事実は事実だもんね」

七浦洋子は勝ち誇ったように笑う。

「とにかく、あたしは関係ないわ」

と、彼女は逃げるが勝ちとばかりさっとその場から出て行ってしまった。

さすがの凜子も、この時ばかりは、口には出せない不満と怒りが入りまじり顔は平静を装いながらも、手先がブルブルと震えてくる。

不思議なのは、そこに残った看護婦たちの態度である。凜子の怒りを見て、すぐにフォローしてくれるかと思いきや、皆、黙りこんでしまったのだ。

そして凜子は、今まで避けに避けてきた自分の職名に対して、いま明確な態度を表明する必要に迫られていることを知らされたのである。

加瀬婦長も相川路代も固唾《かたず》をのんで凜子を見つめるばかりだった。凜子は、その数秒間の沈黙の中で突然稲妻のように閃《ひらめ》いたものがある。

それは、ある種のインスピレーションといえるかもしれない。

（そうだ！　教育と看護の接点が、ここにあるのではないか。それこそがこの職場における本当の仕事ではなかったか……。このような貴重な仕事が他の職場にあるだろうか！）

法務教官たる看護婦の名が生きるも死ぬも自分の力量次第なのだ。能力が足りないからこそ、仕事の価値が見えなかったに違いない。この仕事を成し遂げることは、看護の新しいジャンルを切り拓くことにもなる。

凜子は、その数秒間で、自分はこれに全精力を賭けてみようと決意した。

「分かりました。私が三井恵美子を預かりましょう。どこまでできるか分かりませんが、全力投球でやります。力不足の時には、皆さんで助けてください。お願いします」

きっぱりと言い切るその態度に、加瀬婦長をはじめ相川路代や小沢福子までが粛然とうなずいたのである。

7

三井恵美子の指導にあたる前に一応読んでおくようにと、凜子が加瀬婦長から恵美子の身上書を渡されたのは、その日の夕方であった。

それを受け取るとき、なぜか身震いするような気分になったのは、新しい任務へのかつてない緊張感のせいだったろうか。

三井恵美子の身上書によると彼女の年齢は十四歳、出身は神奈川県Y市である。ＩＱ六五、軽度の精神遅滞がある。

恵美子の両親は揃って国立大学の出身で、現在父親は国立Ｔ大の教授であり、母親もまた、私立音大のピアノ科の教師をしているというエリート一家の次女として生まれている。

恵美子の姉は二十一歳で、私立医科大学に在学中、十九歳の兄も父の出身校、Ｔ大法学部に在学中、とある。

両親は、はじめ恵美子に精神遅滞があることに気づいていなかった。

母親は三人の子供の中で、とくに美しい恵美子を将来は音楽家にしたいと期待していたから、三歳からバイオリンとピアノのレッスンを始めさせたが、どちらの指導者からも匙を投げられ、その絶望感が徐々に彼女への憎しみに変っていったと訴えている。

学校の成績も恵美子の兄や姉とは比べようもなく悪く、学習塾を転々と替えさせられている。しかし不幸なことに、両親はそれらの、どの教師からも、恵美子に知恵遅れがあることを知らされていない。

それを伝えたのは、商店街の果物屋の店主で、恵美子が中学二年生になったばかりの春であった。恵美子が果物屋の店先からリンゴを二個盗んだのである。

両親はそれを信じようとはしなかった。

恵美子は続いて家の近くの高級洋品店で、花柄のハンカチーフを二枚盗み、交番につき出された。

それが近所の評判になると、両親は恵美子を自宅に絶対に引き取れない、と頑強に言い張った。

「どのような微罪であれ、精神を叩き直すためには、矯正施設で教育をしていただくより方法がない」

父親の一貫した主張で、三井恵美子はH医療少年院の精神遅滞者棟に送致されたのだが、そのころになって両親はようやくわが娘《こ》の心身の状態を不本意ながら認めたのである。

翌週月曜日から三井恵美子の医務課実習が始められることになった。

午前九時。院生の教課が始まる時刻になると、佐伯教官は三井恵美子を連れて医務課にやってきた。凜子は恵美子を見た瞬間、なんという美少女だろう、とびっくりした。その驚きはむしろ衝撃に近かった。ゆで卵のような白くなめらかな素肌、大きく形の美しい黒目がちの瞳、長く濃いまつげ、きりりとしまった形のよい唇がとくに印象的で可愛らしい。知的な鋭さはない代わりに、むきだしの人の良さを示す人なつこい微笑。この子がIQ六五とは！　両親が彼女を知恵遅れと思えないのは、当然だと凜子は納得した。

「ではお願いします」

佐伯教官は事務的に伝えると、婦長は「承知しました」と答え、凜子にサインを送る。

「三井さん、今日から医務課のお手伝いをお願いします。私が三井さんにお仕事を教える係りのな・つ・か・わ・り・ん・こ、よろしくね」

恵美子は、いきなりピョコンとお辞儀をする。

「はい、って返事をしなくては……」

と、佐伯教官に促されると、恵美子は素直に「はい」と言う。佐伯教官はそれを聞くと、

「では」と、凜子に会釈して、すぐに持ち場に戻っていった。

凜子は、この日のためにクリーニングをしておいた真っ白な予防衣を恵美子に着せた。

すると、彼女はたちまち愛らしい看護助手に早替わりした。その時の恵美子の嬉しそうな笑顔は、凜子にとって忘れがたい印象的なものであった。

「ウワァー」

と頓狂な声をあげたのは、そこに入ってきた七浦洋子である。

「あんた、まるで本物みたい。じゃ、早速だけど、そこにある膿盆《のうぼん》を洗っておいて」

「ダメです」

凜子は言下に、それをはねつけた。

「三井さんの仕事は、すべて私の計画に従ってやってもらいます。頼みたいことがある時は、私に申し込むこと」

「なんでよ、三井さんは医務課が預かった子でしょ。仕事を頼んで、どこが悪いのよ」

「三井さんは医務課の雑役《ざつえき》として使うわけではありません。仕事の適不適は、すべて教育的見地から私が決めます。これは法務教官夏川凜子の指示です」

「へェー、急に偉そうに……」

「偉ぶっている訳ではありません。筋を通しているだけです」

これには婦長も驚いている。しかし凜子の言い分にも一理はある。

「それが正しいと思います。そのために夏川さんは一週間もかけて、三井さんのカリキュラムを作ってくれたのですからね」

これで婦長は凜子の主張を認めたことになった。

凜子が恵美子に初めに教えたことは、物には清潔なものと不潔なものがある、ということだった。さし当たって消毒ずみの物品に素手でさわらないこと。試しに凜子は恵美子に自分が自由に触《さわ》ってもよい器具や物品の容器に赤ラベルを貼付《てんぷ》させることによって、彼女の認識や理解度をテストしてみた。

「三井さん、ここでは一つの仕事を終えたら、かならず手を洗うこと。もし手に傷をつけたら私に見せてね。バイ菌がついたり、人に移したりすると大変だから」

「ハイ」

と、恵美子は澄んだ声で答え、その場ですぐに手を洗い始める。凜子の説明を聞くことも「仕事」と考えているからだろうか。

診察室や酒井敏夫の病室の掃除の手伝い、ガーゼや包帯の洗濯などを凜子がやって見せると、恵美子は嫌がらず教えられたとおりに懸命にやる。恵美子は集中力に欠けていたが、医務課のさまざまな雑用の手伝いをすることは性に合っているらしい。

何を言われても素直に笑顔で頷く。それがただちに理解にはつながらないとしても、凜子は彼女が笑顔で答える態度を高く評価した。日を追って凜子は恵美子が意外にも人なつこく他人の世話を嫌がらない美点をもっていることを知ったのである。

はじめて酒井敏夫の病室に恵美子を連れて行くと、高熱にあえぐ患者の姿を見て、いっとき、たじろいでいたが、そうかといって患者を嫌う様子もなく、ベッドサイドに近づいて行く。

「この患者さんは熱が高いから枕の氷を入れ替えるのを手伝ってほしいの。氷枕《ひょうちん》の作り方っていうのを教えますからね」

小声で囁くと、恵美子はコックリと頷く。その表情には早くも愁《うれ》いの色が浮んでいた。

(これはいける)と凜子は思った。看護の第一歩は患者の苦しみに共感するところから始まる。もしこれが反射的に嫌悪の情を現わすようなら、同情より自己防衛の方が強い性格を示すから、看護の仕事には向かないのである。

凜子は改めて人間のもつ隠された能力に打たれずにはいられなかった。

一方、酒井敏夫の発熱の原因が判明したのも、ちょうどそのころであった。

「諸検査の結果、酒井敏夫は悪性リンパ肉腫と分かりました」

と、告げる沢本医師の表情は深刻だった。

8

その夏の暑さは、とりわけきびしかった。

四階男子寮の個室から一階の医務課処置室の隣室に移された酒井敏夫は、硬いベッドに横たわり、交互に襲ってくる悪寒《おかん》と熱感にさいなまれ、うつらうつらと夢と現《うつつ》の間をさまよっていた。

少し前、凜子が検温すると、体温は三十九度八分、続いて今度は恵美子を伴って彼の氷枕を取り替えにベッドサイドにきたのだが、彼はそのどちらにも気づいていない。

凜子が、そっと敏夫の額に手をあてたときだった。

「たすけてください、たすけて……おーい、いかないでくれェ……」

敏夫が叫んだ。

「酒井さん、どうしたの、どこが苦しいの?」

凜子が耳もとで囁くと、敏夫はぱっと目を開いた。

「まあ、ひどい汗」

顔も首のあたりも汗ぐっしょりだ。凜子は敏夫の額を冷たいタオルで拭う。次に乾いたタオルで上半身を手早く清拭《せいしき》する。

「オレ、夢を見てたんだ」

と、酒井敏夫が言った。

「………」

「田舎道を車で走ってた、鉄ごうしのある護送車にオレ一人だけ乗せられちゃって……誰も助けてくれないんだ」

「そう……熱にうなされていたのね」

凜子は言いながら、今度は汗で濡れたパジャマを取り替えにかかる。

「あっ、おんな……だ」

いきなり酒井敏夫が叫んだ。

恵美子が、氷を入れかえた氷枕を持って、凜子の後ろに立っていた。

「ここは、どこなんだ。オレ、天国へきちゃったのか？」

敏夫は慌てて毛布を頭からすっぽりとかぶってしまった。

「お部屋が変わったのよ、ここは医務課、隣が処置室」

凜子は敏夫の腋の下に体温計をはさみながら、彼がこの三日間、高熱でうなされ続けてきたことを話してきかせる。

「そしてね、酒井くんに紹介するわ。今度、医務課で勉強することになった三井恵美子さん。酒井くんのことも、お手伝いしてもらうことにしましたから……」

三井恵美子は、酒井敏夫のベッドサイドではにかみながら、ピョコンと頭を下げた。

「せんせえヨォ、おんなと話してもいいのかよ」

「特別よ、お熱が下がるまではね」

「やばいぞ。うっかりしゃべって謹慎室行きじゃ、あわネェもんな」

彼は熱っぽい息を吐き、光のない濁った眼をしきりにまばたきながら、それでも嬉しさをかくしきれずにニヤッと笑った。

酒井敏夫の体温は三十七度八分に下がっていた。

9

酒井敏夫の症状は、すでに悪性リンパ腫のⅡ期からⅢ期へ移行しつつある状態だという。

問題は、おそらく回復不可能であろう悪性疾患患者の少年を、外部の病院へいつ移すかにあるだろう。

この件について上層部では何回も会議が持たれたが、出来得ることなら転院すなわちH医療少年院からの退院にするべきだというのが、院長はじめ担当者の願いでもある。

それを実現するには、酒井敏夫の身許引受人についての環境調整の期間も必要だった。

酒井敏夫にはたった一人の姉がいるが、今のところ、その姉の所在が分からない。

ようやく捜し当てたのが、北陸地方のC県に住む父方の伯父一家で、それも敏夫の非行歴のため、はじめは身許引受人の承諾をしぶっていた。

伯父一家との交渉をまとめる間、H医療少年院では、化学療法による寛解《かんかい》導入療法を行なうことになった。

オンコビン、エンドキサン等の抗がん剤にプレドニン（副腎皮質ホルモン）を併用する多剤《たざい》併用《へいよう》療法である。

当の酒井敏夫は、そうとも知らず、時折り襲う高熱や大量の発汗に悩まされてはいるものの、全身の倦怠感を訴えるほかは、いたって呑気な顔をしている。

今のところ彼は自分のことより、三井恵美子への関心の方が強いようで、病気の苦痛など、どこ吹く風といった様子である。

男子と女子が言葉を交わしたり、笑顔を見せることすら禁じられている院内で、美貌の恵美子から介護をされるだけで、酒井敏夫はかつてない幸福感に酔っているかのように見受けられ、それが医療者側にとっては、せめてもの救いでもあった。

「せんせえ」

と、ある朝、酒井敏夫は真剣な表情で凜子を見つめた。

「せんせえ、オレ、もしかしたら悪い病気じゃないか」

凜子は胸がドキリとした。

「なぜ?」

「なんか変だよ。鼻毛が、こんなに伸びちゃった」

「男子は女子より鼻毛が濃いのよ」

と、凜子はさり気なく躱《かわ》したが、これは、多分、彼が服用しているステロイド剤のせいだろうと思ったり、恵美子を意識しての少年のいじらしい質問だと思うと、笑うに笑えない気持になる。

それにしても、酒井敏夫は何と気の毒な少年だろう、と凜子は改めて彼を見る。

あのボタンを飲んでは大騒ぎをしていたころの、彼のふてくされた態度を思うにつけ、その同じ少年が、いま余命いくばくもなく、引き取り手も決まらず、たった一人の姉にさえ会えずにいる。

物心つく頃から両親を知らず、施設の職員の手で成長してきた彼。その姿をじっと見ていると、虚弱児童の養護施設で働く木元寛子の言葉を思い出す。

「施設の職員みんなで育てている子供のことをよく考えてみると、その子は誰からも育てられていない、ということと同じではないかと思うのよ。だって、その子の人格や将来に対して、誰一人として最後まで責任を持つ人間がいないんですもの」

寛子の言葉を思い出すたび、酒井敏夫を嫌っていた自分が恥ずかしい。それに比べ、酒井敏夫を少しも嫌わず、いとも自然に患者の苦しみをうけ入れ、いたわる三井恵美子の姿にふれるにつけ、凜子は自分の心の汚れが洗われる思いがする。

「先生、鼻毛切ってもいいですか」

「どうぞ。鏡と小バサミがいるわね」

すると、三井恵美子はすぐに処置室に取りに行く。

その間に凜子は敏夫の血圧を測り、恵美子が持ってきた手鏡と小バサミを敏夫に手渡した。

敏夫は、ベッドに起き上がるなり、

「いいんですか、こういう凶器をオレに持たせても……。危ない、と思わないんですか。オレが、これでカンゴフさんを刺す、と思わないんですか」

いっとき彼の視線が凜子を見据える。恵美子が驚いて後ずさった。

「酒井くんが、そんなことをするはずがないでしょ。人を看護するって、人を信じることとなの」

そうなのだ、看護とは人を信じなければできない仕事だったのだ。

たとえ、相手が殺人者であろうとも、看護婦は人を殺した彼を看とるのではなく、病気に苛《さいな》まれ、病気と闘っている人間を看とる。それこそが看護なのだ、と凜子は思う。

ここには、高度の医療設備もなければ、最新医療機器もない。あるのは人間同士の裸の心のぶつけ合いだけ、体を張っての看護だけなのである。

もしも〝究極の看護とは〟と問われれば、〝何ぴとにも善意をもち、真心で対処すること〟と凜子は答えたい。

「ありがとうございます」

酒井敏夫は凜子の目を、しっかりと見つめた。

(この少年は、もう二度と嘘はつかないだろう)

と凜子は思った。

「あたしが切ってあげる」

三井恵美子がニコッと笑う。

「やめてよ。オレはずかしいから、向こうへ行ってください」

酒井敏夫は、ボロ毛布を頭から被り、両手を合わせて恵美子を拝むのだった。

10

このところ午後二時を過ぎるころになると、酒井敏夫はきまって激しい頭痛と吐き気に見舞われる。鎮痛剤も効《き》かず、食欲もぐんと落ちてしまった。

沢本医師は、彼を診察するたびに、(腫瘍が脳へ転移したのでは?)と、そのことばかりを恐れている様子だ。

寛解期を待って、放射線治療に切り換える必要がある、そのためには一日も早く公立病院へ転院させたいと、職員会議で発言したのも、それと無関係ではなさそうである。

そのような時、きまって話題になるのが、三井恵美子の酒井敏夫に対する献身的な介護ぶりだった。

酒井敏夫の氷枕の取り替え、寝汗で汚れたパジャマや寝具の交換、その洗濯。その、どれをも恵美子は嫌がらなかった。

特に、酒井敏夫の嘔吐が始まると、洗面器に水を入れて、彼の枕もとに飛んで行き、彼の背中を懸命にさする。

「く・る・し・い、く・る・し・い」

と敏夫が呻《うめ》くと、恵美子も、

「くるしい、くるしい」

と声を合わせ、彼の背中を叩いたりなでまわす。

酒井敏夫の食事介助にも、三井恵美子の手が何より必要になってきた。

恵美子がスプーンで粥《かゆ》をすくい、敏夫の口許に運ぶと、敏夫は歯を食いしばっても食べるからである。彼はただ、排泄のときだけは、恵美子の入室を絶対に拒む。

時に当直看護婦の七浦洋子が彼の夕食の介助に行くと、絶対に食べようとはしないので、

「あんなにわがままにしたのは、夏川さんの甘やかし過ぎだわ」

と、七浦洋子はそのたびに腹を立てるのだった。

敏夫は敏夫で、七浦看護婦は〝冷たい〟と凜子に訴えるのである。

「水を飲みたいと頼んでも、返事はするけどくれないんだ」

「………」

「それに化粧の匂いがして、胸がムカムカする」

三井恵美子はそれを聞くと、夕方、佐伯教官が自分を迎えにくる頃を見計らって、かならず水飲みに水を充たして敏夫の床頭台に置いて帰るようになった。このように何をやるにしても、すぐに飽きてしまう少女が、決して楽ではない患者の介護に、なぜ飽きないのか。誰の目にも

三井恵美子は不思議な少女としか映らない。凜子もその中の一人であることは確かなのだが、恵美子を指導しているうちに痛く感じさせられることが、いくつかあった。

三井恵美子には虚栄心はおろか、打算も闘争心も全くない。そこが能力として欠けている。だからその意志は、ただちに善意を直感し体現することができるのではないか、ということである。あるいはまた、恵美子は幸か不幸か自己を保存する能力を欠き、善意そのものとして生れついてしまった。この世に生き残りにくい人として危うく生きているのではあるまいか。彼女の自殺念慮は、その深層心理からよってくるものと考えられないだろうか。

少なくとも仕事を通してみた三井恵美子は、精神遅滞者どころか、いつも自然に無償の善を行なう高い情操の持ち主であることに、凜子は驚かされ反省を促されるばかりであった。

一方、酒井敏夫の状態は、一刻も早い転院が必要とされる容態になり、主治医の沢本医師をはじめ、職員全員が、それに向けて総力を挙げることになった。

事務担当の課長は、貧しい少年のために生活保護の手続きに奔走する。

院長は、少年の引き受け先の公立M総合病院側との折衝に当たる。

職員全員にカンパを募って回るのは、山田首席教官だった。

全職員のカンパで八十三万円が集められたころ、酒井敏夫の退院が決定し、公立M総合病院に転院することになった。

院長からH医療少年院退院の知らせを受けた酒井敏夫は、大喜びするかと思いきや、すっかり沈み込んでしまった。

「退院おめでとう。大きな病院でしっかり治療して、病気が治っても、二度とこんな所へ来てはダメよ」

と、励ます凛子の傍《かたわら》で、

「酒井くん、いかないで……」

と叫んだのは、三井恵美子だった。

「病気を治すためには、いつまでもここにはいられないの。お祝いしてあげなければ」

婦長がさとすと、従順な恵美子が珍しく、

「いやだ、いかないで……」

と、なおも反抗する。

「三井さん、ホントはオレも三井さんと別れるの辛いんだ。けど、ここはいつまでもいるところじゃないもんな」

酒井敏夫は、力のないしゃがれ声だったが、それでも彼は全身の力をふり絞って恵美子に言いきかせたのである。

「さかい、くん」

と、三井恵美子が涙声で敏夫の手をとった。

「もう……会えないの。あたし……さみしい」

「長い間、どうも、あ・り・が・と・う」

「ありがとう、なんて……いやだ」

「オレ、生まれて、はじめてだよ。こんなに幸福になれたの。だって、この世に、オレのこと、ホントに心配してくれている人がいたなんて……。オレはこんなしあわせな気持ちになったの……はじめてなんだ。オレ……」

「あっちの病院へいっても、ごはん、たべてね。きっとだよ」

「うん」

「ホントはえみこ、酒井くんが病気なおるまで、そばに、いてあげたい」

「オレ、必ず病気なおして君に会いに行く。病気はイヤだ。丈夫になりたいよ。丈夫になったら、もう、二度と嘘なんかつかない。まじめに働く……」

「あたし……酒井くんが、いなかったら、生きてるの……つらいよ」

恵美子の大きな瞳から溢れ出る涙が、一滴二滴、敏夫の干からびた手の甲を濡らした。

真夏の太陽が道に金粉のような光の粉をまきちらし、出勤途上の凜子の目にまぶしい。

淡いグリーンのスポーツウェアにスニーカー、幅広のつばの付いたオリーヴ色の帽子をかぶり、近ごろ買ったばかりのカラフルなリュックを背負っている凛子は、まるでハイキングにでも出かけるような、いでたちである。

木陰をえらんで歩いて行くと、雨が降らない連日の猛暑に、地熱ばかりを吸い上げた街路樹が、なまあたたかい吐息を吐いていた。

今日は酒井敏夫が転院する日である。三井恵美子も医務課での成績を評価され、出院準備教育を受けて、間もなく退院することが決定していた。

その日、凛子は、加瀬婦長の許可を得て、出勤の途中で、敏夫の好きなショートケーキを買ってきた。午前十時にケーキに紅茶を添えて、敏夫と恵美子に食べさせたいと思ったのである。それが、いのちの大切さに漸く目覚めようとしている二人の少年への看護婦《ナース》としてできる、せめてもの祝福だった。ケーキを頬ばる二人の嬉しそうな表情を、凛子は生涯忘れることはないだろう、と思われた。凛子は酒井敏夫の転院先の病院へ付き添って行くはずだったが、その必要がなくなったのは、敏夫が平熱に戻っていたことに加え、彼を迎えにきたのが、伯父夫婦と元保健婦であった保護司の三人だったからである。

先方の病院から迎えの車が到着すると、凛子は敏夫を車椅子に乗せて、玄関に向かった。

玄関では、院長と主治医の沢本医師、河崎医師や間中医師、加瀬婦長や山田首席教官が見送りに出ていた。

敏夫は、車に乗り移るとき、何を思い出したか急に改まった表情で、間中医師と凜子の前に立った。

「せんせえ」

「………」

「オレ、せんせえに、とっても悪いことしたと思ってる。この手、骨折したなんてウソついて。せんせえ、だまくらかしてばかり……。それなのにせんせえは包帯してくれて……。ウソばっかり言って、オレ悪かったス……」

言うなり握りこぶしを目にあてると、声をあげて泣き出すのだった。

「いいんだ、いいんだ。病気に負けちゃダメだぞ」

敏夫の肩を叩く間中医師の声が震えている。院長をはじめ、そこに居合わせた人たちも思わず目を赤くうるませた。

重い病気にとりつかれた嘘つき少年酒井敏夫が、心の健康を取り戻すことができたのは、三井恵美子の純愛ではなかったろうか。

「非行に特効薬なし」

と言い切った河崎医師の言葉を、凜子は今こそ、きっぱりと否定したい。非行の特効薬は善意と愛なのだ――と。

それぞれの道

1

その日は珍しく定時に退所できた夏川凜子は途中、行きつけの名店街により、手作りのパンで評判の店で、クロワッサン、アップルパイ、マロンデニッシュ、パンプキンマフィン、バタ一フランス等、焼きたてほやほやのパンを十個も買い込み、すっかり楽しい気分で帰宅した。

自宅の鍵を回してドアを開けると、電話のベルが鳴っている。

こんな時間に誰だろう。木元寛子かしら？ 凜子は買物でふくらんだリュックを玄関先に放り投げるようにして、受話器にかけよった。

「夏川さんのお宅でしょうか？」

聞き馴れない声である。

「私は先日退院させて頂きました三井恵美子の母でございます」

とっさに美少女の顔が目の前に浮かんだ。

「はあ……」

と答えたものの、（出院した院生の保護者が、なぜ自分の家の電話番号を知ったのだろう）と、折角の楽しい気分がしぼんでしまった。

「その後、恵美子さんはお元気でいらっしゃいますか」

凛子はつとめて明るく問い返したが、不安はあった。

勤務先以外の人に自宅の電話番号を教えてあるのは、肉親一家と友人ぐらいなもの、ましてや出院した院生の保護者から直接電話がかかるなどは、制度上からもあり得ないことだからである。

「それが……お話ししにくいことですが、あの子が戻って参りましてからというもの、家の中がゴタゴタ続きで……。このところ恵美子は、あなたさま以外の人とは口をきかないと申しまして……それで困って、筋違いとは思いましたが、先ほどH医療少年院の婦長さんにお願いしてお宅の電話番号を教えていただこうと……。でも婦長さんから断わられ、いったん電話を切ったのですが……再度、お電話しましたら、電話にでられた方がご親切に教えて下さったのです」

「なんという人でした?」

「あわてていましたので、うかがいませんでした」

(あっ、洋子の奴だ……)と、凛子は直感した。以前恵美子の扱いに批判的だった彼女が、婦長にかかってきた電話から、恵美子に問題が起きていることを感知して、(だから言わないことじゃない)とばかりに凛子の電話番号を教え、(責任を感じろ)とでも言いたいのかもしれない。

「実は、あの子、このところ食事を拒絶しております。それで主人が短気をおこして、今朝も恵美子の顔を……」

「顔をどうしました?」

「ぶちましたの……」

(えっ! そんなことをされては、たまらない)

「それは逆効果だと思います」

「はい、それでなんとか助けていただきたいのです。せめて食事を食べるように……でないと、試験を控えた二人の子の勉強にさしつかえます。姉は医師国家試験をひかえておりますのよ」

「………」

「お願いできれば車をさしむけますし、失礼ですが、心ばかりの謝礼は致します」

「ご姉弟《きょうだい》の勉強の邪魔ですって!」

思わず凜子は叫んでいた。母親の彼女にとっては恵美子も同じわが子ではないか。邪魔だったら、上の二人を外のマンションに住まわせればいい。優れた知能に恵まれた子供は自力で自分のことができる。しかし恵美子には父母の暖かい庇護が必要なのだ。

第一、謝礼とは何ごとだ。お礼なんかが目あてで、こんな仕事ができるとでも思ってるのか！

凛子は日ごろ薄給を嘆いているのも忘れて憤慨した。

「近くの医師にお願いしたのですが、病気ではないから点滴《てんてき》などしても、その時だけのことだと……」

当たり前だ、医者は病気の治療が仕事で教育者ではない。（ならばどうするか？）この場合、下手《へた》に手をだすと、職場からは結果がよくても訓戒か戒告、悪くすると、自発退職を求められる。かといって拒絶すれば、恵美子に自殺の動機を与えかねない。

少しの間とはいえ恵美子を導いた責任は、自分にもある。それによって培われた信頼感が残っていればこそ、私に救いを求めているのだろう。恵美子に社会の掟など説明したところで、なんの役に立とう、絶望を深めるだけである。

こうなっては仕方がない。自分の信念に基づいて行動しよう。それで処分を受けるなら潔く受ければよい。こんな中途半端な勤務はもう沢山だ。よーし、ここはひとつ、職業生命を賭けてやってみよう。凛子は決心した。

「分かりました。どこまでお役に立つか分かりませんが、施設の職員としてではなく、私個人の立場でご協力いたしましょう」

「ありがとうございます、婦長さんからも言われましたの。地区の保護司さんにでも相談するのが筋ではないかと……」

観念した凜子は、先方の住所を確かめると、隣県ではあるが一時間もあれば行き着けることが分かった。凜子はリュックサックの中に忍ばせてある辞表をもう一度確かめてから、元におさめ、それを肩に外へ飛び出した。

2

三井恵美子の家は、その辺り一帯に林立しているマンションの中でも超高級なマンションの五階にあった。

オレンジ色の街灯に浮かび上がる整然としたマンション街に入ると、凜子はまるで外国の夜の街を歩いているような錯覚と孤独感に襲われるのだった。

教えられたとおり入口近くの歩道にある公衆電話から連絡をすると、恵美子の母親雅子が入口に迎えに出てきた。入口はオートロックなので開閉も、ままならないのである。

雅子に案内されて部屋に入ると、恵美子は洋間の壁にむかい、じゅうたんの上に坐っていた。

書斎でもあろうか、洋書がギッシリ並んだ書棚が部屋の両側にある。

父の辰彦が、窓を背に奥の机にむかい、気むずかしい顔をして新聞をひろげている。

「お邪魔します」

言いながら、凜子が肩のリュックを下に置くと、恵美子がチラリとこちらを見て、ポロリと涙を落とした。

「いや、とんだ所をお見せしまして。昨日から口もきかず、ご覧のとおりで……。いわゆる拒食症ではないですかナ」

辰彦は凜子に挨拶もせずに、いきなり問いかけてきた。それで凜子は、

「恵美子さん、今晩わ」

先に恵美子に挨拶をし、「恵美子さんは拒食症ではない、と思います」と答えた。

「では何ですか？　そちらでは、どんな教育をしてくれたのですか。親に向かって頑として口をきかない」

「私は看護婦で教育は教育の専門の先生が担当されますから詳しくは知りませんが、院としては院生に社会人として自立できるようにご指導してきたと思います」

「じゃ、なぜ反抗ばかり……」

「さあ……、お父さまのお考えをそのままお子さまにおしつけようとなさると……」

「それは当然でしょう。一家の長として家族の安全と幸福を守る責任上、それから逸脱しようとする者を正しく指導するのは、私の義務ですから」

「はい、それはそのとおりだと思います。しかし」

「しかし、も何もない。恵美子に食事をするように説得してくだされぱいい。あなたは看護婦さんだ」

凜子はカツンときた。

「私には、そんなことはできません、人間は犬や猫ではありませんから。いいえ、犬や猫でも信頼できない人から与えられた餌は、すぐには食べません。まして恵美子さんは一個の人格です。私には無理に食事をさせることなんかできません」

辰彦の細い目が急に険しくなった。

「少年院は社会不適応者に規範をしつける所ではなかったのですか。これではまるで幼稚園児に還ってしまったようだ。これで教育したと言えるのですか」

「私には、恵美子さんの場合、非行という名にさえ値しなかったのに、院に送られるなんて良識あるご家庭のなさることとは思われませんでした」

「なんだって！」

辰彦は顔色を変えた。すでに理性を失っている。

「言っておくが、これからの社会で生きのびるためには高度の知識と判断力を養う以外に方法はない。私の家には低い知能は無用、いや日本中の家庭を無知から解放するための教育が必要なのです。それが達成されてこそ高度文明国としての将来が拓ける。だから今、日本中の家庭が真剣に努力しているのをあなたも知っているでしょう」

「ハイ、だからわたしたちが困っているのです。そのようなお考えで子供たちを受験地獄に追い込むから、折角いい素質を持った子供が壊れてしまいます。

人の能力はさまざまです。それぞれの人が天分を生かせるような教育こそを、みんなが望んでいるのではないでしょうか。いくら有能でも、その基底に善意を欠いている能力では、悪用されかねないことをお父様もご存じのはずです。生意気なようですが、善意はそれ自体が価値ある能力だと私は信じているんです。恵美子さんにはご両親から伝えられた貴重な善意があります。どうか、それを認めてあげてください」

凜子は学者先生を前にして、まるで熱にうかされたように、まくしたてる自分に自分で驚いていた。それは多分、自分のしてきた仕事の基本にかかわる問題に、自分で答えを見出したかったからに違いなかった。

それに対してなぜか辰彦は沈黙したままだった。こんな小生意気な小娘を相手にするのは大人げないと思ったのか、別に考えることがあるのか、壁にかかった油絵を見つめたまま、凜子の主張に肯定も否定もしない。

「さあ、恵美ちゃん、みんなが心配しているから、これでも食べよう。私もお腹ペコペコ」

凛子は言うが早いかリュックサックを開け、非常用の乾パンと、帰宅途中で求めたクロワッサン、パイ、デニッシュなどを取り出した。

「アラ、気がつかなくてごめんなさい。今、何か注文しますわ」

と、雅子が恐縮している。

「いえ、今はこれで二人で食べる位はありますから。すみませんが、牛乳かお茶を……恵美ちゃん、どっちがいいの?」

言いながら、少々行儀が悪いと思ったが、床にペタンと坐り込んだ。

「恵美ちゃんはどれにする?」

まるでピクニックにでも行った時のように、恵美子の目の前で袋を破り、傍らにポイと捨てた。

その気楽な態度につられたのか、恵美子はチラッと目をむけ、凛子がモグモグやっている姿を見て、おかしそうに表情をゆるめたのである。

「お茶か牛乳を早く……」

凛子は興奮のあまり口一杯に頰張ったパンを嚙まずに飲みこんで、胸につかえてしまったのだ。

目を白黒させていると、

「ママ、早く」

と、恵美子は顔色を変えて、凜子の背中をさすり始めた。

「せんせえ、大丈夫？」

恵美子は、雅子が運んできたミルクのカップを取ると、慌てて凜子に飲ませようとする。

「ありがと、恵美ちゃん。あーくるしかった。やっと胃袋に落ちたわ。恵美ちゃんも早くお食べなさい。早くしないと、カンゴフさんがみんな食べちゃうわよ」

恵美子はクロワッサンを手に取ると、あっという間に食べてしまった。

「ほら、ミルクも……」

これがきっかけになり、凜子が持参したパンを次々と二人で食べ始めたのである。

その間、辰彦と雅子は呆れたように二人を見守っている。

「これで、お分かりいただけたでしょうか。恵美ちゃんの立場になっていただきたい、ということ」

「有難うございます」

と、礼を述べたのは雅子だった。別れぎわに凜子は言った。

「恵美ちゃん、酒井くんのこと心配なんでしょ。病院の先生がついているから大丈夫。あなたも強くなってね、困ったことがあったら、私のところへ電話してネ。じゃ、約束」

凜子が小指を出すと、恵美子は恥ずかしそうに小指をからませた。

その夜、凜子が自宅に戻ったのは十二時を過ぎていた。

3

二日続いて雨が降ったのがきっかけのように、団地の自転車置場の草むらから、かすかに虫の音《ね》が聞こえてくる。すると申し合わせたようにH医療少年院のグラウンドの雑草の蔭で虫が一斉にすだきはじめた。

中庭の花壇では、うす紫の桔梗《ききよう》の蕾《つぼみ》がひっそりと花になる。

今年も秋の体育祭に備えて、グラウンドではランニングと短パン姿の院生たちが、体操にマラソンに汗みずくである。中にはエッチラオッチラと、走っているのか歩いているのか判別しにくい、ひ弱な少年の姿もあった。

時折り教官の号令の声が、ひんやりした風に乗って院長室までひびいてくる。

院長室では、院長を前に加瀬婦長と山田首席教官が一通の書類を中に沈痛な面持ちで立っていた。

そこへノックの音がして、凜子が入ってきた。

「お呼びだと伺って参りました」

「これを、あなたに知らせたいと、院長先生がおっしゃるので……」

加瀬婦長が、院長に代わって一枚の書類を彼女に手渡した。

凜子は、はっと息を呑んだ。

公立M総合病院院長から届けられた酒井敏夫の死亡通知であった。

「それから、これは酒井敏夫からの手紙……」

加瀬婦長から渡された白い封筒に小さな黄色いしみが滲んでいた。それが、いかにも酒井敏夫を彷彿とさせる。

凜子はその場で封を切った。院長も婦長も山田教官も、それをのぞき込んでいる。エンピツの字は薄く、かなり乱れていた。

〈なつかわせんせい、ぼくの顔がダンボのようになりました。息が苦しいです。せんせいにあいたいです。もう一どだけ。でも、もうダメかもしれない。だからボクの顔をかきました。これを三井さんにわたしてください。そしてボクの分までげんきで生きてと、つたえてほしい。せんせい、長いあいだ、おせわになりました。ありがとございました。さようなら。

なつかわせんせいへ

酒井敏夫より〉

二枚の便箋の間から、ハラリと落ちた白い紙に、酒井敏夫の四角な顔が色エンピツで描かれてあった。

加瀬婦長が何も言わずにすすりあげた。凜子は中野院長に手紙と彼の自画像を手渡した。するど中野院長は顔を伏せ、静かに言葉を続けたのである。

「君を呼んだのは、そのことだけではないんですよ」

中野院長はしばらく間をおいて、言いにくそうに言葉を続けた。

「三井恵美子が、自宅の五階ベランダから落ちて即死したそうです。昨日の午後四時……」

「えっ？」

「まるで酒井敏夫の後を追うように……」

山田首席教官は、そこで絶句した。

「職員会議では、このことにふれない方がいいと思い、関係した職員にだけ報告しておきたいと思って」

「三井恵美子さんは、あれからまた、自立訓練施設に預けられたんですって。はじめての外泊で家に帰ってきて、お母さんに『あんな所は嫌、死にたい』ってさわいだそうなの。お父さんから『死にたいなどという者に死んだ者はいない』って怒鳴られた直後、ベランダから下へ。事故か故意か全く分からない転落死だったそうです。あなたにはいろいろ骨を折らせたけれど、仕方がないわね……」

加瀬婦長の声が、急に凜子の耳に遠く微かになったのは、いっとき凜子が脳貧血を起こしたからに違いなかった。

それにしても、なんという不運な少年少女たち！

凜子はそれを思いこれを思うとき、ここに生きる悲運な少年たちをもう見捨てられない、と思った。考えてみれば少年たちを看護しているつもりの自分たちの方が、実は非行少年と呼ばれる彼らから、誰からも教えてもらえなかった思春期の心のケアについて、深い示唆を与えられていたのである。

看護室の隅っこで、二人の悲報を耳にした七浦洋子が号泣した。

4

晩秋の空は雲ひとつなく、どこまでも広く、吸い込まれるような青さだ。

十一月三日の早朝。H医療少年院のグラウンドは、朝の冷気でいつにない透明感にみちていた。

素足にユニホーム姿で集合している少年たちの頬も心なしか紅潮している。どこか遠くでドーンと、花火を打ち上げる音がする。

それはまるで今日のH医療少年院秋季運動会を宣言しているかのようだった。

少年たちの手作りの入場門、そこにはピンク色の和紙で作られたバラの花が飾りつけられ、二本の柱には紅白の布が巻きつけられていた。

花火の音が合図のように、ファンファーレが空にこだま《ヽヽヽ》する。

ラデツキー行進曲のリズムに乗って、青いトレーニングウェアの男子たちが、額に紅白の鉢巻をして、元気よく(とはいっても、中には元気のない少年もいるが)入場門から行進してくる。

続いて赤いトレーニングウェアに鉢巻姿の女子が、両手を大きく振り、足を高く上げて入場してきた。誰が見ても、男子より女子の方が潑剌としていた。

グラウンドの正面のテントの中では、十名ほどの来賓が胸に黄色い菊の花をつけ、直立の姿勢で少年たちを見守っている。その中には温厚そうな里見幸吉社長の顔も見える。

テントの向かって右はじに救護班の間中医師、沢本医師、加瀬婦長や凛子たち五名の看護婦が赤い腕章をつけ、これらの情景を見守っていた。

男女院生が、グラウンドの中央正面に向かって整列すると同時に、行進曲が鳴り止んだ。

君が代斉唱、院長先生の挨拶、来賓の挨拶、と型どおりの開会式が終わると、いよいよ競技の開始である。

男子と女子の席は、グラウンドを狭んで東西に分かれ、会話を交わすことは禁じられている。やがて天に向かってピストルが鳴る。百メートルの徒競走が始まった。

教官の手から放たれるピストルの音、淡い紫色の硝煙と微かな硫黄のにおいが、凜子に過ぎさった時代を懐かしく思い出させる。

「天国と地獄」の曲が流れだすと、院生たちはいっとき拘束中の身を忘れるのだろう、彼らの瞳がキラリと光った。

グラウンドを一周する二百メートル競走、二人三脚、借り物競走、女子のダンスなど運動会はプログラムの順を追って盛り上がって行く。

中でも目をひいたのは、院の近くにある幼稚園から応援にきた園児たちのブラスバンドと鼓笛隊の演技であった。幼い子供たちが無邪気に、そして一生懸命に演奏する「威風堂々」「大草原の小さな家」の曲を聞きながら、涙を流す少女もいた。小さな体に凜々《りり》しいユニホームを着た鼓笛隊が、今度は「八木節」を合奏すると、大人も少年も、ワーッと歓声をあげる。

午前の部の最後は、むかで競走だった。

これは見るに耐えないほどの悪戦苦闘ぶり、足なみが揃う組は一組もない。揃うはずもなかった。それぞれが、それぞれの事情を抱え、ここに収容された院生たち、勝手気ままな足の運びがそれらを物語っているようでおかしかった。

それだけに大人も少年たちも無邪気に笑い転げた競技であった。

院の近所に住む主婦たちが、この日に備えた〝にぎりめし〟の昼食も、少年たちを喜ばせた。

午後からは、パン食い競走、障害物競走、フォークダンスなど少年たちと、家族や来賓、教官なども混じえての競技が続く。

そして恒例の紅白の玉入れ競技が始まった。

その時である。

小型飛行機が爆音をひびかせて近づいてきた。と、見るまに翼を銀色に光らせたセスナ機がグラウンドの上で、低空飛行になり旋回しはじめた。

人びとは、思わず空を振り仰ぐ。プロペラの音が、ひときわ高く耳に響いたかと思うと、突然、空から何かがバラバラと落ちてきた。

赤や白やピンクの花束が投下されたのだ。

カーネーションの花束だった。

「ウヮー、ウヮー」

何事が起きたのか。院長の顔から血の気が引いた。セスナ機は花束を投げ終えると、再び円を描くようにグラウンドの上空をゆっくりと旋回している。

期せずして少年たちも教官も花束を拾いに走る。凛子も走って、ピンクのカーネーションを拾った。花束にはメッセージカードが、くくりつけられていた。

〈みんな、オレを見てくれ。マジメにやれば空も飛べるぞ。みんなガンバレよ。

E・M自動車部品製造会社で働いている先輩、清川欣治より〉

セスナ機は、グラウンドの上を三回旋回すると、運動場一杯にひびきわたるプロペラ音を残して、あっという間に飛び去って行った。

手に手に花束を握りしめ空を見上げる少年と少女たち。

花束の贈り主は、清川欣治だった。

「まだ操縦は早いと言ったのですが、やっこさん、どうしてもと言ってきかんのですよ」

と、院長に囁いたのは、清川欣治を引き取った里見幸吉であった。

「あ、あれは里見さん所有のヒコーキ……そうでしたか。それにしても……」

院長の声が弾んでいる。

「大丈夫、パイロットの息子がついてますから、しかし彼の飲み込みの早さや器用さはたいしたものだ。ハッハッハッ」

里見幸吉は嬉しそうにテントの中の人びとを見まわした。

「あの野郎、ハデなことをしやがって……」

凜子は遠ざかる機を見送る山田首席教官の、その瞳に光るものを見た。

この時、凜子の胸に込み上げてきた熱い思いがあった。施錠された病棟での看護、それはおそらく世に知られざる看護に違いない。けれど不幸な少年たちを支えるこの仕事は誰かがやらなければならない重要な仕事ではないだろうか。

たとえ彼らに欺かれようと痛めつけられようと、誰からも振りむかれない、ここでの看護を、それ故にこそひたすらにやり続けること、そこに深い意義を見出したのだった。

「夏川くん」

と、間中医師が言った。

「彼、やってくれるじゃないか」

と、また言った。

「ハイ」

「ところで……例の歯医者のことなんだけど、あれから二回も彼にハイラーテン（結婚）の話があったのにダメなんだ。君に会って断わられたら納得するって……。頼むよ」

その時凜子は、ピンクの花を見つめながら、なぜか優しい気分になっていた。

花を拾って駆けまわる幼稚園児の姿に、母を亡くした幼な子の姿が重なる。

「お会いしてみなければ分かりませんものね」

凛子は間中医師に、そう答えようかとも思う。

(ところで、仕事との両立は?)

考えているだけでは始まらない。行動すること、それが生きることだ、と凛子は空を見上げる。

秋の空は、どこまでも清らかに青く澄んでいて羊雲がひとつアドバルーンのように浮かんでいた。

ふと気がつくと、セスナ機は空に吸いこまれて、もう見えなかった。


(完)

#『医療少年院物語』文庫版あとがき

＊

私が初めて「医療少年院」の存在を知り、そこに勤めている看護婦《ナース》Nさんを職場に訪ねたのは今からちょうど二十年前、一九八一年の晩秋であった。

そのきっかけの一つ目は、以前、K大学病院の小児病棟で共に勤務していたベテランナースのNさんが医療少年院に勤め替えをした、と聞き、「医療少年院」とは、一体どんな施設で、どのような環境の下で看護をするのだろうか？　と強い関心をもったこと。その二つ目は、それより前、処女作『小児病棟』を発表した時の記者会見で、次のような質問をうけたことにある。

「看護婦さんは街の開業医院で見習い看護婦として働き、腕を磨いた人が病院の看護婦さんになるのですか？」

というものである。

時代の先端を行く一流新聞社の記者ですら看護職については、この程度の認識しか持っていないことに私は少なからずショックをうけたものである。

看護婦になるには、それなりの養成機関があり、高校卒業後、主に三年間の専門教育をうけ、国家試験に合格して、資格を与えられることなど、看護婦になるための幾通りかのコースについて説明した。すると、皆、驚いたようにメモをとっている。

当時（一九八〇年ごろ）の看護職に対する社会の認識がいかに低かったかを知った私は、この時、看護職に生きる人たちが社会のあらゆる分野で活躍している現実を多くの人に知っていただく必要性を痛く感じさせられたのである。

その後、たまたま、ある看護専門雑誌から、さまざまな場で働くナースの実態をルポして連載したい旨の依頼があり〝待てば海路の日和あり〟とばかりに、人が誕生する産院から乳幼児期を過ごす乳児院、果ては長い一生を閉じる老人施設に至るまでの各職場で働いているナースの取材を始めたのだった。

その中で思春期の人たちを対象とする「医療少年院」の看護婦《ナース》Nさんを紹介することが、一般の人の目にふれない場で重要な役割を果たすナースの姿を紹介するという連載の目的にとくにふさわしいと感じた。それが、そもそもの動機であった。

この連載ルポから初めての書き下ろし作品『看護婦物語』が生まれた。

「『看護婦物語』に登場する医療少年院の看護婦さんを書いてみませんか」

と、筑摩書房の柏原成光氏からお話があったのは、その直後で年号はまだ昭和であった。

＊

近ごろ少年非行が次第にエスカレートし、大人には想像も及ばない残忍な事件が続発している。

そして罪を犯した少年が医療少年院送致となる例が続いたことから「医療少年院」が、にわかにマスコミに登場し一般に知られるようになったが、それまでは「医療少年院」なるものの存在を知る人はごく限られていて殆んどの人が知らなかったのではないだろうか。

それだけに、これは特殊な立場の看護婦物語として書き残したいと思った。（そこには何か？があるかも知れない……と）

だが、いざそれに取りかかってみると、そこには想像以上の厚い壁が立ちはだかっていた。何よりも取材が困難だったのである。

私は取材を見学とし、その目的を「医療少年院で働く看護婦の業務について学ぶ」の一点に絞り許可申請を提出した。

その許可が下りるまでに約一か月の期間が必要だった。右も左も分からない自分が一回だけの見学で事足りる訳もない。

少年法をはじめ、もろもろの資料を読みあさり、その上で現場に見学に行っても看護の対象となる患者、つまり少年との対話は厳禁、院内の写真撮影も不可、Nさんや紹介された教官から話を伺っても、彼や彼女たちには公人としての守秘義務があり、さらには人権尊重の問題が重く加わるから慎重の上にも慎重な発言しか得られない。従って私には、差し障りのない外面上の事しか見えず内実を理解できないもどかしさばかりが胸に残った。

それにしても廊下ですれ違う少年たちの礼儀正しさには驚かされた。彼らは見学者と見ると一礼して、

「お早うございます」「今日は」

と必ず先に挨拶をする。非行少年どころか街で出会う同世代の少年たちより、はるかに立派な態度なのである。

頭を丸刈りにされ、まだ幼な顔の可愛らしい少年に「非行」の二字がどうしても重ならない。見学に行くたび「これは、とても書けない」と実感した挙句、ついには投げ出したくなるのであった。「医療少年院」で働く人間ナースを描くには、その看護の対象となる少年の心理を摑まなければならない。だが、それが摑めずにいたのである。

しかし、その間にも少年たちを見守る人たちの話の裏側にひそむ矯正教育に対する情熱が伝わってきて頭が下がり深い感銘をうけることもしばしばだった。

これは今どきの学校の教師には期待できないもの……とさえ思われたこともある。

こうして医療少年院、女子少年収容施設など四か所の施設を回ってみた。

中でも関西地方にある某少年院を見学した日のことは忘れられない。

許可された日は、ある年の暮れも押しつまった寒い日であった。

私は風邪をひいていて、その日は朝から体温が三十九度もある。起き上がると悪寒《おかん》と眩暈《めまい》で頭がクラクラした。

だが、多忙の中を、やっとの思いで見学許可を取りつけてくれた元・教官のM氏が、雪空の京都で待っていると思うと寝てはいられない。今日をキャンセルすれば二度とこの好機はめぐってはこないだろう。……私は解熱《げねつ》剤を飲んで新幹線に乗った。

M氏の案内でようやく目的の施設に着き、院長先生に挨拶をして、いざ見学、となると背の高い案内役の教官氏の、その足の速いこと。まるで私がゆっくりと視察できないようにスピードを上げて案内しているとしか思えないほどだった。

広い院内を小走りで彼を追うこちらは発汗多量！

お蔭で帰宅すると体温が平熱に戻っていた。

しかし私は、ここで重要な場面に遭遇している。

色白で丸顔、少女のような顔立ちの十五、六歳の少年が、施設外の病院で受診するらしく教官に伴われて外出する姿に出くわしたのである。

少年は腰縄を打たれ、手錠をかけられていた。腰縄の先を握りしめる教官の前を首うなだれて院の車に乗り込む少年の後ろ姿を見送る私は、甘くはない院生の実生活を垣間見た思いがした。

〝あの少年の心情は、いかばかりであったろう〟と察したころから少年の内なる感情が徐々にこちら側に伝わりはじめた。医療少年院のあり方の中に究極的な教育と思春期自我との相克があるのではないか、その矯正に当る教官や医療・看護を担当する医師・看護婦は互いに抱く内的相克にどのような対処をするのだろうか、などと日を追って関心が深まり、もう後戻りはできないと覚悟した。続いて関東地方G県にある女子少年院の見学が許可されたのは、その翌年の梅雨《つゆ》どきだった。

太平洋戦争中、兵舎だったというその建物は人里離れた山すそにあり、昔のままの建物を矯正施設として使用しているとのこと。

小雨にけぶる女子少年院の高く厚いコンクリート塀が印象的だった。

女性法務教官の案内で寮内に入って行くと十畳の和室に五、六人の少女達が静かに読書をしていた。煤けた天井、古びた畳、壁に向かって並んでいる勉強机、襖張りで観音開きの押入れ、すべてが私の看護学校時代の寄宿舎の造りと同じだ、と気づいた瞬間、厳しい戒律下で過ごした自分の青春時代が不意に甦ってきた。

あの頃、空腹に耐えかねていた私はある夜、禁を犯し無断で実家に帰ったことがある。食料調達のためだった。母に二十個ほどの握りめしを作らせ無事目的を果たして級友たちと大喜びで食べたのも束の間、私の悪事（??）の真似をして失敗をした後輩の告発によって教育婦長に呼び出された私は禁足三か月の罰を言い渡されたのである。友達が嬉々として外出する日曜日も自分だけは外出を許されず遠足にも参加できなかった、あの若い日の寂寥の思い、屈辱と孤独感、それはそのまま今、目の前にいる少女たちの心境ではあるまいか……。そう感じた瞬間、作品の視点が定まった。

一九九五年、ようやくにして、この稿を脱稿したが、その直後、神戸で十四歳の少年の異常ともいえる残忍な事件が起きたのである。

この少年が医療少年院送致となって以来、外部からの取材すべてが禁じられていると聞く。今にして思えば私の小著への取組みが少しでも遅れていれば、この作品は生まれなかっただろう。気がつけば初めて「医療少年院」を訪ねてから脱稿に至るまでに十五年近い歳月が流れ去っていた。

＊

小著の主人公夏川凜子のモデルNさんは二十五年の勤務を終え先ごろ医療少年院を定年退職されている。そのNさんにお会いして、

「二十五年にわたる医療少年院のナース生活のなかで最も印象に残ることは何か？」

と質問してみた。

「一口では言いつくせないけれど収容されている少年は、みんな可愛いです。むしろ少年の親

たちに問題を感じます」

その親教育が必要なのでは……と彼女はつけ加えた。

「育ち盛りの貴重な二年間を院内で鍛えられて出院して行った少年が再びここに舞い戻ってくるときの挫折感にはやりきれないものがある」――と。考えてみれば出院する少年を待っているのは以前と同じ境遇だとすればそれも無理からぬこと。それを思うと、

「あそこでの仕事は、まるで賽の河原で石を積む感もある。けれど誰かがやらなければならないのよね」

と彼女は言葉を結んだ。

日の当らない場で不遇な少年たちのために毎日毎夜、体を張って働く人たち、彼や彼女たちこそ社会の平穏無事を底辺でがっちりと支えている貴重な存在だ。

それは誰かがやらなければならない仕事であり誰もができる仕事ではない。

その事の一端を書き残したい一念が小著となった。このたび文庫化にあたり、改めて思うことは、非行少年少女と呼ばれる人も弱者の時代には虐待や迫害をうけ、それが思春期の心身の急速な発達過程で人格形成のバランスを崩し反社会的な行為に至る場合が多いのではないか……ということ。

また、家庭からも教育現場からも見放された彼らに対して、忍耐と愛情を込めた叱責を体を

張って行なっている、医療少年院の看護婦《ナース》・夏川凜子のありようは、ある意味では「看護の一極点に立つ人」といえるのではないか、ということである。

終りに小著を記すにあたり貴重なヒントを与えて下さった柏原成光氏、また、蔭ながら私を励まし支えて下さった森富子氏、取材にあたってのNさんをはじめ関係各氏の善意のご協力に対し、深く感謝を捧げたいと思う。

二〇〇一年四月吉日

江川　晴

『小児病棟』『医療少年院物語』あとがき

一九八〇年、作品『小児病棟』で第一回読売「女性ヒューマン・ドキュメンタリー」大賞の、まさかの受賞者になった私が、この賞の選考委員長・森敦先生から「いま何を書いていますか、閑ができたら遊びにいらっしゃい」と電話を頂いたのは受賞後三作めの作品を書き始めていた頃だった。お言葉に甘え受賞者仲間の友人と森敦先生宅に伺ったのはそれから間もなくで、それにはそれなりの理由があった。「理由」とは次のようなものである。

ある日、わが家に小学四年生の孫娘が来て、「また、何か書いているの？　カンゴフさんのことでしょ」と聞く。「まァね」と言葉を濁して笑うと、「なァんだ、又、カンゴフさんか。マンネリだね」と言うではないか。

マンネリ？マンネリ？マンネリ？

幼い孫の一撃に私は慌てふためき自己嫌悪に陥り以後ペンが先に進まなくなってしまった。その事実を森先生に聞いて頂きたかったのだった。一部始終を黙って聞いて下さった森先生は、

「マンネリ…結構じゃないですか」

と、仰有る。思いがけない答えに私は二度びっくり。すると先生は次のように語られたのである。

「貴女の作品は、医療看護の場におけるご自身の実体験を通して描かれたもの。かつて誰もが描かなかった世界の作品です。これはネ、貴女にとって偶然に掘り当てた金鉱といえる。創作を志す人は、それを見つけ出す迄に大変な苦労をする。苦労に苦労を重ねて見つけ出せずに一生を終える人も少なくないのです。その意味で貴女は幸運といえる。将来、貴女が〝医療看護の世界を描ける人は江川晴だ〟と言われるようになれば貴女は成功者です。よそ見をせずに自分が見つけた一筋の道を歩くこと、それが節度ある人間の生き方だと僕は思う。自信をもって今の作品を書き上げなさい」

森先生のお言葉に私は胸を熱くした。有難かった。元気を取り戻した私が再びペンを握ったのは言うまでもない。

一筋の道を極めるには人間一生をかけても足りない、と今にして思う。

終りに、小著がより良い看護を目指すナースの皆様、ナースを志す若い方々、今や子育てに懸命なお母様方に何がしかのヒントに役立つことが出来ればこの上ない幸せです。

小著が小学館「P+D BOOKS」に上梓されるに当り、ご協力下さいました編集の岡本みどり様、お力添えを賜わりました関係の皆様に厚く御礼を申し上げます。

二〇一六年一月

江川　晴

いのちの重さ

柏原成光

この二作品は、編集者だった私にとって忘れがたいものである。『小児病棟』は、一九八〇年に第一回読売「女性ヒューマン・ドキュメンタリー」大賞の優秀作となり、同年一〇月に読売新聞社から他の佳作作品とともに単行本として上梓された。当時、ドキュメンタリー作品を好んで読んでいた私はさっそく読んで深い感銘を受けた。これを桃井かおりが主演で演じたテレビドラマも、他の凡百《ぼんぴゃく》のテレビドラマと違った深い印象を残してくれた。その五年後の一九八五年一二月私は、当時所属していた筑摩書房で「ちくま文庫」を出発させるに当たって、この作品をどうしても第一回配本のラインナップに加えたいと思って、江川晴先生を訪ねたのである。しかし、この作品の版権が読売新聞社にあり、当時まだ次々と版を重ねてもおり、文庫にもらうことは到底無理ということが分かった。(今私の持っている版を見ると、より後年の一九九四年五月のものであるが、七五刷となっているからすごい。)

それから江川先生とのお付き合いが始まった。しかしやっと先生の新作品を書き下ろしで手にすることができたのが、お会いしてから一一年後の一九九六年九月に筑摩書房から出版された『医療少年院物語』(原題は『法務教官夏川凜子——医療少年院ナース物語』)だったのである。

はじめて『小児病棟』を読んだときの衝撃は今も忘れない。この作品は、若い看護婦・香山モモ子の奮闘記という形で書かれている。子供好きの彼女にとって、小児病棟は憧れの職場であった。子供たちがかもし出す病棟の明るさゆえであろう。それはわれわれ素人にも容易に想像できる。しかし実際の現場はそんな生易しいものではないことを彼女はすぐに思い知らされる。子供であるが故の、むき出しのエゴに彼女はたじろぐ。さらにそこは、外部の人間の考え及ばない壮絶ないのちのやり取りの場でもあった。それは幼く小さいいのちであるだけに余計胸を締め付けてくるものがある。結腸狭窄の治療でストマイ聾唖《ろうあ》になった四歳六ヶ月の谷口哲也、さびた釘を飲み込んだことが原因で手術部位の狭窄を起こし食事を直接摂ることの喜びを奪われてしまった五歳の女の子・三田薫の姿も印象的だが、最も衝撃的なのはただ死ぬことだけが待たれている、眼もなく手足も肉塊としてしか持たない重症の畸形児、一歳四ヶ月の山賀純一郎の姿である。看護婦であった作者が一貫して追求するテーマである「本当の看護とは何か」という問いを越えて、また「人間とは何か」以前の、「なぜ生まれてきたのか」という、裸の「いのち」そのものについて考えさせられずにはおかない。このほとんど「人間」としてのコミュニケーション不能と思われる存在、そしてただ医学的関心からのみ生かされている子供と、「人間」としての交流を目指すモモ子の姿は感動的である。処女作にはその作家のすべてが含まれるとはよく言われることであるが、この作品はいくつかの表現上の粗さを越えてそういう力強さを感じさせてくれる。その意味で、この作品が新しく本シリーズにおさめられ、読者の手に入りやすくなったことは嬉しいことである。

『医療少年院物語』の成立過程については、再録されている「文庫版あとがき」に作者の思いが過不足なく綴られていて、付け加えるものはない。ただこの作品は、多くの看護物を書き続けてきた作者にとって、一つの節目の作品であったようにも思われる。なぜなら、世間から疎外されている少年院では、体の治療・看護は当然のこと、心の治療・看護が切り離しがたく存在するからである。それは作者が追い求める真の看護の姿が最もストレートな形で求められる場所である。しかもその善意がしばしば裏切られる極限の場所でもある。このむずかしい思春期の少年たちの「いのち」とぶつかり合う世界で格闘する夏川凛子の真摯な姿は、現実はそんなにうまく行くまいという場面を含みつつも、読む者の心を打たずにはおかない

看護を通して「いのちの重さ」を問う作者の仕事は、時にニュースで報道される医療現場のありようを耳にするにつけ、これからますます重要なものになっていくだろう。

（お断り）

本書は1980年に読売新聞社より発刊された『小児病棟』と、2001年に筑摩書房より発刊された文庫『医療少年院物語』を底本としております。

あきらかに間違いと思われるものについては訂正いたしましたが、基本的には底本にしたがっております。

また、底本にある人種・身分・職業・身体等に関する表現で、現在からみれば、不当、不適切と思われる箇所がありますが、著者に差別的意図のないこと、時代背景と作品価値とを鑑み、原文のままにしております。

江川 晴（えがわ はる）
1924年（大正13年）3月1日生まれ。東京都出身。1980年『小児病棟』で第1回読売「ヒューマン・ドキュメンタリー」大賞優秀賞受賞。代表作に『看護の現場から』など。

P+D BOOKS
ピー プラス ディー ブックス

P+Dとはペーパーバックとデジタルの略称です。
後世に受け継がれるべき名作でありながら、現在入手困難となっている作品を、
B6判ペーパーバック書籍と電子書籍で、同時かつ同価格にて発売・配信する、
小学館のまったく新しいスタイルのブックレーベルです。

小児病棟・医療少年院物語

2016年3月13日　初版第1刷発行
2023年1月25日　第2刷発行

著者　江川 晴
発行人　飯田昌宏
発行所　株式会社　小学館
〒101-8001
東京都千代田区一ツ橋2-3-1
電話　編集　03-3230-9355
販売　03-5281-3555
印刷所　大日本印刷株式会社
製本所　大日本印刷株式会社
装丁　おおうちおさむ（ナノナノグラフィックス）

ISBN978-4-09-352257-1

P+D BOOKS